KURT GEISLER (Hrsg.)

Mörderische Kieler Förde

VON LABOE BIS BÜLK Die Kieler Förde an der Ostsee ist das reinste Urlaubsparadies. Zwischen den unzähligen weißen Sandstränden findet sich für jeden Geschmack etwas Passendes, sowohl auf dem Wasser als auch an Land. Doch längst ist nicht alles so ungetrübt, wie man auf den ersten Blick vermuten könnte. »Bagaluten« versuchen sich die kalten Wintertage mit dem Diebstahl von Spirituosen aus dem Kiosk am Kieler Südfriedhof zu versüßen. Hobbydetektivin Paula ist im Ostseebad Laboe einem grausigen Geheimnis auf der Spur und auch auf dem Bülker Leuchtturm an der Außenförde kommt es zu dramatischen Ereignissen. In den 27 Kurzgeschichten geht es mal humorvoll, mal kriminell zu – allerlei Überraschungen garantiert.

Mit Beiträgen von: Sina Beerwald, Kurt Geisler, Sylvia Gruchot, Björn Högsdal, Cornelia Leymann, Jörg Rönnau, Henning Schöttke, Nadine Sorgenfrei und Simon Voß.

Kurt Geisler ist ein eingefleischter Schleswig-Holsteiner. Seit seinem Studium der deutschen, englischen und dänischen Sprache arbeitet er im Land zwischen den Meeren. Schleswig-Holstein und seine Menschen hält er nicht nur im Wort, sondern auch im Bild fest. Seine Fotografien waren bereits in verschiedenen Ausstellungen zu sehen und haben seinen Blickwinkel für das literarische Schaffen geprägt. Für diese Kurzgeschichtensammlung hat er renommierte norddeutsche Autoren gewinnen können. www.kurtgeisler.de

KURT GEISLER (Hrsg.)

Mörderische
Kieler Förde

KRIMIS

Immer informiert

Spannung pur – mit unserem Newsletter informieren wir Sie
regelmäßig über Wissenswertes aus unserer Bücherwelt.

Gefällt mir!

Facebook: @Gmeiner.Verlag
Instagram: @gmeinerverlag
Twitter: @GmeinerVerlag

Besuchen Sie uns im Internet:
www.gmeiner-verlag.de

© 2022 – Gmeiner-Verlag GmbH
Im Ehnried 5, 88605 Meßkirch
Telefon 0 75 75 / 20 95 - 0
info@gmeiner-verlag.de
Alle Rechte vorbehalten
1. Auflage 2022

Lektorat: Claudia Senghaas, Kirchardt
Herstellung: Mirjam Hecht
Umschlaggestaltung: U.O.R.G. Lutz Eberle, Stuttgart
unter Verwendung eines Fotos von: © Kurt Geisler
Druck: CPI books GmbH, Leck
Printed in Germany
ISBN 978-3-8392-0178-7

MEIN KIEZ (INTRO)

BJÖRN HÖGSDAL

Mein Kiez ist der Kieler Südfriedhof, und die Menschen hier sind nicht besser oder schlechter als die Menschen anderswo, aber sie sind es auf ihre eigene Weise. Und was es hier nicht alles gibt: einen Park mit einem großen Spielplatz für Kinder mit Schaukeln und Rutschen und so 'nem coolen Zeug, und gleich daneben ist ein Bunker. Und auf der anderen Seite ein großer Spielplatz für Junkies mit Spritzernadelmülleimern und Dealern und so 'nem coolen Zeug. Wir haben Inder, die einen italienischen Pizzaservice, und Türken, die einen Chinaimbiss betreiben. Es gibt meinen Friseur, der kurdischer Iraker ist, in Saddams Karate-Nationalmannschaft war, im ersten Golfkrieg gegen die Amerikaner gekämpft hat, der jetzt meine Haare schneidet und bei dem ich mich immer frage, ob jemand, der mal Kehlen durchgeschnitten hat, für den Job eines Friseurs nicht vielleicht überqualifiziert ist?

Es gibt drei Spielhöllen, die »World of Winners« heißen und aus denen ich trotzdem noch nie einen Menschen mit einem Gewinnerlächeln kommen gesehen habe. Es gibt Läden, bei denen Epileptiker nicht ins Schaufenster schauen dürfen, weil die Besitzer und Branchen schneller als der Takt eines Stroboskops wechseln. Zum Beispiel der Trödelladen »Omas Schatzkiste«, der mit dem Slogan »Schätze aus Omas Zeiten« warb und dann auch konsequent einen Stahlhelm der Wehrmacht im Fenster stehen hatte. Vor dem Laden hängt ein Plakat einer christlichen Organisation, die mit »Jesus Christus begegnen – heute ab 17.00 Uhr im Schützenpark« wirbt. Auch wenn ich denke, dass sie sich damit ein bisschen weit aus dem Fenster lehnen, finde ich das genauso originell wie den Kiosk, der Messer mit stehenden Klingen frech als »For cool Kids« anpreist. Fehlt nur noch eine Werbung für Sportschützen oder die Al Quaida.

Drei Meter weiter kann man bei der Fahrschule Lornsen seinen Führerschein auch in einem Crashkurs machen, und gegenüber befindet sich die Kindertagesstätte »Kinder für Kinder«, bei der ich mich schon eine Weile frage, wie das genau abläuft. Geht es da um ein selbstverwaltetes Kollektiv mit Rätesystem, bei dem die Kinder sich gegenseitig erziehen im Stil von »Herr der Fliegen«? Oder werden dort europäische Kinder in Kinderarbeit von Altersgenossen aus der Dritten Welt betreut? Ist das auch ein Konzept für Krankenhäuser (Kranke für Kranke) oder für von Zombies geführte Friedhöfe unter dem Motto »Tote für Tote«?

Vielleicht wäre »Alte für Alte« auch etwas für das nigelnagelneue Altersheim, das mit der guten Infrastruktur wirbt, umringt von Bestattungsunternehmen, Blumenläden und dem Südfriedhof.

KALTE SPUR

JÖRG RÖNNAU

Vor der großen Panoramascheibe wirbelten Schneeflocken durch die Luft, die immer wieder von Sturmböen durcheinandergetrieben wurden. Aus dem Lautsprecher dudelte leise Weihnachtsmusik: Last Christmas.

»Der Song ist grauenhaft, aber es gibt keine besseren Döner als hier bei Ali, oder?«, stellte Polizeiobermeister Jörg Kröger fest. Dabei sah er seinen Kollegen an und biss herzhaft in die kulinarische Spezialität, wobei die Soße aus beiden Mundwinkeln unkoordiniert auf den Imbisstisch kleckerte.

»Jo!«, antwortete Michael Petersen und wischte sich den Mund mit einer Papierserviette ab. Als dabei weiße Soße auf seine Uniformjacke tropfte, fluchte er.

»Ich kann diese Veganer nicht verstehen, immer nur so 'n Gemüsezeug. Da kann man ja gleich an der Straßenbegrünung knabbern. Dann lieber einen anständigen Döner mit Gammelfleisch.«

Beide lachten, woraufhin sich Ali, der gerade den Tresen mit einem Lappen abwischte, theatralisch lauthals beschwerte.

»Hey, ihr beiden Überwachtmeister, ihr kommt doch schon seit Jahren zu mir zum Essen, hier gibt's ausschließlich frische Ware. Immer nur vom Feinsten, die Soßen alle selbst gemacht und lecker. Geht ihr Staatsdiener lieber raus in die stürmische Nacht und fangt fiese Kieler Ganoven, anstatt harmlose türkische Köche bei ihrer Arbeit zu belästigen.«

Nun lachten alle drei. Die beiden Beamten stürzten den Rest aus den Kaffeebechern hinunter, schmissen den Abfall in den Mülleimer und verabschiedeten sich vom Wirt. Draußen sahen sie zu, dass sie schnell in ihren Dienstwagen huschten, denn der eiskalte Wind nahm stetig zu. Ein Tiefdruckgebiet namens Hubertus fegte aus Südost über die Landeshauptstadt Kiel und brachte als Weihnachtsgabe Schnee und Eis mit. Wer dachte sich nur solche bescheuerten Namen fürs Wetter aus? Der Wetterfrosch vom Fernsehen?

Kröger sah auf seine Uhr, es war kurz nach Mitternacht. Kurz meldete er sich bei der Zentrale wieder einsatzbereit, während der Kollege Petersen die Harmsstraße Richtung Bahnhof befuhr. Beide Beamten arbeiteten bereits seit acht Jahren zusammen, fühlten sich als gutes Team und trafen sich bisweilen auch privat gerne auf ein Bierchen.

»Was macht ihr denn Weihnachten?«, fragte Petersen.

»Wiebke und ich feiern ganz gemütlich mit den Lütten zu Hause. Der Tannenbaum steht schon, ganz in Rotgold. Heiligabend gibt es traditionell Würstchen und Kartoffelsalat, und am ersten Festtag fahren wir wie immer zu Oma nach Plön. Schwiegermutter hat am 25. Geburtstag, wird 73, aber ist noch topfit. Es gibt dort immer ein großes Familientreffen.«

»Oha, Weihnachten und Geburtstag, das klingt irgendwie doof. Hoffentlich ist deine Schwiegermutter nicht so eine alte Schreckschraube wie meine olle Hilde.«

»Nee, unsere Oma Anneliese ist echt nett. Wir verstehen uns prima. Sie macht den besten Gänsebraten nördlich der Elbe, und der Rotkohl ist ein Gedicht …«

In diesem Moment quäkte das Funkgerät. Die Zentrale.

Jemandem sei eine aufgebrochene Tür an einem Kiosk an der Kreuzung Kirchhofallee / Lutherstraße aufgefallen. Kröger verdrehte innerlich die Augen, rechneten die beiden einen Tag vor dem Heiligen Abend doch eher mit einer ruhigen Nacht. Er antwortete, dass sie sich der Sache annehmen würden.

Petersen wendete und fuhr zurück. Das Schneetreiben wurde heftiger, und immer mehr dicke Flocken verpassten der nächtlichen Stadt einen dicken weißen Überzug. Nur wenige Augenblicke später hielten sie direkt vor dem Kiosk. Davor stand ein alter Bekannter der Polizei und klopfte sich den Schnee von den Lumpen.

»Was will Kalle denn hier? Wieso hat der sich nicht schon längst in eine der Obdachlosenunterkünfte verkrochen?«, wunderte sich Petersen. Kröger stimmte ihm zu, und so stiegen sie aus, setzten ihre Mützen auf und zogen die Jackenkragen hoch.

»Moin, die Herren Wachtmeisters«, begrüßte sie Kalle, ein etwa 50 Jahre alter Mann mit rotem Gesicht, dem man die Auswirkungen seines jahrzehntelangen Alkoholkonsums sofort ansah.

Polizeiobermeister Kröger wurde förmlich und sah Kalle durchdringend an. »Alle Weihnachtsbesorgungen gerade erledigt?«

Kalle erhob sofort die Hände. »Mit der Sache habe ich nix zu tun, Ehrenwort. Ich habe sogar höchstselbstpersönlich die Bullerei angerufen. Hier, kommt mal mit, Jungs. Guckt euch den Scheiß an, das ist doch eine Obersauerei! Die haben von hinten den Kiosk von Tante Frieda aufgebrochen, diese Halunken, von unserer netten Tante Frieda. Aber ich habe nur geguckt, nix weggenommen. Ehrlich. Das tut ihr mir doch glauben, oder?«

Petersen und Kröger folgten dem Obdachlosen zur Hintertür und inspizierten das zersplitterte Holz vom Schloss. Es handelte sich eindeutig um einen Einbruch der gröberen Art. Anscheinend wurde die Tür mit einem Kuhfuß aufgestemmt. Kein großes Problem bei solch einem billigen Schloss und der fragilen Holzkonstruktion.

Petersen konnte sich auch beim besten Willen nicht vorstellen, dass Kalle so etwas tat. Der lebte zwar auf der Straße und hielt sich mit Betteln und Hausieren über Wasser, aber so etwas traute er ihm nicht zu. Kalle nahm ihnen auch sofort die Luft aus den Segeln.

»Wir ham bei Manni nur ein wenig vorgeglüht und 'n paar Bierchen gekippt. Dann wollte ich zum Sophienhof, um an meinem Lieblingsplatz am Hintereingang Platte zu machen. Ist zwar arschkalt heute Nacht, aber dort gibt es eine warme Abluft, da geht es noch so gerade.«

Die beiden Polizisten kannten die Gewohnheiten ihrer Pappenheimer gut. »Und was wolltest du bei Tante Frieda?«

»Bei ihr wollte ich nur einen kurzen Zwischenstopp einlegen, etwas Marschverpflegung einholen.« Er machte eine Schluckbewegung.

»Und dann?«

»Dann habe ich den Scheiß hier gesehen und gleich von drüben die Bullerei angerufen.«

Die beiden Beamten nickten und zogen sich Lederhandschuhe über. Langsam öffneten sie die Kiosktür und leuchteten mit ihren Taschenlampen ins Innere. Sie konnten auf den ersten Blick nicht erkennen, ob etwas fehlte, denn hier lagerten diverse Kisten hochprozentige Spirituosen und jede Menge Stangen Zigaretten. Eine gute Beute für Einbrecher.

Kröger nickte und ging zurück zum Auto, um der Zentrale die Sachlage zu erklären und zu bitten, die Besitzerin über den Einbruch zu informieren. Plötzlich rief ihn sein Kollege und verwies auf frische Spuren im Schnee, während er sich am Hinterkopf kratzte.

»Sag mal, werde ich nun bekloppt? Diese Fährte führt eindeutig vom Kiosk weg, direkt die Lutherstraße hinunter.«

»Mach keinen Scheiß, Petersen. So dämlich kann kein Einbrecher sein.«

Der Kollege lachte aber laut auf. »Anscheinend doch. Ich folge der Spur. Sag du der Zentrale Bescheid und komm mit dem Fahrzeug langsam hinterher.«

Wenig später holte Kröger seinen Kollegen wieder ein. Beide grinsten sich an, denn sogar vom Wagen aus konnte Kröger die Fährte im frischen Schnee erkennen. Sie führte einige Hundert Meter die Lutherstraße hinunter und bog dann nach links in die Lüdemannstraße ein. Bald überquerten sie die Calvinstraße, wo nur noch wenige Straßenlaternen das nächtliche Geschehen beleuchteten. Die Spur endete an einem Wendehammer direkt vor der Hintertür von einem ziemlich verrosteten Ford Transit. Die Spuren im Schnee deuteten darauf hin, dass hier etwas umgeladen wurde. Danach führten die Fußstapfen weiter zu einem der großen Mehrfamilienhäuser.

Die Halteranfrage ergab, dass der Besitzer des Transit tatsächlich in einem der Häuser wohnte und bei der Polizei kein Unbekannter war. Auch Kröger und Petersen kannten den Burschen, mit dem sie bereits des Öfteren zu tun hatten: Kevin Korn, ein Kleinkrimineller und nicht gerade die hellste Kerze auf der Geburtstagstorte.

Es war kaum zu glauben, aber die frischen Fußspuren im Schnee führten sie direkt zur Haustür des Übeltäters, die wegen des heftigen Schneeeinfalls nicht verschlossen war.

Während sie zu der Wohnungstür hochschlichen, mussten Kröger und Petersen sich zusammenreißen, um keinen Lachanfall zu bekommen. Das würde in diesem Jahr die beste Anekdote vom ganzen Revier werden. Die Kollegen würden vor Lachen nur so brüllen, wenn sie die Story erzählten.

Aus der Wohnzimmer donnerte »Highway to Hell« von AC/DC aus den Lautsprechern, und offenbar vollführte dieser Kevin den Geräuschen nach ein beachtliches Headbanging im Rhythmus der Musik. Unbemerkt enterten Kröger und Petersen die offen stehende Wohnungstür und beobachteten ihren erschöpften Verdächtigen, der gerade begann, aus mehreren Plastiktaschen seine Beute herauszuholen und zu zählen.

Zehn Flaschen Weinbrand und zwölf Stangen Zigaretten, mehr konnte er offensichtlich in seinen beiden Einkaufstaschen nicht mitnehmen. Dann sprang er auf, schnappte sich den Kuhfuß und die beiden leeren Einkaufstaschen. Er prostete sich im Flurspiegel zu und genehmigte sich einen großen Schluck. »So geil. Jo, ich geh noch mal los. Umsonst einkaufen, einfach genial!«

In diesem Augenblick baute sich Kröger vor ihm auf. »Wenn wir behilflich sein können. Ist ja recht glatt draußen.«

Petersen zog die Handschellen hervor und setzte augenzwinkernd nach. »Aber keine Angst. Wir geleiten Sie sicher durch Eis und Schnee, Herr Korn.«

Der verblüffte Dieb ergab sich seinem Schicksal ohne Gegenwehr. »Darf ich wenigstens einen letzten Schluck nehmen? Ist ja Weihnachten.«

Kröger reichte ihm eine Weinbrandflasche, die der Kleinkriminelle unerwartet in einem langen Zug leerte.

»Frohe Weihnachten, die Herren.«

Schnell schloss Kröger die Handschellen. »Von uns auch. Nur das mit dem Frohen Neuen Jahr für Sie, das können wir uns vermutlich schenken.«

Dass Polizeihauptmeister Petersen einen Rettungswagen rief, das bekam Kevin Korn schon nicht mehr mit.

KAPITÄNE

KURT GEISLER

Es war schon erstaunlich, wie schnell im Herbst das schöne Wetter im Norden umschlagen konnte. Vor Kurzem noch tauchten die wärmenden letzten Sonnenstrahlen der untergehenden Sonne die entspannten Gesichter der Besucher der Kieler »Seebar« in ein warmes Licht, bis plötzlich ein heftiger kalter Regen aus grauen Wolken erbarmungslos auf den hölzernen weißen Pfahlbau inmitten der Förde prasselte. Hektik breitete sich beim Personal aus, das hastig die Polster einsammelte, um wenig später die Pforten zu schließen.

Notgedrungen flüchtete Helge Stuhr über die weiße Holzbrücke durch die ihm entgegenstiebenden Schauerböen zum rettenden Ufer, an dem er sich unter einer Eberesche unweit des Bushaltestellenschildes halbwegs ins Trockene retten konnte. Zwar wich der Regen im Laufe der Zeit einem aufkommenden feuchtkalten Seenebel, aber ein Bus ließ sich weit und breit nicht sehen. Stuhr wurde zunehmend von dicken Regentropfen erfasst, die von den Blättern tropften.

Dafür tauchte urplötzlich als unerwarteter Retter in der Not aus dem Nebel ein Fördedampfer auf, der sich trotz der Waschküche und der aufkommenden Dämmerung schnell den Weg zum benachbarten Anleger Bellevue bahnte. Die »Laboe« war mit Sicherheit das letzte Schiff, das heute noch Richtung Innenstadt verkehren würde. Sofort machte sich

Stuhr frierend auf die Socken, denn der Dampfer würde ihm jegliche weitere Warterei auf den Bus ersparen.

Als Kieler fuhr man normalerweise nicht allzu gerne mit den Schiffen der Fördeflotte, weil bei schönem Wetter, am Wochenende und in den Ferien die Sonnendecks der Dampfer meistens überfüllt waren. Also eigentlich immer. Wenn er dennoch einen der wenigen begehrten freien Plätze entdeckte, wurde durch aufgelegte Pullover oder Strandtaschen angezeigt, dass diese bereits besetzt waren.

Heute wurde die Gangway von einer weiblichen Person heruntergelassen, was ungewöhnlich war. Zum Glück musste sich Stuhr auf dem Anleger nicht durch Massen anderer Sonnenhungriger kämpfen. Lediglich zwei andere Gäste, die ihm in der »Seebar« gegenübersaßen, bestiegen vor ihm den Fördedampfer. Der durchnässte Stuhr folgte ihnen über die Gangway, wo es ihn in den warmen Bauch des Schiffes zog. Die beiden anderen zugestiegenen Passagiere verdingten sich unerwartet auf das unwirtliche Oberdeck.

Stuhr dagegen war angenehm überrascht, dass es im gut beheizten Salon des Schiffes eine kleine Kantine im Design der 1960er-Jahre gab, in der man neben dem üblichen Kiosksortiment einen wunderbar duftenden Kaffee für kleines Geld erstehen konnte. Von der Festmacherin, die sich nun als schlagfertige Wirtin entpuppte, erhielt man zudem ohne Aufpreis auch wohlgemeinte Lebensratschläge mit auf den Weg.

»Mit dem Kaffee am besten aufs Oberdeck, der Herr. Ansonsten schwappt die braune Suppe noch über das glänzende Parkett.«

Stuhr nickte verständig, während der aufbrüllende Dieselmotor den Stahlrumpf des Schiffes erzittern ließ. Obwohl das Ablegemanöver bereits eingeleitet wurde, unternahm der neben dem Tresen stehende leicht wankende hagere Kapitän des Fördedampfers keinerlei Anstalten, sich auf die Schiffsbrücke zu begeben. Im Gegenteil, er belehrte gerade eine ältere Passagierin.

»Ha, von wegen! Ich kenne genau die vornehmsten Aufgaben eines Kapitäns, mein Mädel: ablegen, anlegen, umlegen. Erst in der Koje beweist ein richtiger Kapitän sein Stehvermögen. Hat man unlängst beim letzten Unglück im Mittelmeer mit dem großen italienischen Kreuzfahrtschiff gesehen.«

Die betagte Dame nahm ihn nicht sonderlich ernst und schmunzelte belustigt. »Na, dann sollten Sie besser schnell wegtreten und beide Hände ans Schiffsruder legen. Sonst liegt dieser Pott auch bald auf einem Felsen.«

Der Kapitän ließ sich aber nicht aus der Ruhe bringen. »Abwarten und Tee trinken. Ich bin hier noch nicht ganz fertig.«

Vertraulich beugte sich Stuhr zur Kantinenwirtin vor. »Muss der Kapitän nicht langsam mal nach oben auf die Brücke?«

Die Frau blickte nur kurz geringschätzig auf zu dem Mann in der blauen Uniform mit den polierten Goldknöpfen, denen Anker aufgeprägt waren. »Der da? Nein, den nennen wir Käpten Daddeldu. Der albert hier unten nur mit den Fahrgästen herum und lässt sich als Seebär feiern. Mit seiner Alkoholfahne würde ich ihm nicht einmal einen Einkaufswagen zum Steuern anvertrauen.«

Sie vollführte mit den Fingern eine eindeutige Schluckbewegung. Sofort mischte sich Käpten Daddeldu lallend ins Gespräch ein.

»Rosi, rede nicht schlecht von mir vor dem Herrn. Ein

richtiger Seemann wie ich geht durch dick und dünn und hat vor nichts Angst, nicht einmal vor dem Alkohol. Gerade neulich erst …«

Die resolute Kantinenwirtin unterbrach seine begonnene Erzählung harsch auf ihre Art. »Komm, hör auf! Abtanz, Daddeldu.«

Stuhr zog es wegen der angespannten Stimmung vor, sich mit seinem Kaffee auf das Oberdeck zu verziehen. Mühselig jonglierte er sein Heißgetränk den steilen Treppenaufgang hoch. Unter der Persenning auf dem Oberdeck war es im Schutz der Kajütwand unerwartet angenehm. Die beiden anderen Gäste aus der »Seebar« waren nicht zu entdecken. Hatten sie sich in Luft aufgelöst?

Skeptisch blickte Stuhr zu den hoch liegenden Fenstern der Schiffsbrücke, aber huschende Schatten menschlicher Konturen wiesen darauf hin, dass von dort aus das Schiff gesteuert wurde. Beruhigt zog es Stuhr zum Heck des Schiffes zu einem der beiden schräg stehenden gelb gestrichenen Schornsteine, auch wenn es dort ein wenig nach Diesel roch. Dafür war es aber angenehm warm im Rücken, und aus dieser Position konnte man normalerweise das prächtige Fördepanorama genießen: die vielen kleinen Strandbäder, die Leuchttürme, den Ostuferhafen und die Schwentinemündung.

Heute im Küstennebel waren allerdings gerade noch die Laternen von der nahen Uferpromenade zu erkennen, zwischen denen bisweilen suchende Scheinwerferkegel langsam schleichender Fahrzeuge aufleuchteten.

Dann wechselte das Schiff abrupt den Kurs und entfernte sich vom Ufer. Als sie endgültig vom Seenebel eingehüllt waren, erschreckte ihn ein klatschendes Geräusch von der

Wasseroberfläche. Hatte etwa jemand Müll verklappt? Im nächsten Moment wurde seitlich von ihm im schäumenden Kielwasser eine leblose Person in Kapitänsuniform vorbeigespült. Ein eiskalter Schauer durchfuhr Stuhr. War es der Seebär aus der Kantine? War er in seinem Rausch aus Versehen ins Wasser getorkelt? Oder hatte ihn jemand über Bord geworfen? Das war ein Fall für Kommissar Hansen. Stuhr zog sein Handy, um Hilfe anzufordern. Er hatte jedoch keinen Empfang.

Er löste sich von dem wärmenden Schornstein und stürmte nach vorne, um gegen die Kajütwand der Schiffsbrücke zu trommeln, damit er mit dem restlichen Personal des Fördedampfers Kontakt aufnehmen konnte. Eine Reaktion blieb jedoch aus. Waren sie führerlos?

In diesem Moment tauchte ein dunkler Schattenumriss an einem der Fenster auf, der vermutlich das Oberdeck inspizieren wollte. Die Kopfform erinnerte Stuhr an einen der beiden Gäste von der »Seebar«. Was hatten die auf der Schiffsbrücke zu suchen?

Schnell duckte sich Stuhr weg und drückte sich an der Kajütwand entlang zur Treppe, die zum Unterdeck führte. Behutsam schlich er hinunter und öffnete leise die Tür zur Kantine. Nach wie vor tummelte sich dort Käpten Daddeldu in voller Lebensgröße im Rampenlicht der trüben Decksbeleuchtung und gab seine Schoten vor dem spärlichen Publikum zum Besten.

Der nächste Schauer durchfuhr Stuhr. Wenn es Daddeldu nicht erwischt hatte, dann musste der echte Kapitän über Bord gegangen sein. Stuhr beschloss, sich der resoluten Kantinenwirtin zu offenbaren, die geschäftig hinter der Ausgabe hantierte. Als er sich näherte, wurde er schroff abgewiesen.

»Kaffee ist aus, der Herr. Tut mir leid, aber in zehn Minuten legen wir am Bahnhofskai an. Feierabend.«

Leise, aber eindringlich sprach Stuhr auf sie ein. »Das glaube ich nicht. Ihr Kapitän ist soeben über Bord gegangen. Der echte. Mein Ehrenwort.«

Die ihn ungläubig musternde Wirtin griff zum Bordtelefon, aber alle Versuche blieben ergebnislos, ihren Schiffsführer zu erreichen. Der Blick aus dem Fenster zauberte noch mehr Sorgenfalten auf ihre Stirn.

»Unser Kurs stimmt nicht, wir sollten längst an der Reventloubrücke angelegt haben. Mein Gott, wir müssen oben nach dem Rechten sehen. Kommen Sie mit?«

Stuhr war unschlüssig. »Das kann gefährlich werden. Auf der Brücke agieren Personen. Vermutlich die beiden Fahrgäste, die vor mir das Schiff betreten haben.«

Die Kantinenwirtin musterte ihn nachdenklich. »Die habe ich nicht bemerkt.«

»Ja, weil die gleich die Treppe zum Oberdeck hochgestürmt sind. Vermutlich haben sie die Brücke eingenommen und ...«

Das Gesicht der Kantinenwirtin wurde kreidebleich. Sie zückte ihr Handy. »Hören Sie auf! Ich rufe die Leitzentrale an.«

»Kein Empfang«, gab Stuhr Entwarnung.

Das versetzte sie in höchste Alarmstufe. »Das kann nicht sein. Wir haben auf der Kieler Förde überall Empfang. Was ist denn nur los?«

Stuhr hatte eine Vermutung. »Ein Störsender vielleicht. Wo geht unsere Reise denn hin?«

Die patente Kantinenwirtin schaute ratlos aus dem Fenster. »Vermutlich ins Nirwana. Der Nebel verhüllt alles. Jedenfalls geht die Fahrt nicht wie geplant zum Kieler Bahnhofsanleger, das ist sicher.«

Stuhr schwieg. Angst kroch in ihm hoch. Die Stimme der Kantinenwirtin holte ihn in die Realität zurück. »Wir werden anscheinend gleich den Ausrüstungskai der HDW-Werft auf dem Ostufer passieren. Wir befinden uns auf der falschen Seite der Förde.«

Das war in der Tat ungewöhnlich. Seitdem Stuhr ein kleiner Junge war, hatte sich die Route der Fördeflotte kaum geändert. »Denken Sie, dass wir dort anlegen?«

Sie zuckte mit den Schultern. »Bei der Werft? Das glaube ich nicht. Die bauen Fähren, Containerschiffe und Luxusjachten.«

Schlüssig erschien Stuhr das alles nicht. Warum sollte jemand einen Kapitän umbringen und einen mit wenigen Passagieren besetzten Fördedampfer kapern? Plötzlich wurden sie zur Seite gerissen, weil das Schiff hart backbord beidrehte, während es anschließend mit voller Kraft Fahrt aufnahm. Das Brüllen der Schiffsmotoren hielt die Kantinenwirtin nicht mehr unter Deck. Alarmiert eilte sie zum Treppenaufgang. Das ließ der falsche Käpten nicht unkommentiert.

»Rosi, mein Schatz. Willst du mich verlassen? Schade. Wir werden uns lange Zeit nicht mehr sehen. Cheerio, ich muss morgen leider nach Shanghai. Oder war es Honolulu?«

Die wenigen Passagiere im Unterdeck hatten den Ernst der Lage nicht erfasst, deswegen amüsierten sie sich noch über Käpten Daddeldu. Die resolute Kantinenwirtin war jedoch bereits die Treppe hochgestürmt und beugte sich auf dem Oberdeck weit über die Reling. Stuhr tat es ihr nach, aber in der trüben Suppe war außer den mächtigen Portalkränen der Gaardener Werft wenig zu erkennen. Auf einmal schrie sie auf und zeigte aufgeregt nach vorne.

»Dort drüben, sehen Sie. An der Pier!«

Tatsächlich, jetzt konnte auch Stuhr eine riesige hell erleuchtete weiße Luxusjacht ausmachen, die nicht mehr allzu weit vor ihnen lag. Die Kantinenwirtin packte Stuhr an den Armen.

»Schauen Sie, dort geht unsere Reise hin. Wir steuern genau auf die neue Jacht von diesem russischen Milliardär zu. Prochorov oder so, stand gestern in der Zeitung. Es wird bald scheppern. Tun Sie etwas.«

Es schepperte aber nicht, sondern zunächst waren erneut zwei harte Aufschläge im Wasser zu vernehmen. Dann passierten sie schon die beiden im Wasser paddelnden Gäste von der »Seebar«, die von der Schiffsbrücke gesprungen waren.

Der Fördedampfer nahm jedoch unbeirrbar weiter volle Fahrt voraus Kurs auf die Luxusjacht, von deren Vorderschiff dunkle Gestalten inzwischen Warnsalven in die Luft feuerten, während vom Achterdeck mit mächtigem Getöse ein Hubschrauber aufstieg. Stuhr löste sich von der Reling und hastete die Treppe hoch zur verschlossenen Tür der Schiffsbrücke. Während er noch überlegte, wie er sie am besten aufbrechen konnte, öffnete die nachdrängende Kantinenwirtin die Tür kurzerhand mit ihrem Dreikant. Das Schiff war führungslos. Sofort sprang Stuhr der Tampen ins Auge, mit dem das Steuerruder am Brückenpult festgebunden war. Es war absolut erschreckend, mit welcher Geschwindigkeit sie sich der Luxusjacht näherten.

Die Kantinenwirtin schrie laut auf, als das Fenster vor ihr zersplitterte. Stuhr riss sie herunter, denn er hatte den metallischen Klang von Einschüssen auf der hinteren Kajütwand mitbekommen. Anscheinend wurde scharf geschossen. Während er in gebückter Haltung mit der einen Hand die Kantinenwirtin niederrang, drückte er mit der anderen den auffällig großen roten »Emergency«-Knopf auf das darunterliegende gelbe Signalfeld.

Sofort erlosch die Beleuchtung. Das Vibrieren des Schiffsdieselmotors verringerte sich, und sie verloren an Fahrt. Dann ging der Motor aus, während gleichzeitig der Lärm über ihnen zunahm. Der Hubschrauber von der Luxusjacht musste direkt über ihnen schweben.

Ein zweites Fenster zersprang krachend in Tausend Splitter, und der Querschläger ließ die Kantinenwirtin lauthals aufschreien, bevor sie zu Boden sank. Während Stuhr sich vorsichtig durch viele scharfe Glassplitter zu ihr schlich, zerbarsten fast gleichzeitig die beiden Seitenscheiben der Schiffsbrücke. Dieses Mal aber nicht von Geschossen, sondern von Springerstiefeln. Die auf sie gerichteten Maschinenpistolen zweier vermummter Eindringlinge sprachen ihre eigene Sprache, die Stuhr mehr als die Nachfrage irritierte.

»*Maschina stop?*«

Es klang russisch. Heftig nickte Stuhr, während er die Hände hob.

»Du Kapitan?«

Die Antwort gab Stuhr multinational, indem er kopfschüttelnd vorsichtig eine Hand senkte und den Zeigefinger quer gegen den Hals strich.

»Wer hat dann das Schiff gelenkt?« Diese Nachfrage in lupenreiner deutscher Sprache hinter ihm ließ die Maschinenpistolen der vermummten Gestalten senken, was Stuhr mehr als die friedliche Stimmlage beruhigte.

»Zwei Männer. Sie haben den Kapitän umgelegt und das Steuerruder fixiert. Vor einer halben Minute sind sie von der Schiffsbrücke in die Förde gesprungen. Wir haben sie im Wasser vorbeischwimmen sehen.«

Die Stimme hinter ihm gab knappe Anweisungen in russischer Sprache, und die beiden Vermummten entfernten sich unerwartet gesittet durch die offen stehende Tür. Das Brummen des Hubschraubers über ihnen wurde kurzfristig lauter, dann entschwand es schnell, um vermutlich nach den beiden abgetauchten Entführern zu fahnden.

Die deutsche Stimme hinter Stuhr meldete sich wieder. »Wir werden sie aufspüren, keine Angst. Ich bin Kapitän Nemitz von der ›Nadyesta‹, der Luxusjacht dort drüben. Gehört einem russischen Milliardär, der muss sich natürlich in allen Lagen zu schützen wissen. Selbstverständlich in Absprache mit den deutschen Sicherheitsdiensten.«

Stuhr nickte. »Selbstverständlich.«

Der Kapitän der russischen Luxusjacht brachte die Kantinenpächterin schnell in eine stabile Seitenlage und setzte mit geübten Griffen einen Druckverband an, bevor er den Tampen am Schiffsruder durchschnitt. Dann betätigte er einige Knöpfe, woraufhin nicht nur die Beleuchtung wieder ansprang, sondern auch der Schiffsmotor unter dem Deck zu rumoren begann. In aller Seelenruhe schlug er einen neuen Kurs ein, der sie in beruhigendem Abstand an der schon wieder verdunkelten Luxusjacht vorbeiführte.

Mit seiner ruhigen Stimme informierte der Kapitän über das weitere Vorgehen. »Die Frau am Boden muss dringend in ärztliche Behandlung. Am besten fahren wir direkt über die Förde zum Uni-Klinikum. Keine Angst, ich habe alle notwendigen Qualifikationen und bringe Sie sicher dorthin. Meine Kollegen nennen mich übrigens Käpten Nemo. Vertrauen Sie mir. Es war eng, und Sie hatten viel Glück.«

Stuhr nickte skeptisch. Wenn das Glück sein sollte, was war dann Pech?

Kapitän Nemo steuerte jetzt zielsicher das Kieler Westufer an und erteilte neue Order. »Mein Herr. Gehen Sie bitte hinunter und teilen Sie den Fahrgästen mit, dass gleich am Anleger Seegarten Endstation ist. Der liegt unweit vom Uni-Klinikum. Rettungswagen sind bereits unsererseits dorthin beordert worden.«

Stuhr zögerte, aber die Kantinenwirtin schien einigermaßen gut versorgt zu sein. So machte er sich auf den Weg ins Unterdeck. Käpten Daddeldu hatte es sich dort inzwischen in der kleinen Getränkeausgabe gemütlich gemacht, indem er hinter der Getränkeklappe mit Bierflaschen Kasperle spielte. Allerdings mehr für sich selbst als für die anderen Passagiere, die inzwischen offenbar verängstigt von den Schüssen auf dem Boden zwischen den Sitzen kauerten.

Stuhrs spröde Stimme beendete die groteske Veranstaltung. »Die Vorstellung ist aus für heute, Käpten Daddeldu. Am Anleger Seegarten geht es gleich von Bord. Nicht nur für Sie, für alle. Endstation.«

Daddeldu legte seine gläsernen Figuren ab. »Seegarten? Warum das denn? Hier geht jetzt die Post erst so richtig ab.«

Stuhr hatte wenig Lust, mit dem angeschickerten Kasper zu streiten. »Schluss mit lustig, Daddeldu. Wir haben keine andere Wahl. Es gab eine Menge Ärger oben an Deck, sogar Schüsse. Rosi, die Kantinenwirtin, ist verletzt.«

Käpten Daddeldu fasste sich mit dem Zeigefinger an die Stirn. »Schüsse? So ein Quatsch. Das hätten wir hier unten schon mitbekommen. Die zwei, drei harten Kurswechsel, die gehören zur christlichen Seefahrt genauso dazu wie die Kaffeebohne zum Sambuca.«

Stuhr blieb hart. »Endstation, sagte ich.«

Käpten Daddeldu blies zum Finale. »Tüdelüt, tüdelüt, tüdelüt. Jeglichem Unbill sind wir früher stets mit breiter

Brust entgegengetreten. Macht mir aber nix, vom Seegarten ist es schließlich nicht weit bis zum Kieler Puff.«

Mit staksigen Schritten bewegte er sich auf den Ausgang des Salons zu, während es die aufgeschreckten Passagiere vorzogen, zunächst wie Stuhr unter Deck das Anlegemanöver abzuwarten. Unheimlich wurde die Stimmung, als der Dieselmotor das Schiff erzittern ließ, um seitlich am abgedunkelten Seegarten anzulegen. Von Rettungswagen oder der Polizei war allerdings weit und breit nichts zu sehen.

Ungerührt machte sich Käpten Daddeldu auf den Weg ins Freie und trat krachend mit dem Fuß die Gangway auf den Anleger, um anschließend breitbeinig auf den Seegarten zu schreiten. Erst als von Weitem die Sirenen von Hilfsfahrzeugen zu vernehmen waren, wagte sich Stuhr gebückt aus dem Salon heraus und lugte vorsichtig über die schützende Bordwand zum Ufer.

Die Szenerie war gespenstisch. Über der schmucklosen entleerten Parkfläche des Seegartens thronte das schwach erleuchtete Kieler Schloss, dem schon vor Jahrzehnten genau wie dem davorliegenden Platz jegliche Eleganz durch Beton und Asphalt entzogen worden war.

Plötzlich blendeten Autoscheinwerfer auf, gegen die Stuhr den Schatten des torkelnden Käptens erspähte, der lustvoll in die Nacht wankte. Das kurz aufblitzende Mündungsfeuer einer Maschinenpistole aus dem Seitenfenster des Fahrzeugs streckte den Seebär sofort nieder. Nun wurde von der Schiffsbrücke über Stuhr erbittert auf das Fahrzeug geschossen. Dann schwebte schon der Hubschrauber mit vertrautem Getöse ein, und Maschinengewehrgarben fegten über den gesamten Seegarten.

Stuhr steckte mitten in der Scheiße. Wo blieb nur die Polizei?

FÖRDEBLICK

HENNING SCHÖTTKE

Was für ein sterbenslangweiliger Job, dachte Markus Sellmer. Er zog seinen Tennisball aus der Jackentasche, ging in der Wohnung umher, ließ dabei den Ball auf das dunkle Eichenparkett prallen und fing ihn wieder auf. Seine Schritte und das Dopsen des Balles hallten ein wenig verloren in den leeren Räumen.

Auf den etwa 170 Quadratmetern fand er vier große Zimmer und zwei kleinere, zwei Bäder und eine geräumige, nach modernsten Standards eingerichtete Küche. Er öffnete die Schränke der Einbauküche. In einer Schublade fand er übrig gebliebenen Krimskrams: Heftzwecken, Klebeband, eine Schnur, Streichhölzer. Ansonsten gab es nichts, was auf frühere Bewohner hinwies. Die Räume waren beinahe unangenehm kahl. Es gab nicht einmal Fußleisten, alles schien von äußerster Schlichtheit und Funktionalität.

Er ging in einen Raum, der nach Nordosten lag und ein schönes Schlafzimmer abgeben würde, und trat ans Fenster. Von hier aus hatte man einen wunderbaren Blick über die Kieler Förde. Das war nicht übertrieben. Gut, bei einer anderthalb Millionen Euro teuren Eigentumswohnung konnte man auch eine luxuriöse Umgebung erwarten.

Dabei war das Gebäude alles andere als repräsentativ. Bei seiner Erbauung vor mehreren Jahrzehnten hatte man einen solchen Stil wohl als vornehm und schlicht bezeichnet, aber – auch wenn er dies einem Kunden gegenüber nie zugegeben hätte – Markus fand das kastenförmige Gebäude einfach nur hässlich.

Dafür, dass draußen die Sonne schien, war es in der Wohnung eigenartig kühl. Offenbar war sie gut isoliert. Was er hier zu tun hatte, war sterbenslangweilig, dachte er noch einmal – aber einfach. Er hatte in den letzten Wochen so viel gearbeitet und freute sich darauf, einen ganzen Spätnachmittag und eine Nacht lang nichts anderes zu tun als zu faulenzen. Und für sein Maklerbüro einen Bericht ins Mikro seines Laptops zu sprechen.

Er schlenderte durch den geräumigen Flur und trat ins Wohnzimmer, in dem er seine Sachen auf dem Parkettboden abgelegt hatte – den Rucksack, die Isomatte und den Laptop –, und sah auch hier aus dem Fenster, das fast die gesamte Breite des Raums einnahm. Und das war also dieser ominöse Balkon, den er in seinem Bericht auf keinen Fall erwähnen sollte. Er ließ den Tennisball noch ein paarmal auf das teure Eichenparkett dopsen und steckte ihn wieder in die Jackentasche.

Markus trat an die Balkontür und versuchte sie zu öffnen. Erst kam es ihm vor, als würde sie ein wenig klemmen, aber dann schlug sie mit solcher Wucht nach außen auf, dass sie ihm fast aus der Hand riss. Ein unerwartet kalter Wind strich ihm übers Gesicht, und mit einem Mal klopfte sein Herz heftig. Er glaubte, ein Zischen zu hören oder eine Art Fauchen. Er trat vor an die Brüstung und sah auf die Uferstraße, die wenige Meter vor dem Haus verlief. Vier Stockwerke unter ihm wendete dort ein schwarzer Wagen. Vielleicht war das Geräusch von ihm gekommen.

Die Balkonbrüstung war bis in Bauchhöhe aufgemauert, darauf verlief ein Handlauf aus Edelstahl. Markus' Herzschlag beruhigte sich, und er hob den Kopf. Von hier aus war der Blick über die Förde noch beeindruckender als vom Schlafzimmerfenster. Er konnte bis zu ihrem Anfang sehen, dort wo die beiden Landspitzen wieder aufeinander zuliefen. Dazwischen war nur die Linie, an der Himmel und Meer sich berührten. Wieder zischte etwas, er beugte sich ein Stück über die Brüstung, konnte aber nicht entdecken, was das Geräusch verursacht haben mochte.

Da er sein Handy im Auto vergessen hatte, musste er noch mal nach unten. Als er an dem opulenten Blumenbeet vorbei zurück zum Haus ging, hielt auf der Straße ein Taxi. Er schloss die Haustür auf und hörte Schritte. Eine gebückte alte Dame kam von hinten, elegant gekleidet mit teurem Schmuck, die grauen Haare wirkten ein bisschen nachlässig frisiert. Sie zog einen großen, offenbar schweren Rollkoffer hinter sich her. Markus hielt ihr die Tür auf und deutete auf den Koffer.

»Darf ich Ihnen beim Hochtragen helfen?«

»Sehr gern, junger Mann«, sagte sie.

Ihre Stimme war brüchig, aber ihr Blick freundlich und klar. Während sie die Treppe hochgingen, bedankte sie sich immer wieder. »Ich war schon in Sorge, wie ich den schweren Koffer in den dritten Stock hochbekommen soll.« Dann plapperte sie von ihrer Enkelin, die sie eine Woche lang in Hannover besucht hätte. Sie blieb vor ihrer Wohnungstür stehen und zog den Schlüssel aus der Tasche.

»Sind Sie der Neffe von Herrn Kuberczyk?«, fragte sie. »Der aus München?«

»Nein, ich bin Wohnungsmakler.«

Ihr Blick wurde ernst, und sie wies mit dem ausgestreckten Zeigefinger nach oben.

»Etwa von der …?«

Markus nickte.

Sie klopfte mit den Fingerknöcheln drei Mal gegen die Zarge ihrer Tür und deutete mit den Lippen eine Bewegung des Ausspuckens an.

»Diese Wohnung mindert so sehr den Wert der anderen Wohnungen.« Aber dann entspannte sich ihr Gesicht wieder. »Es wäre nur schön, wenn mit dem verdammten Ding endlich eine Lösung gefunden werden würde. Entschuldigen Sie bitte, Sie tragen mir so freundlich meinen Koffer hoch, und ich belästige Sie mit meinen Vorhaltungen.«

Nicht einmal einen einzigen mickrigen Stuhl gab es hier, dachte Markus wenige Minuten später leicht verärgert. Er setzte sich auf das Eichenparkett, den Tennisball in der Hand, und lehnte sich mit dem Rücken an die Wand. Vielleicht sollte er runtergehen zu der alten Dame und sie um eine Sitzgelegenheit bitten. Aber nein, das war albern. Außerdem hatte sie gewirkt, als würde sie dringend jemanden zum Unterhalten brauchen. Dann kam er vielleicht gar nicht wieder hier nach oben, und er war schließlich hier, um endlich mal einen halben Tag zu entspannen. Und auch ein bisschen zum Arbeiten.

Er warf den Ball mit der rechten Hand gegen die Wand, badamm, sodass er auf dem Rückweg einmal auf dem Parkett aufprallte, und fing ihn mit der linken auf. Er versuchte ihn so zu werfen, dass er ihn auch wieder mit der rechten fangen konnte, aber das gelang ihm nicht. Der Ball schien einen Linksdrall zu haben.

Markus runzelte die Stirn. Er hielt den Ball einen Meter über den Boden, öffnete die Finger und beobachtete, wie er aufsprang. Der Ball kollerte von ihm weg und rollte langsam auf die Balkontür zu. Markus betrachtete den dunkel glänzenden Parkettfußboden. War er schief? Jetzt hätte er eine Wasserwaage gebrauchen können.

Er überwand sich, ging nach unten und klingelte bei der alten Dame.

»Eine Wasserwaage? Oh, da haben Sie Glück. Mein Mann war ein begeisterter Heimwerker. Einen Moment …«

Sie verschwand in der Wohnung. Während er wartete, sah er durch die halb offene Tür zu ihr rein. Das war allerdings merkwürdig – obwohl ihre Wohnung einen Stock tiefer lag und noch dazu mit Möbeln vollgestellt war, schien sie deutlich heller zu sein. Ob das an dem dunklen Parkett oben lag?

Kurz darauf war er mit der ausgeliehenen Wasserwaage wieder oben und vermaß den Fußboden. Er maß an verschiedenen Stellen, aber der Boden schien eben zu sein. Einer Eingebung folgend, holte er in der zur Schale geformten Hand ein bisschen Wasser aus der Küche und goss es auf die Dielen. Es bildete eine zusammenhängende Lache, die ruhig vor ihm dalag. Und dann begann sie fast wie in Zeitlupe auf die Balkontür zuzufließen.

Er hatte für seinen Bericht zwar eine ganze Nacht lang Zeit, aber er beschloss, gleich damit anzufangen. Dann hatte er es hinter sich und konnte entweder seinen Roman lesen oder ein paar YouTube-Videos ansehen. Er öffnete seinen Laptop. Mit dem Blick über die Förde würde er beginnen. Er sah zur Balkontür und spürte, wie ein eigenartiger Widerwille in ihm aufstieg.

Da klopfte es zaghaft an der Wohnungstür. Er erhob sich, öffnete, und die alte Dame stand da, einige Schritte von der Tür entfernt.

»Ich wollte nur schauen, ob bei Ihnen alles in Ordnung ist.«

»Aber ja, selbstverständlich. Was sollte sein?«

»Nichts.« Ihre Finger tasteten unstet über ihre dreireihige Perlenkette. Sie beugte sich zur Seite und versuchte an ihm vorbei in die Wohnung zu schielen. »Früher hab ich dort Blumen gegossen. Ich hab ja einen Schlüssel, für alle Fälle. Aber dann wurde es immer schlimmer …«

»Hier ist wirklich alles in Ordnung.« Er wies mit einer Hand hinter sich und lächelte. »Sie können gern reinkommen und sich überzeugen.«

Sie zuckte zusammen und schien plötzlich in sich selbst zu versinken.

»Ich will sie nicht beunruhigen«, sagte sie, und ihre brüchige Stimme war noch dünner geworden. »Aber in dieser Wohnung gab es im Frühjahr einen Einbruch.«

»Machen Sie sich mal keine Sorgen. Die Wohnungstür sieht recht stabil aus. Und darüber hinaus weiß ich mich durchaus zu wehren.«

»Das meine ich nicht«, sagte sie, und ihr Blick irrte umher. »Ich … die …« Sie fuhr sich mit der Zunge über die Lippen. »Die Einbrecher waren zwei kräftige Männer. Abgebrühte Typen, die wohl schon einiges auf dem Kerbholz hatten, wie einer der Polizisten mir sagte. Aber beide fand man morgens tot unten im Blumenbeet. Sie waren, warum auch immer, vom Balkon gestürzt.«

Sieh den Dingen ins Gesicht, das war von jeher sein Wahlspruch gewesen. Nachdem die alte Dame endlich verschwunden war, hatte er angefangen, eine Beurteilung über die Wohnung ins Mikro seines Laptops zu sprechen. Aber nun stellte er das Gerät neben sich auf das dunkle Parkett und erhob sich. Er öffnete die Balkontür, und bei dem Blick über die Förde begann sein Herz sofort wieder zu pochen. Er schien noch wunderbarer als vorhin zu sein, aber auch das war geradezu untertrieben. Selbst grandios traf es nicht; der Blick ließ ihn freier atmen. Er spürte, wie sein Brustkorb sich mit jedem Atemzug weitete. Vereinzelte Segelboote trieben auf dem Wasser. Ihre weißen Segel blitzten herrlich in der Sonne. Sein Blick wanderte höher zu der dünnen Linie, an der Meer und Himmel einander trafen. Die Linie zog seinen Blick an, aber mehr als das: Er fühlte eine riesige Sehnsucht nach Freiheit in sich aufsteigen und den überwältigenden Wunsch, dieser Linie zusammen mit den schreienden Möwen entgegenzufliegen.

Er kniff die Augen zusammen und das Gefühl legte sich. Zugleich bemerkte er, wie schwindelig ihm war. Er hielt sich am Handlauf fest und senkte den Blick über die Brüstung nach unten. Sogleich kehrte der Schwindel zurück, war sogar schlimmer als zuvor. Der Boden, vier Stockwerke unter ihm, drehte sich vor seinen Augen, und es dauerte Sekunden, bis er begriff, was er dort sah: Im Vorgarten des Hauses waren konzentrische Blumenbeete, angeordnet wie eine Zielscheibe. Er verkrampfte seine Hände um das Metall und beugte sich weit nach unten. Etwas Unerklärliches schien an ihm zu ziehen.

Markus taumelte unter äußerster Anstrengung seines Willens ins Wohnzimmer zurück und ließ sich verwirrt neben seinen Sachen aufs Parkett sinken. Er schaltete das Mikro seines Laptops wieder an und öffnete den Mund, um zu sprechen, aber kein Satz, nicht einmal ein einleitendes Wort kam über seine Lippen. Verschiedene Versatzstücke von Wohnungsbeschreibungen waberten durch seine Gedanken, formten sich aber nicht zu einem zusammenhängenden Gebilde.

Den Laptop weiterhin auf den Oberschenkeln, zog er den Tennisball aus der Tasche und warf ihn gegen die Wand. Badamm. Warf ihn mit der rechten und fing ihn mit der linken. Badamm. Warf ihn, fing ihn. Warf ihn, passte nicht auf, und der Ball prallte gegen seine ausgestreckten Finger und rollte zur Seite auf die offenen Balkontür zu, dopste mühelos über die Schwelle und rollte hinaus und aus seinem Blickfeld.

Er schnaubte missmutig, und sein Herz pochte. Sollte der Ball doch da liegen bleiben. Das Werfen und Fangen war ohnehin langweilig geworden. Er versuchte für seinen Bericht irgendwelche banalen Sätze aneinanderzureihen, schielte dabei aber immer wieder zu der offenen Balkontür.

Das ist doch idiotisch, dachte er. *Ich werde ja wohl noch in der Lage sein, einen Ball von diesem verdammten Balkon zu holen.*

Nun gut. Er stand auf und trat mit gesenktem Blick über die Schwelle auf den Balkon hinaus. Die Luft schien zu vibrieren, irgendetwas zischte leise. Er vermied es, über die Brüstung zu schauen und ging gleich an der Tür in die Hocke. Der Ball war nur einen Meter weit gerollt. Er streckte eine Hand aus, griff danach und zog sich – weiterhin in der Hocke – zurück, richtete sich auf und schloss die Balkontür.

Ein Gesicht starrte ihn an, und er taumelte erschrocken nach hinten. Erst nach Sekunden begriff er, dass er in der Spiegelung der Türscheibe nur sein eigenes blasses Gesicht sah. Er rollte den Ball in die Mitte des Raumes, um sich nicht weiter davon ablenken zu lassen, hockte sich wieder neben seinen Laptop und schaltete das Mikro an.

»Das ist eine Wohnung mit einem sehr unangenehmen Balkon. Ich kann wirklich niemandem empfehlen, sie zu erwerben. Nicht für anderthalb Millionen, nicht für eine Million und nicht einmal für 100.000 Euro.«

Er löschte die Aufnahme gleich wieder. Dann konnte er auch gleich im Maklerbüro kündigen. Er hatte sich von der alten Schachtel verrückt machen lassen. Genau das war es.

Auch wenn sie es nicht aussprach, hatte sie zweifelsohne irgendwelche abergläubischen Hirngespinste im Kopf. Aber davon durfte er sich auf keinen Fall anstecken lassen.

Er überprüfte noch einmal, dass die Balkontür auch wirklich fest verschlossen war, schnappte sich Rucksack, Isomatte und Laptop und verlegte sein Lager in einen anderen Raum. Dort wühlte er seinen Roman aus dem Rucksack, legte ihn aber ungeöffnet neben sich. Ungeordnete Gedanken wirbelten in ihm und dazu bizarre unklare Bilder. Er zwang sich, gleichmäßig ein- und auszuatmen, und konnte sich so einigermaßen beruhigen.

Als er eine halbe Stunde später zur Toilette ging, sah er beim Zurückgehen ins Wohnzimmer hinein. Die Tür zum Balkon stand weit offen.

Nun gut, dachte er und blieb stehen. Das also war des Rätsels Lösung. *Es handelt sich bei dir um eine Art verzauberten Balkon.*

Diese Erkenntnis ließ seine Beklommenheit schwinden. Erleichterung stieg in ihm auf, die an Euphorie grenzte. Ein Lächeln legte sich auf sein Gesicht und steigerte sich binnen Sekunden zu einem breiten, siegessicheren, aber zugleich auch verzerrten Grinsen.

»Nun gut«, flüsterte er, und seine Stimme hörte sich ganz fremd an. So als würden alte Papiere aneinanderrascheln. »Du willst Spiele spielen? Sehr gern, für ein spannendes Spiel bin ich immer zu haben.«

Markus ging mit beherztem Schritt auf die Balkontür zu und spürte eine leichte Berührung an der Fußspitze. Er hatte nicht auf den daliegenden Tennisball geachtet, sah ihn auf die offene Balkontür zuschießen und in ihrem großen Rachen verschwinden. Er hörte, wie er dort noch ein paar Mal aufdopste. Dann war es still.

Für einen flüchtigen Moment streifte ihn der Gedanke, wie irrsinnig, was er gerade getan hatte, auf einen außenstehenden Beobachter gewirkt haben mochte. Er stand hier vor der geöffneten Tür und sprach zu einem Balkon.

Er trat an die Tür, sah um die Ecke, und vor lauter Aufregung wurde ihm übel. Der Ball lag in der äußersten Ecke des Balkons, mehrere Meter entfernt.

»Du verdammtes Miststück«, flüsterte er, und seine Lippen zitterten. »Du willst tatsächlich mit mir spielen.«

Er lief ins andere Zimmer zu seinen Sachen und wühlte einen Zollstock aus dem Rucksack heraus. Bei seiner Wohnungsbesichtigung vorhin hatte er hinter einer schmalen Tür im Flur einen Besen gesehen. Aus der Küchenschublade holte er dazu die Rolle mit schwarzem Klebeband. Er befestigte den Zollstock an dem Besen, winkelte das vordere Glied des Zollstocks ab und hatte so eine bestimmt über drei Meter lange Angel.

Mit dem Hintern in der Sicherheit des Wohnzimmers sitzend, lehnte er sich damit weit auf den Balkon hinaus und angelte nach dem Ball. Nach einigen Fehlversuchen, bei denen der Ball nur von einer Ecke in die andere kollerte, schaffte er es, ihn zu sich her zu rollen.

Er schloss die Balkontür, so fest er konnte. Wieder im anderen Raum bei seinen Sachen hörte er, wie sie auf- und zuschlug. Mit monotoner, hypnotischer Gleichmäßigkeit, als würde sie ihn verhöhnen. Am liebsten hätte er beide Handflächen auf die Ohren gepresst, aber das kam ihm wie eine Geste kindlicher Hilflosigkeit vor, und stattdessen flüchtete er sich in die realistische Vorstellung von einem kaputten Türschloss und starkem Durchzug.

Es klingelte.

Was wollte die Alte schon wieder? Konnte sie nicht aufhören, ihn zu belästigen? Er runzelte die Stirn. Sie war ja fast noch schlimmer als der Balkon. Es klopfte wieder und wieder. Er schüttelte wütend den Kopf. Dann hörte er, wie sich ein Schlüssel im Schloss drehte.

»Hallo?«, rief eine dünne Stimme.

Das war ja wohl eine Frechheit. Er erhob sich, warf im Vorbeigehen einen sichernden Blick zur Balkontür und öffnete die Wohnungstür. Auf der Schwelle standen eine Thermoskanne und ein Becher. Er trat in die Tür. Die alte Schachtel selbst hatte sich weit zurückgezogen, war schon wieder auf der Treppe zwei Stufen nach unten gegangen und klammerte sich am Treppengeländer fest.

»Ich habe Ihnen ein bisschen starken Kaffee gemacht. Vielleicht mögen Sie ja …«

»Ja, danke.«

Er schnaufte unwillig. Aber eine solche Freundlichkeit konnte er ja schlecht ausschlagen. Er bückte sich nach der Thermoskanne und dem Becher, nahm beides an sich und knallte die Tür barsch und grußlos zu.

Normalerweise war er ein höflicher Mensch. Aber das hier war eine besondere Situation. Ein besonderes Stück architektonischen Wahnsinns. Für einen Moment stieg Heiterkeit in ihm auf, auch wenn ihm nicht ganz klar war, was hier lustig sein sollte. Er war schon mit so viel größeren Herausforderungen fertig geworden. Gerade vorgestern hatte ihn beim Joggen im Vieburger Gehölz ein verwilderter Hund angefallen. Das verdammte Vieh hatte er mit einem Tritt gegen die geifernde Schnauze außer Gefecht gesetzt und dann mit einem dicken Ast in die Flucht geschlagen.

Von der Förde her kroch in grauen Schlieren die Dämmerung herauf. Allerdings war der Balkon ein durchaus achtbarer Gegner. Er durfte ihn auf keinen Fall unterschätzen. Er beschloss, sein Lager zurück ins Wohnzimmer zu verlegen, um den Balkon besser im Auge zu behalten.

Sollte er die Balkontür auf besondere Weise sichern? Vielleicht mit der roten Kordel, die er in der Küchenschublade gefunden hatte? Er könnte ein Ende am Türgriff befestigen, wusste aber nicht, wohin mit dem anderen Ende. Dann rief er sich zur Ordnung. Zweifellos strahlte der Balkon irgendeine unheimliche, mit rationalen Aspekten nicht zu erklärende Magie aus. Aber er durfte sich nicht verrückt machen. Er musste einfach nur die Tür gut verschlossen halten. Das reichte vollkommen.

Was den Text zur Vorstellung der Wohnung im Maklerportal betraf, hatte er sich wieder gefangen. Er fing nun an, seine ins Mikro gesprochenen Ideen in geschriebenen Text zu verwandeln. Dazu tauchte er ins Repertoire seiner üblichen Worthülsen ein und stoppelte ein paar nichtssagende, aber gut klingende Sätze zusammen. Mit dem Ergebnis war er mehr als zufrieden.

Es wurde jetzt schnell dunkler, und erst da fiel ihm auf, dass in diesem Raum nicht die in leeren Wohnungen übliche nackte Glühbirne von der Decke hing. Er ging durch die ganze Wohnung, fand aber in keinem Raum Licht. Er würde also die Nacht über im Dunkeln sitzen müssen.

Den Rest des Abends verbrachte er mit YouTube-Videos über die Sprengungen alter Industrieschornsteine und las im Lichtschein seines Handys noch einige Seiten in seinem mitgebrachten Roman. Er war froh, keinen von Stephen King eingepackt zu haben. Auch wenn er wirklich kein Weichei war, das hätte er jetzt nicht ausgehalten. Stattdessen hatte er einen Roman von Tess Gerritsen mitgenommen. Aber auch der darin vorkommende Serienkiller war ihm für seinen momentanen Geschmack zu blutrünstig. Er überlegte, ob er seinen Maklertext noch einmal überarbeiten sollte, entschied sich aber dagegen. Er ließ den Laptop angeschaltet, um wenigstens ein bisschen Licht zu haben, rollte die Isomatte aus und fiel bald darauf in einen schweren, aber unruhigen Schlaf.

Markus erwachte und versuchte sich zu orientieren. Straßenlaternen leuchteten aus der Schwärze der Nacht. Die dunklen Umrisse von Bäumen. Weiter entfernt ein Bootsanleger. Seine rechte Kniekehle schmerzte. Die Finger seiner rechten Hand umklammerten eine Metallstange, einen Handlauf, er drehte den Kopf und sah, dass sein rechtes Bein über der Balkonbrüstung hing.

Mit einem Aufschrei des Entsetzens zog er sein Bein zurück, stieß sich mit den Händen von der Brüstung ab und taumelte rückwärts durch die Tür ins dunkle Wohnzimmer. Dabei stolperte er über die Schwelle, geriet ins Straucheln und konnte sich gerade noch auffangen. Jetzt zitterte er und tiefe, animalische Angst sickerte in jede Faser seines Denkens. Zugleich aber spürte er ein riesiges, beinahe wahnsinniges Triumphgefühl. Der Balkon hatte ihn zu sich hingelockt. Hatte den Moment seines Schlafs abgepasst, um ihn zu sich heranzuziehen und dann in den Abgrund zu stürzen.

Aber er, Markus, war wach geworden. Was anderes als ein Zeichen seiner psychischen Überlegenheit war denn das? Selbst im Moment seiner Unaufmerksamkeit hatte der Balkon es nicht geschafft, ihn zu überlisten. Wahrscheinlich würde er sogar auf der Balkonbrüstung tanzen können, dachte er und brach in schallendes Gelächter aus, das merkwürdig tonlos in der Luft hing. Nicht einmal dann würde der Balkon ihm etwas anhaben können.

»Ich bin dir überlegen, alter Freund«, sagte Markus und verzog das Gesicht zu einer süffisant grinsenden Fratze. Am ganzen Körper bibbernd, stellte er sich breitbeinig und mit weichen Knien in die Tür und hakte die Daumen in den Hosenbund. »Du bist durchaus nicht schlecht – spielst gut, hast coole Tricks auf Lager. Aber gegen mich kommst du nicht an. Sieh es ein.«

Der Balkon schwieg.

Aber besser die Tür schließen, dachte Markus, und das tat er. Irgendetwas fauchte leise. Bei aller Überlegenheit war es besser, seine Wachsamkeit beizubehalten. *Ich werde nicht schlafen*, dachte er. Dazu war dieses Raubtier zu gefährlich.

Er zitterte immer mehr, hörte ein monotones Klappern und erkannte erst nach einer Weile, dass es vom Aufeinanderschlagen seiner Zähne herrührte. Mit einem Mal kam ihm sogar der absurde Gedanke, auf der Stelle die Wohnung zu verlassen. Aber er musste es doch nur bis morgen aushalten, und es war schon halb eins.

»Nur noch etwa acht Stunden«, flüsterte er in die Schwärze des Raums hinein.

Er zwang sich, einen klaren Gedanken zu fassen. Das musste doch zu schaffen sein. Er hatte so hart dafür gearbeitet, eine Stelle in diesem renommierten Maklerbüro zu bekommen. Denn was sollte er seinem Chef sagen? Der Balkon wollte mich umbringen? Er würde auf der Stelle entlassen werden.

Dabei gab es keinen Zweifel: Der Balkon wollte genau *das* tun. Der Balkon wollte ihn *töten*!

Alles, was er tun musste, um in diesem tödlichen Dilemma zu überleben, war im Grunde mehr als simpel. Wach bleiben, den Balkon im Auge behalten und sich nicht vom Fleck rühren. In dem fast stockdunklen Raum sah er die vagen

Umrisse von der Thermoskanne und dem Becher, die er vorhin achtlos neben die Tür gestellt hatte. Er holte beides zu sich und goss Kaffee in den Becher. Während er über den Kaffee pustete und dann vorsichtig an dem heißen, bitteren Getränk nippte, durchzog ihn ein Gefühl tiefer Dankbarkeit. Vielleicht rettete die alte Dame damit sein Leben. Es kam ihm vor, als habe er noch nie so starken Kaffee getrunken.

Er nahm sein Buch zur Hand, aber die Buchstaben tanzten im Lichtschein seines Handys nur sinnlos vor seinen Augen. In der Wohnung umherzuwandern, traute er sich aber auch nicht. Er musste die Tür im Auge behalten. Er drückte den kerzengeraden Rücken gegen die Wand, presste die Handflächen aufs Parkett und starrte auf die Linie gegenüber, an der Boden und Wand einander berührten.

Nach dem zweiten Becher Kaffee spürte er sein Herz schlagen. Die Zeit verrann in endlos langen Sekunden. Irgendwann hatte er das Gefühl, dass die Luft stickiger und stickiger wurde. Er konnte kaum noch atmen und musste unbedingt für einen Moment die Tür öffnen, um frische Luft hereinzulassen. Mit einem Rest klaren Verstandes spürte er aber, dass dies nur ein weiterer teuflischer Trick des Balkons war.

Später erfüllten ihn Traummomente, in denen er die beglückende Weite des Himmels fühlte, doch sein Überlebenswille zuckte ihn in den Wachzustand des vom Monitor des Laptops nur spärlich erhellten Raumes zurück. Da sah er einen geisterhaften Schatten des bunten Blumenbeets. Es drehte sich vor seinem inneren Auge – schneller und schneller, bis die kreischbunten Farben ineinander verflossen. Wieder zuckte er zusammen, wurde klar und goss sich einen weiteren Becher Kaffee ein. Sein Herz wummerte nun wie ein mit einem kiloschweren Schlägel angeschlagener riesenhafter Gong.

Dort, wo die Wand auf den Boden traf, sah er gegenüber im Dunklen eine dünne Linie. Markus legte den Kopf schief, und die Wand wurde heller und heller. Sie leuchtete. Der dunkle Eichenboden reflektierte den Himmel wie Wasser. Ein kühler Windhauch strich über seine Wange. Wenn nur seine Finger nicht so schmerzen würden. Die Förde schwamm in der milchigen Dämmerung des Morgens. Er wandte den Blick davon ab, und als er den Kopf in Richtung des Balkons drehte, schabte seine Wange über den Außenputz des Gebäudes.

Im Moment des Erwachens wurde ihm bewusst, dass das hämmernde Pochen seines Herzens nicht mehr vom Kaffee kam, sondern von Todesangst, und jeder seiner Gedanken flutete sich mit Entsetzen. Er hing, sich mit beiden Händen noch an den Handlauf klammernd, auf der Außenseite des Balkons. Zugleich mit der Angst aber verspürte er ein unsagbares Triumphgefühl. Denn wenn es je eines Beweises bedurft hätte – nun war es endgültig: Er war stärker als der Balkon! Der Balkon, dieses verfluchte hinterhältige Miststück, schaffte es trotz all seiner dämonischen Tricks nicht, ihn, Markus Sellmer, dazu zu bringen loszulassen.

Selbst dann nicht, dachte er und lachte im Hochgefühl seiner Überlegenheit hysterisch auf, *wenn ich mich nur noch mit einem Arm festhalte.* Er löste die rechte Hand vom Handlauf und winkte damit einem imaginären, begeistert applaudierenden Publikum zu. Es ging sooo leicht. Dann löste er auch von der linken den kleinen Finger. Den Ringfinger. Seine Siegessicherheit wuchs über alle Maßen, explodierte geradezu in seinem Kopf. Dann den Daumen. Es ging so … leicht … *Nichts* konnte der Balkon ihm anhaben. Nichts!

Und dann kreischte er verzweifelt auf. Er spürte, wie der Zeigefinger abzurutschen drohte. Wedelte mit dem rechten Arm in der Luft umher in dem vergeblichen Versuch, die Brüstung wieder zu greifen. Zappelte mit den Beinen und brachte seinen schweren Körper dadurch zum Schwingen. Der Zeigefinger rutschte ab. Seine suchende Rechte glitt an der Wand entlang, und als deren Fingerkuppen den Handlauf streiften, gab es einen sirrenden metallischen Ton. Jetzt fauchte der Balkon. Alle Sehnen in seinem Mittelfinger dehnten sich, während der Putz ihm die Haut von der Wange raspelte.

Seine Rechte fand den Handlauf, rutschte ab, fand ihn wieder, rutschte ab. Die Luft um ihn herum zischte und fauchte. Seine Beine tanzten wild umher, wurden schwerer und schwerer und zogen ihn mit aller Kraft in die Tiefe.

Da spürte er plötzlich Finger an seiner linken Hand, und sie wurde ergriffen.

»Ich halte Sie«, rief eine zerbrechliche Stimme über ihm.

»Lass los, lass los«, rief eine andere. Und diese Stimme kam aus ihm selbst. *Du hast doch gewonnen. Du kannst aufhören zu kämpfen.* Da wurde auch seine wild umherwedelnde Rechte ergriffen und zum Handlauf geführt.

Beide Hände packten nun fester, und er zog sich mit letzter Willenskraft in einem Klimmzug nach oben. Während seine Gedanken noch jubilierend davonflatterten, der Horizontlinie entgegen, und er sich vorstellte, wie beim Auftreffen auf das Blumenbeet seine Beine brachen, schabte sein Nasenrücken am Metall des Handlaufs entlang. Irgendwie schaffte er es, das rechte Bein darüber zu heben, und ohne jede Eleganz drehte er, wand er sich darüber – im Fallen erkannte er die alte Dame – und knallte auf der anderen Seite mit den Knien auf den Balkonboden.

Trotz seiner Erschöpfung und seiner Schmerzen in Fingern, Armen und Knien machte Markus keine Sekunde Halt. Er stammelte einen Dank, stürmte auf seinen Laptop und die daneben auf dem Boden liegenden Sachen zu, nahm sich nicht einmal die Zeit, den Laptop zu schließen, sondern raffte alles zusammen und floh aus der Wohnung, stürzte in das noch halbdunkle Treppenhaus und rannte, sprang, ja flog beinahe die Stufen hinunter, lief zu seinem Wagen und raste davon, ohne sich auch nur für einen winzigen Augenblick umzusehen.

DIE FÖRDE

CORNELIA LEYMANN

»Kiel?« Mit mindestens drei i, damit man das Entsetzen
raushört. »Kiiiel? Das ist doch die Stadt mit dem Kopfsteinpflaster, oder?«

Eine Gemeinheit, so etwas. Sicherlich gibt es in Kiel auch
heute noch Straßen, die sich ihr Kopfsteinpflaster bewahren
konnten. Aber ist das ein Makel? Trutschig, klein, zurück-
geblieben? Oder eher eine Besonderheit? Wir konnten uns
eben unsere Ursprünglichkeit bewahren.

Am ursprünglichsten ist nicht unser Kopfsteinpflaster,
sondern die Förde. Deshalb denkt auch, wer an Kiel denkt,
in erster Linie an die Förde. Wir haben nämlich einen Fjord.
Welche deutsche Stadt kann das schon von sich sagen? Da
fällt mir auf Anhieb eigentlich nur Eckernförde ein. Eckernförde mit seiner Eckernförder Förde. So ein bisschen wie
Fischers Fritz mit seinen frischen Fischen.

Kiel heißt auf Altdeutsch übrigens Fjord, sagt man zumindest. Also ist die Kieler Förde so ein bisschen ein weißer
Schimmel. Aber das nur nebenbei.

Die Kieler Förde ist bummelig 17 Kilometer lang, schlän-
gelt sich in Nord-Süd-Richtung durchs Wasser und endet
in Kiel, genauer gesagt an der Hörn, noch genauer an einer
Spundwand. Wer's nicht glaubt, kann mal nachschauen auf
einem kleinen Spaziergang vom Hauptbahnhof zur Halle

400, einer ehemaligen Schiffbau-Halle von HDW und jetzigem Steaklokal mit Amüsieranstalt.

Wo die Förde aufhört, ist also verhältnismäßig einfach festzustellen. Wo sie anfängt, ist dagegen schon schwieriger. Manche machen es sich einfach und sagen: Sie beginnt am Kieler Leuchtturm. Andere bemühen die rot-weiße Ansteuerungstonne »Kieler Förde«, an der die Betonnung für das Fahrwasser beginnt. Wieder andere klammern sich an die Leuchttonne KO 1/1, die den Beginn des Verkehrstrennungsgebietes anzeigt. Ab hier darf man nämlich nicht mehr kreuz und quer über die Ostsee schippern, ab hier gilt das Rechtsfahrgebot. Wohlgemerkt rechts, wir sind in Deutschland.

Der Kieler Leuchtturm ist ein richtiger Zweckbau, hat nichts mit dem zu tun, was man sich landläufig unter Leuchttürmen vorstellt, wie sie auf alten Stichen und Bildern dargestellt werden: sturmumtobt, einsam auf ödem Fels, von tosender Brandung gischtumspült – jagt einem richtig einen wohlig gruseligen Schauer über den Rücken. Das hätte doch was.

Hat's aber nicht.

Der Kieler Leuchtturm ist das Leitfeuer für die Zufahrt zur Kieler Förde, und da das als Aufgabe für damals knapp zehn Millionen DM Baukosten vielleicht ein bisschen mau wäre, zeigt er zusätzlich noch den Weg nach Flensburg, nach Fehmarn und zur Ostsee an und warnt vor den Untiefen Stollergrund, Gabelsbach und Kleverberg. Und als ob das noch nicht genug wäre, beherbergt er auch noch etliche Messeinrichtungen, funkt Pegelstände und Wind an den Deutschen Wetterdienst, Radioaktivität an das Bundesamt für Strahlenschutz und Wasserqualität ans Meeresinstitut Geomar. Außerdem dient er als Lotsenversetzstation.

Gebaut wurde er in den Jahren 1964 bis 1967, und zwar mit mächtigem Aufwand, denn da, wo er steht, da war nichts, zumindest nichts, auf das man einen Leuchtturm setzen konnte. Falls du dich für solchen Aufwand interessierst – YouTube macht's möglich. Denn nach dem Motto: Wer keinen Felsen hat, der macht sich einen, wurde in bis dato kaum erprobter Bauweise ein Ungetüm ins Wasser gesetzt. Tonnenweise Wasserbeton, Sand und Felsblöcke bilden eine Art L mit zwei 50 Meter langen Schenkeln, hinter denen die Lotsenboote Schutz finden und auf dem nicht nur der Leuchtturm Platz gefunden hat, sondern auch Schlaf- und Maschinenräume und sogar die Landestelle für Hubschrauber. Am 5. Juli 1967 wurde der LT Kiel mit allem Schnick und Schnack eingeweiht und feierte 2017 seinen 50. – allerdings nicht mehr mit ganz so viel Schnick und Schnack. Man gewöhnt sich halt.

Die Frage ist natürlich: Was war vorher da? Denn Schifffahrt gibt es schon ganz lange, und deshalb war auch schon lange ein Wegweiser an dieser Stelle nötig. Wo heute der Leuchtturm steht, war früher das Feuerschiff Kiel.

Ja, siehst du, nun rollt dir vielleicht doch dieser wohlig gruselige Schauer den Rücken runter. Mit Recht. Ein Feuerschiff in nebliger Nacht, das sein Tuut-Tuut in die Dunkelheit schickt, während die Kette knarzt und das Schiff im Seegang ächzt – schaurig schön, so was. Deshalb mussten Feuerschiffe früher auch so oft für kriminelle Erzählungen herhalten, werden in neuerer Zeit aber von Bohrinseln abgelöst. Denn Feuerschiffe sind out. Vom Seegang verschoben, die Kette gebrochen, von größeren Schiffen über den Haufen gefahren, vom Eisgang zerquetscht, und wenn das alles nicht passiert war, trotzdem regelmäßig in die Werft – das war einfach alles zu ungenau, zu unsicher und zu teuer. So gesehen war der Bau des Kieler Leuchtturms beinah ein Schnäppchen.

Heute ist das ehemalige Feuerschiff Kiel grün angestrichen, zur Alexander von Humboldt umgebaut worden und fährt für Beck's-Bier Reklame. Nur so nebenbei: Alexander von Humboldt war ein Mann. Trotzdem heißt die Alexander von Humboldt die Alexander von Humboldt. Schiffe sind traditionell weiblich, damit die Seeleute auf ihren Fahrten wenigstens irgendetwas zum Lieben hatten. Wie diese Liebe im Einzelnen vonstattenging, wollen wir vielleicht gar nicht so genau wissen.

Drei Sekunden Licht, drei Sekunden Pause ist die Kennung des LT Kiel, nicht ganz unwichtig, denn oft will man ja nicht nur wissen, wo man hin kann, sondern auch, wo man ist.

»Was ist denn das für ein Quatsch?«, fragst du jetzt vielleicht. Heutzutage weiß jeder Schuljunge, wo er ist und zwar auf ein Zehntelmillimeter genau. Ja, siehst du, das konnte man vor 50 Jahren noch nicht wissen, dass ein kleiner blauer Punkt im Handy jederzeit per GPS mit dem Weltall kommuniziert.

Außerdem: So ein bisschen Ordnung muss schon sein. Auch in der Seefahrt.

An der Ecke, wo für schlichtere Gemüter die Kieler Förde eigentlich erst anfängt, steht der Bülker Leuchtturm. Für die Schifffahrt hat er seine Bedeutung weitgehend eingebüßt und ist eigentlich nur noch interessant wegen seines Umfelds. Denn neben dem Leuchtturm Bülk schlummert das Arschloch von Kiel.

Das ist jetzt so ein Name – bisschen unappetitlich, muss ich zugeben. Bis 1922 entsorgte Kiel sein Goldwasser ungeklärt in die Innenförde. Danach baute man dieses Kunstwerk, leitete das Schmutzwasser bis Bülk und von dort unterirdisch in die Ostsee. Alles, was der Düker nicht bewältigen konnte, kleckerte aus dem wirklich hübsch mit Mauerwerk eingefassten Endstück der Kanalisation in die Ostsee. Daher war der Name eigentlich recht treffend. Und man ging da nicht gerne hin.

1972 ging das Klärwerk an den Start – zusammen mit der Segelolympiade. Da kann man mal sehen, dass Sport durchaus förderlich für den Umweltschutz sein kann. Heute ist alles auf dem neuesten Stand der Technik, picobello mit Vorklärbecken, Hauptklärbecken, Nachklärbecken und Faultürmen. Dann natürlich die Felder, auf denen der ausgefaulte Schlamm ausgebracht wird, seitdem die Bauern ihn nicht mehr auf ihre Felder bringen dürfen. Das riecht dann ein bisschen, wenn der Schlamm noch nicht in Gänze ausgefault ist. Deshalb geht man da immer noch nicht so gerne hin.

Aber wenn man es trotzdem tut, kann man dort prima baden. Ungestört und ganz allein, weil das Baden-verboten-Schild da noch steht. Warum eigentlich? Das vor-, haupt- und nachgeklärte Wasser, von dem manche Leute behaupten, es wäre sauberer als die Ostsee selber, wird von Bülk aus unterirdisch in einem Plastikrohr von etwa einem Meter Durchmesser einen Kilometer weit in die Ostsee hinausgeleitet, bis es in Freiheit darf. Damit das Rohr nicht etwa mal von einem Fischer aus dem Wasser geangelt wird, ist es in den Sandboden eingespült.

Sollte das Rohr einmal kaputt oder zusammengequetscht sein, müssen Taucher ran, die das Rohr inwendig abschwimmen.

Nur so zum Spaß kannst du dir ja mal vorstellen, wie du durch das Rohr schwimmst und sein kreisrunder Durchmesser immer mehr zum Oval wird. Und dann nach 500 Metern

Platzangst beziehungsweise Klaustrophobie, wie diese Panik in Wirklichkeit heißt – vom rettenden Ausgang nach beiden Seiten gleich weit … ach, stell's dir lieber nicht vor.

Die Betonnung in der Kieler Förde ist wie überall in Deutschland rechts grün, links rot – also für einfahrende Schiffe. Beim Herausfahren ist sie rechts rot, links grün.

Rechts und links sind in der Schifffahrt allerdings eher ungebräuchliche Worte, da heißt es Steuerbord und Backbord. Weil man aber nie weiß, was was ist, hier eine kleine Eselsbrücke: Eine Ohrfeige wird traditionell mit rechts gehauen, schlägt auf der linken Backe auf, die dann rot wird. Daher also: Backbord ist links und rot, Steuerbord demzufolge rechts und grün. Du musst dir aber nur das mit Backbord merken. Steuerbord kannst du dir dann im Notfall herleiten – wahrscheinlich.

Das hört sich jetzt ein bisschen unfreundlich an, soll es aber nicht unbedingt sein. Denn man kann auf See schon mal ein wenig in Schweiß geraten, wenn man so was vergessen hat. Stell dir vor: Ein großes Schiff, das brav seine Lampen an hat, rechts grün, links rot, kommt nächtens auf dein kleines Segelbötchen zu und sagt tuuut.

Da sind den Interpretationen Tor und Tür geöffnet. Wenn du glaubst, das heißt »hau ab, du blödes Segelboot, oder ich mangele dich über« kann ich nur sagen, dass du im Leben wohl schon manche schlechte Erfahrung gemacht haben musst. Es heißt nämlich: »Liebes Segelboot, ich weiche aus.« Und es sagt auch noch, wohin es ausweicht. Tuuut heißt nach Backbord, tuuut tuuut heißt nach Steuerbord.

Oder umgekehrt.

Ja, eben, das wäre nun doch wichtig zu wissen, wohin es ausweicht. Sonst hat man plötzlich eine riesige Bordwand vorm Bug, und dann könnte es für eine Wende eventuell zu spät sein.

Wie auch immer das mit tuuut und tuuut tuuut sein mag, eins ist gewiss: tuuut tuuut tuuut heißt »meine Maschinen gehen rückwärts«. Was aber noch lange nicht heißt, dass auch das Schiff selbst rückwärts fährt. Wenn so ein Ozeanriese in vollem Galopp abbremst, sagt er tuuut tuuut tuuut, stellt die Maschinen auf »Rückwärts« und nach gut fünf bis sechs Kilometern bewegt er sich zum ersten Mal ein ganz klein wenig rückwärts. Ein Bremsweg von fünf Kilometern – da können Lokomotiven mit ihren berühmt langen Bremswegen eigentlich noch ganz stolz sein.

Gegenüber von Bülk, auf der anderen Seite der Förde, gleich wenn man reinkommt links, ist das Laboer Ehrenmal. Ein imposantes Bauwerk, über 60 Meter hoch, wuchtiger Backstein, in seiner Silhouette einem Schiffsbug oder Segel nachempfunden, was der Architekt allerdings weiland 1927, als der Grundstein gelegt wurde, nicht beabsichtigt haben soll. Das Ehrenmal ist auf Sand gebaut und da weiß man ja schon aus der Bibel, dass das nicht der sicherste Baugrund ist. Deshalb – und natürlich überhaupt wegen der äußerst windanfälligen Umrisslinie – schleppte sich die Bauzeit dahin, sodass es erst Hitler am 30. Mai 1936 einweihen konnte, der dann sozusagen posthum auch dessen Bestimmung erweiterte.

Ursprünglich nämlich sollte es nur der toten deutschen Marinesoldaten des Ersten Weltkriegs gedenken, immerhin fast 35.000. Dann kamen dank des Zweiten Weltkriegs noch einmal knapp 50.000 hinzu (wenn man die 100.000 Vermissten nicht mitrechnet), und seit 1954 werden auch die toten Marinesoldaten der Gegner mit diesem Ehrenmal geehrt.

Seitdem stehen die Matrosen aller Herren Länder an der Reling Spalier, wenn ihr Schiff das Ehrenmal passiert. Ob damit seitdem – zumindest seit 1996 – aller Toten auf See gedacht wird und auch die Boatpeople geehrt werden, die auf ihrer Fahrt in eine bessere Welt elend im Wasser verreckt sind, weiß man natürlich nicht.

Dagegen weiß man genau, dass ab Ehrenmal der Gashebel auf den Tisch gelegt wird und es volle Kraft voraus heißt. Innerhalb der Förde gilt eine Geschwindigkeitsbeschränkung von maximal fünf Seemeilen pro Stunde, verdammt wenig, selbst wenn man bedenkt, dass eine Seemeile 1,852 Kilometer sind. Aber wie gesagt: Ab Ehrenmal heißt es freie Fahrt für freie Bürger.

Schon deshalb lohnt sich ein Besuch des Laboer Ehrenmals. Aber es kann nicht schaden, wenn du das eine oder andere aufrechte, deutsche Gefühl mitbringst, besonders wenn du einen Blick in die unterirdische Ehrenhalle wirfst.

Gleich neben dem Ehrenmal steht ein U-Boot im Sand, das kann man bei einer Besichtigung des Ehrenmals gleich mit abhaken, zumal es im Eintrittspreis inbegriffen ist. Wenn man von oben schaut, sieht man noch die extra ausgebaggerte Rinne im Wasser, durch welche die U 995 gezogen wurde, um an ihren Platz am Fuße des Ehrenmals zu gelangen – vor immerhin fast 50 Jahren. Da sieht man mal, wie wenig sich in der Ostsee tut, also strömungstechnisch gesehen.

Wem das alles zu vaterländisch ist, der kann natürlich auch einfach einen Eiskaffee in einem der vielen niedlichen kleinen Laboer Cafés schlürfen und den Kitesurfern bei ihren Flügen durch die Luft zusehen. Gott sei Dank das Einzige, was da jetzt noch fliegt, seit die Betreiber des Laboer Ehrenmals die Aussichtsplattform, von der man einen herrlichen Blick über die ganze Förde hat, vergittert haben, damit kein Selbstmörder mehr runterspringen kann. Seitdem sind natürlich auch die Zeiten vorbei, in denen man mit dem Skateboard die gebogene Rampe hinabfahren konnte zu einer gigantischen, allerdings letzten Fahrt.

Der Tonnenhof hat eins der begehrten Kieler Ufergrundstücke im Stadtteil Pries. Da fragt man sich natürlich: Tut das not, so etwas an so einem schicken Bauplatz zu deponieren? Ja, das tut not, denn Kiel will mit seinen Tonnen nicht quer durch die ganze Stadt gurken. Aber warum müssen die Fahrwassertonnen, Untiefentonnen, Markierungstonnen und und und überhaupt durch die Gegend gefahren werden? Die gehören ins Wasser und gut ist!

Stimmt, aber da hält es die Stadt wie damals mit den Glühbirnen, die auch turnusmäßig ausgetauscht wurden, ob es nun nötig war oder nicht. Denn wenn es nötig ist, ist es meist zu spät beziehungsweise dunkel, wobei gerade dunkel bei Fahrwassermarkierungen deutlich gefährlicher ist als bei einer Glühbirne, wo ja die benachbarte Kollegin die Gegend noch etwas länger erhellt.

Nun ja, die Glühbirnen in öffentlichen Gebäuden sind lange durch andere, langlebigere Leuchtmittel ersetzt und auch die Tonne hat ihre wartungsintensive Gaslaterne längst in Batterie und Sonnenkollektoren getauscht. Trotzdem müssen die Tonnen regelmäßig im Tonnenhof wieder instand gesetzt werden. Alle vier bis sechs Jahre geht eine große Fahrwassertonne an Land, wird frisch gestrichen, die Kette überprüft und der Ankerstein kontrolliert.

Geht an Land ist nun eine etwas flapsige Formulierung und wird dem eigentlichen Geschehen nicht wirklich gerecht. Für die Tonnen gibt es den Tonnenleger, ein Schiff, eigens für diesen Zweck gebaut, das eine Tonne mit seinem schweren Ankerstein aus dem Wasser an Bord hieven kann und – deutlich schwieriger – die Ersatztonne punktgenau dahin setzt, wo sie laut Seekarte hingehört.

Ja, der Ankerstein liegt genau da (plus/minus drei Zentimeter), wo er sein soll, Satellitentechnik sei Dank. Und auch die Navigation der Schiffe – selbst der kleinsten – ist heutzutage supergenau. Während früher der künstliche Steuermann nur so ungefähr in Richtung Tonne steuern konnte, ist das heutzutage alles perfekt, und der wahre Feind des Seglers ist die Tonne, behaupten bös-ironische Zungen. Wenn der Kurs auf die Tonne abgesetzt wird und dann der elektronische Steuermann am Ruder sitzt, während sich sein Kollege in die Koje verzieht, erwacht der Segler erst aus seinem wohlverdienten Mittagsschläfchen, wenn sein Schiff die Tonne rammt. Und man kann sicher sein, dass dann das Segelschiff den Kürzeren zieht.

So ein Seezeichen ist nämlich ein massives Gerät. Dümpelt scheinbar harmlos bunt im Wasser und erst, wenn man mal nahe herankommt, sieht man, was das für Oschis sind, haben locker einen Durchmesser von 2,50 Meter. Übrigens sind Griffe dran. Solltest du mal ins Wasser fallen, kannst du zur nächsten Tonne schwimmen und dich dran festhalten – wenn du an die Griffe heranreichst und wenn dir der Muschelbesatz nicht die Haut aufritzt und wenn eine Welle dich nicht unsanft dagegen knallt. Also, wenn das alles nicht passiert, dann geht's. Sonst besser nicht.

Wie ein Ankerstein aussieht, kann man sehen, wenn man am Tiessenkai mal um die Ecke spaziert. Dort stehen ein paar ausrangierte zur Zierde in Reih und Glied. Ob das wirklich eine Zierde ist, ist natürlich Geschmacksache: ein Betonklotz mit verrostetem, umgebogenem Bewehrungseisen, an dem die Tonne angekettet wird. Aber wenn man weiß, um was es sich handelt, sieht man das natürlich mit anderen Augen.

Was man dagegen gar nicht mehr sieht, ist der Kilian. Weil er weg ist, der U-Bootbunker. Viel war von ihm nach dem Krieg sowieso nicht mehr da, aber immerhin noch genug, um ihn 1991 unter Denkmalschutz zu stellen. Die Verzweiflung des Schleswig-Holsteinischen Landesamts für Denkmalpflege musst du dir mal vorstellen, dass sie diesen Dreckhaufen unter Denkmalschutz gestellt haben. Kein Zwinger wie in Dresden, nicht einmal eine ausgebombte Gedächtniskirche wie in Berlin, da nehmen wir halt unsere eigenen ausgebombten Reste, werden sie sich gesagt haben.

Und die Verzweiflung der Kieler Stadtväter kannst du dir gleich mitvorstellen, die ihre ganzen schönen Pläne von einem neuen Handelshafen am Kieler Ostufer an drei unansehnlichen Betonbrocken zerschellen sahen. Aber wie das so ist mit dem Denkmalschutz: Wenn er der Wirtschaftlichkeit im Weg ist, hat er schlechte Karten.

»Bitte, dann eben nicht«, hat das Denkmalschutzamt 1999 gesagt – und das, obwohl es 1992 so schön gegen die Stadt Kiel gewonnen hatte. 2001 ist dann der letzte Rest Kilian unter den Hafenanlagen begraben worden. Jetzt erinnert nur noch eine kleine Gedenktafel an den ganzen Spuk. Vom Wasser aus kannst du sie kaum sehen, und von Land aus auch nur schwer. Aber alles in allem trotzdem eine ganze Menge, wenn man bedenkt, dass Kilian erst 1942 in Betrieb ging und seit 1945 ungefähr 17 Mal gesprengt wurde, bis er völlig weg war.

Über die schmalste Stelle der Kieler Förde wacht der Friedrichsorter Leuchtturm. Gott, ja, nun, sagst du jetzt vielleicht: Zwei Kilometer sind doch nicht schmal. Aber wenn man bedenkt, dass Schiffe sich am Bug gegenseitig abstoßen und ihre Hecks sich magisch anziehen, dann kann es schon knapp werden, wenn sich größere Schiffe ausgerechnet hier begegnen. Außerdem sieht es von Ferne so aus, als ob der Leuchtturm mitten im Wasser steht und es egal ist, ob man rechts oder links an ihm vorbeifährt. Da könnte es dann eventuell zu spät sein, wenn man endlich bemerkt, dass der Friedrichsorter Leuchtturm auf einer Halbinsel steht.

Hübsch anzusehen ist er, der Leuchtturm, mit seinem weißen Schaft und den grünen Streifen oben und unten, da gibt es gar nichts. Als Kieler Wahrzeichen also durchaus geeignet. Aber man hat sich für die beiden Portalkräne von HDW entschieden. Howaldtswerke Deutsche Werft, die bedeutendste Kieler Werft, welche zu ihren besten Zeiten mehr als 10.000 Arbeiter in Lohn und Brot brachte und, wenn man die Frauen und Kinder samt Bäcker, Schlachter, den für sie zuständigen Beamtenapparat und so weiter mitzählt, im Grunde die halbe Stadt ernährte. Da sind die Portalkräne als Wahrzeichen das Mindeste, was man dafür verlangen kann.

Aber die Zeiten ändern sich. Das kannst du daran sehen, dass heute ein abgelutschtes Fischgerippe den Kränen den Rang abläuft. Die Kieler Sprotte, zehn Zentimeter lang und goldgelb geräuchert. Man könnte sie für ein Kind des Bücklings halten. Aber Bücklinge haben keine Kinder und zwar nicht nur deshalb, weil Bücklinge in der deutschen Küche beinah ausgestorben sind, sondern vor allem, weil Bücklinge in ihrem Zustand als Bückling tot sind. Und Tote kriegen keine Kinder – normalerweise. Das wäre allenfalls in ihrem Vorstadium als Hering möglich.

Kieler Sprotten sind aber keine Heringskinder, sondern eine ganz ausgewachsene, eigene Spezies (die Sprattus sprattus, falls es jemanden interessiert), eine Verwandte des Herings – also irgendwie doch ein zu klein geratener Bückling.

Gegessen werden die Kieler Sprotten in Gänze, also sozusagen all inclusive, nicht jedermanns Sache, besonders wenn es um Kopf, Schwanz und Gräten geht. Deshalb reißt der wahre Kenner ihnen den Kopf ab und drückt das Fleisch mit Daumen und Zeigefinger aus der Haut wie Zahnpasta aus der Tube, was manchen Menschen immer noch ein herzliches Igitt entlockt.

Bei uns zu Hause wurde die Kieler Sprotte mit Messer und Gabel gegessen, die Haut säuberlich entfernt, das Filet von der Mittelgräte gehoben und das Ganze sorgfältig von den Innereien befreit. Diese Prozedur dauert eine ganze Weile, und vom Fisch bleibt kaum was übrig. Für Leute, die schlank werden wollen, also wärmstens zu empfehlen.

Was dann auf dem Teller liegen bleibt (wenn man den Innereienmatsch zur Seite räumt), ist der sogenannte Kielfisch, das heutige Wahrzeichen Kiels, seit die beiden Portalkräne von HDW, im Volksmund Max und Moritz, nicht mehr ur-kielersch, sondern inzwischen weitgehend arabisch sind. Jetzt steht nicht einmal mehr HDW an den HDW-Kränen – wo soll das noch enden?

Es endet natürlich bei der Kieler Woche, ein weiteres Wahrzeichen von Kiel, wenn man so will. Es gibt Leute, die behaupten, die Kieler Woche wäre ein seglerisches Highlight. Also nicht nur Bratwurst, Pommes, Crêpes und infernalisches Gedudel an allen Ecken und Enden, sondern richtig mit Wasser und Schiffchen drauf.

In Kiel kriegt man davon normalerweise wenig mit. Das spielt sich alles in Schilksee und weit draußen auf der Außenförde ab. So eine Regatta sind vornehmlich kleine weiße oder bunte Punkte im Fernglas. Deshalb wurde die Regatta-Begleitfahrt erfunden. Zur Kieler Woche liegen alle Großsegler, die etwas auf sich halten, dicht an dicht im Päckchen an Tiessenkai und Germaniahafen und bieten Regatta-Begleit- und Feuerwerks-Fahrten feil.

Früher war eine Regatta-Begleitfahrt eine elitäre Angelegenheit mit Sektempfang beim Käpten, mehr etwas für Leute der Upper Class, die den Eigner kannten. Heute ist für jedermann was dabei. Und damit nicht genug gibt es seit Kurzem auch die Innenregatten, bei der große Jachten vor Düsternbrook kreuzen. Weil bei so etwas ja immer einer vor einem steht, der größer ist, sind Tribünen aufgebaut, damit auch die etwas klein geratenen Mitbürgerinnen und Mitbürger was zu sehen kriegen.

Zur Windjammerparade, die in der Kieler Innenförde startet, ist alles auf den Beinen, um die, die einen Kiel haben, jammern zu sehen. Die ballen sich derart zu Hauf im Wasser zusammen, dass man beinah zu Fuß über die Förde kommen könnte. Und das würde ich dir auch raten. Also zu Fuß zu gehen. Die wenigen Parkplätze an der Förde sind alle schon besetzt, wenn du kommst. Selbst die, die keine sind, sind schon besetzt und die, die gar keine sind, auch schon.

Zum Beispiel auf der Mole Stickenhörn: gesteckt voll mit Autos, mittendrin ein Porsche – auf einem Behindertenparkplatz! Mit welcher chirurgischen Präzision ein gerufener Abschleppwagen ihn unter Polizeischutz da herausoperiert hat – also ich sage nur: sehenswert. Wie ein Behinderter mit seinem Fahrzeug den frei gewordenen Platz einnehmen sollte, bleibt allerdings in ewigem Dunkel. Ich hätte ob dieser Darbietung vor Begeisterung beinah die Gorch Fock verpasst, die die Windjammerparade traditionell anführt – oder soll ich besser sagen: anführte. Heute macht sie ja dem Spruch alle Ehre: Ein Segelboot ist ein Loch im Wasser, in das man säckeweise Geld schmeißt.

Die Kieler Stadtväter haben natürlich inzwischen gemerkt, dass man vom seglerischen Event in Kiel wenig mitbekommt, von der Windjammerparade sowie einigen Kleinigkeiten wie Marinekutterregatten, Optimistensegeln, Kanupolo oder Kutterpullen einmal abgesehen. Daher große Freude, als 2005 ein Race der besonderen Art aus dem Boden beziehungsweise aus dem Wasser gestampft wurde. 10.000 kleine gelbe Quietsche-Entchen, wie sie Ernie in seinem berühmten Sesamstraßensong besingt, errennen beim jährlich zur Kieler Woche stattfindenden Entenrennen an die 70.000 Euro für einen guten Zweck. Wer eine Plastikente ins Rennen schicken möchte, sollte sich vielleicht einmal die Spielregeln aus dem Internet herunterladen. Er wird mit Erstaunen zur Kenntnis nehmen müssen, dass wir Kielää auch Humor haben – also zumindest gewisse Anflüge davon.

Die Enten heizen nicht wild, vom Wind getrieben, über die Förde, sondern rennen in geordneten Bahnen parallel zur Kiellinie, damit der Zuschauer auch was davon hat. In der Bahn gehalten werden sie von so genannten Ölsperren. Dass die eigentlich das Spannendste am ganzen Entenrennen sind, weiß natürlich mal wieder keiner. Aber Feuerwehr und THW sind froh, wenn sie das Ausbringen so eines Teils mal friedlich – also ohne Öl – üben können. Mit Öl ist das nämlich total unfriedlich. Ich sage nur: ein Schmierkram ohne Gleichen, wenn man die wieder aus dem Wasser zieht.

Ziemlich genau fast am Ende der Förde kommt das letzte Highlight Kiels, die Dreifeldzugklappbrücke. Geboren wahrscheinlich aus dem Wunsch, das Ostufer mit dem Westufer Kiels zu verbinden und wie in München einen verkehrlichen Ring um die Stadt zu legen. Eignen würde sich die engste Stelle der Förde beim Friedrichsorter Leuchtturm. Die Brücke müsste bummelig zwei Kilometer lang und 40 Meter hoch sein, damit die Kreuzfahrtschiffe drunter durchkreuzen können.

Diese Abmessungen werden dich wahrscheinlich nachdenklich gemacht haben. Und nicht nur dich. Das Kieler Beamtengehirn hat einen richtig spitzen Bleistift zur Hand genommen, das Ganze zwei, drei Jahre lang durchgerechnet und gemerkt: Das kann teuer werden.

Übrig geblieben von den schönen Plänen ist ein Brückchen am Bahnhof, statt zwei Kilometern nur noch 60 Meter lang, nicht mehr 40 Meter hoch, sondern nur noch zwei, und auch nicht mehr für Autos befahrbar, sondern nur noch von Fußgängern begehbar.

Also wirklich i-d-e-a-l. Aber leider: Auf der Förde fahren nicht nur Kreuzfahrtschiffe, sondern auch die Fördedampfer, die nachts an der Hörn, also hinter der Brücke parken wollen. Eine Scheiße, das alles!

Eine zwölf Meter hohe Fußgängerbrücke, damit die Fördedampfer drunter durchkönnen, das geht nicht – versteht sich ja von selbst. Nun denkst du, dafür wurde doch vor ungefähr 200 Jahren die sogenannte Klappbrücke erfunden. Die klappt man hoch, Schiffchen fährt durch, Klappe wieder zu, Affe tot, ganz einfach. Aber da hast du die Rechnung ohne den ehemaligen Kieler Stadtbaurat gemacht. Der muss sich in letzter Sekunde daran erinnert haben, dass er in jungen Jahren mal Architekt gewesen ist und dass die jungen

Jahre jetzt auf eine Pensionierung zusteuern. Da möchte man sich auf den letzten Metern gern ein Denkmal setzen – und was läge näher als eine Dreifeldzugklappbrücke?

Dreifeld-Zug-Klapp-Brücke! Drei ist schon mal das erste Problem. Zwei wäre einfach: Rechts ein Teil, links ein Teil, und dazwischen fährt das Schiffchen durch. Aber drei? Und dann noch Zug und Klapp. Ja, da kommst du ins Grübeln. Und nicht nur du. Zur Inbetriebnahme des Norwegenkais sollte die Brücke stehen, aber man war noch nicht mit Grübeln fertig.

Ich weiß jetzt nicht, was du von der Königin von Norwegen, der Frau Sonja, hältst. Die soll ja mal Schneiderin gewesen sein. Und ich denke, mit den Augen einer Schneiderin gesehen ist diese Brücke eine Katastrophe. Lauter Bändsel, Schnüre und Strippen, da ist ein Vertüdeln vorprogrammiert, durch das Schnittmuster steigt keiner durch. Logisch, dass Sonja um die rechtzeitige Fertigstellung gebangt und gesagt hat: Wenn ich am 18. August 1997 komme, um den Norwegenkai einzuweihen, will ich sichergehen, dass ich trockenen Fußes eben mal schnell zum Bahnhof huschen und eins der berühmten Kieler Fischbrötchen essen kann, sonst komme ich nicht.

Was blieb dem damaligen Oberbürgermeister anderes übrig, als flugs eine zweite Brücke bei HDW in Auftrag zu geben, die neben der Dreifeldzugklappbrücke auf Rollen vor- und zurückrollt und nur einen Bruchteil des Stadtbauratsdenkmals kostet, aber nicht so viel hermacht?

Bis heute gibt es an der Kieler Hörn zwei Brücken, die hübsche Dreifeldzugklappbrücke und die einfache Rollbrücke, die aber nur zum Einsatz kommt, wenn die Klappbrücke nicht klappt – also ungefähr ein, zwei Monate pro Jahr, wenn die Seilzüge gereinigt und geschmiert werden. Nicht

umsonst heißt es daher von der Kieler Dreifeldzugklappbrücke, sie sei einmalig auf der Welt.

So. Nun weißt du, was Kiel an und in der Kieler Förde
zu bieten hat. Jetzt finde ich die Frage »Kiel? Ist das nicht
die Stadt mit dem Kopfsteinpflaster?« gar nicht mehr so
erschreckend.

DER BRIEF

JÖRG RÖNNAU

Von seinem Bürofenster aus konnte Dirk Clausen auf die östliche Seite der Kieler Förde hinüberblicken. Er genoss oft das Panorama von Ostsee, Küste, Strand, Schiffen und dem mächtigen Turm des Laboer Ehrenmal. Jeden Tag wechselte die Stimmung der Aussicht. Im Dunst des Nieselregens, im Sturm, bei sonnigem Wetter, das Laboer Wahrzeichen stand dort und wachte seit Jahrzehnten über die Förde. Clausen liebte diese Sichtweite, lebte und arbeitete gerne hier, fühlte sich als Norddeutscher durch und durch.

Ein Klopfen holte ihn aus seinen Gedanken zurück. Ohne auf ein Herein zu warten, öffnete sich die Tür, und Frau Martens, seine langjährige Sekretärin, kam herein. Sie lächelte ihn an und legte einen Stapel Briefe auf den Tisch. »Hallo.«

»Die Post, Herr Bürgermeister. Ich gehe jetzt in die Mittagspause. Kann ich vorher noch etwas für Sie tun?«

»Nein, danke, ich schaue die Post schnell durch und bin dann weg. Um 13 Uhr treffe ich mich mit Herrn Dietrich vom Bauamt«, antwortete Clausen.

Frau Martens verließ den Raum, und der Bürgermeister durchsuchte die Briefe. Die meisten davon interessierten ihn nicht. Post von Idioten, Bittstellern oder Werbemist. Ein rosa Kuvert, das zudem nach Parfüm duftete, erregte allerdings sofort seine Neugier. Vielleicht eine unbekannte Verehrerin, denn mit seinen knapp 60 Jahren war er zwar kein

Adonis mehr, aber wenn er in den Spiegel schaute, meinte er, immer noch einen attraktiven Mann zu erkennen. Dem weiblichen Geschlecht konnte er zudem nur schwer widerstehen.

Schmunzelnd schnappte er sich den Brieföffner und schnitt genüsslich das wohlriechende Schriftstück auf. Das rosafarbene Briefpapier zierte ein dezentes Muster aus aquarellierten Blumen und duftete ebenfalls nach Veilchen. Urplötzlich krampfte sich sein Magen zusammen, die Nackenhaare stellten sich auf. Innerhalb von Sekunden überzog ein eiskalter Schweißfilm seinen Rücken. Mit zittrigen Fingern las er nochmals die Zeilen.

»Wir wissen alles! Alles ist herausgekommen! Wir haben alles aufgedeckt. Sämtliche Beweise werden in den nächsten Tagen den Kieler Nachrichten und dem Norddeutschen Rundfunk übergeben!«

Mehr stand dort nicht, nur diese unglaublichen vier Sätze. Verdammte Scheiße, was war das denn für ein Mist? Sollte das ein übler Scherz sein? Schnell nahm er den Umschlag und musterte ihn. Natürlich kein Absender, diese feigen Schweine. Nur eine abgestempelte 70-Cent-Marke der Deutschen Post klebte auf der oberen rechten Ecke. Eine Peanuts-Marke, worauf ein kleiner gelber Vogel Snoopy einen rot beherzten Liebesbrief überreichte.

Das konnte doch nicht wahr sein. War es ein übler Dummejungenstreich? Wollte ihn jemand verarschen?

Dirk Clausen stand auf und ging zum Aktenschrank. Dort holte er eine Flasche Whisky hervor, nahm ein Glas und schenkte ein. Schnell hintereinander stürzte er zwei Schnäpse hinunter. Der Alkohol zeigte schnell die gewünschte Wirkung, und der Bürgermeister konnte wieder klarer denken.

Was, wenn es sich dabei nicht um einen üblen Scherz handelte? Was wäre, wenn dieser Briefeschreiber tatsächlich etwas wusste?

Schließlich gab es genug zu verheimlichen. Die Sache wegen des Bauantrags des maritimen Hotels in der Nähe des Naturschutzgebietes zum Beispiel. Das war ein heikles Ding, das er da vor ein paar Jahren hingebogen hatte, um ein stattliches Sümmchen dafür zu kassieren. Das Hotel entpuppte sich inzwischen als florierendes Unternehmen und brachte der Gemeinde jede Menge Steuern, über 50 Arbeitsplätze und mehr als 20.000 Übernachtungen im Jahr.

Die Kiebitze, die in der Nähe seit ewigen Zeiten brüteten, diese glibberigen Lurche, Frösche, diese kreischenden Eiderenten und Wildgänse waren zwar inzwischen verschwunden, aber da krähte heute kein Hahn mehr hinterher. Touristen wollen sowieso nur den weißen Sandstrand genießen, ohne Vogelkacke.

Clausen konnte sich damals von dem Geld einen pompösen Bungalow mit Blick auf die Ostsee bauen. Das alles hatte er geschickt eingefädelt, davon konnte eigentlich niemand etwas mitbekommen haben. Nein, im Leben nicht.

Oder ging es etwa um die Geschichte mit diesem bescheuerten Meier? Der befreundete Amtsleiter aus dem Kreis Plön kam vor ein paar Jahren zufällig in ein Hotel auf Sylt und erwischte ihn bei einer Affäre mit einer Sängerin aus dem Kieler Opernhaus. Clausen betrog seine Frau bereits seit Jahren mit Sabine, und dazu fuhren sie oft an die Westküste. Dieser vermaledeite Meier fotografierte sie sogar beim Liebesspiel in den Dünen und versuchte ihn seinerzeit zu erpressen. Er war scharf auf einen Posten als Abteilungsleiter in Clausens Rathaus. Darüber hinaus wollte dieses perverse Arschloch auch noch bei ihm abkassieren.

Zur ersten Geldübergabe trafen sich die Männer frühmorgens an einer einsamen Badestelle in Seekrug am Selenter See. Meier strich vergnügt die ersten 10.000 Euro ein. Nachdem sie sich verabschiedet hatten, ging Clausen zurück zu seinem Wagen und beobachtete, dass Meier zum Badesteg ging. Dort zog er sich aus, deckte den Geldumschlag mit seiner Kleidung ab und stürzte sich kopfüber ins Wasser. Während Meier weit auf den See hinausschwamm, überlegte Clausen, wie er ungesehen am besten den Geldumschlag zurückergattern konnte. Da bekam Meier gut 300 Meter vom Ufer entfernt offenbar einen Krampf im Bein. Er ruderte wild mit den Händen und schrie lauthals um Hilfe.

Vergebens, denn weit und breit war niemand zu sehen. So setzte sich Clausen in seinen Wagen und beobachtete entspannt lächelnd das Spektakel.

Erst als der See wieder in idyllischer Stille lag und die Wellen ruhig an den Strand plätscherten, ging er zum Steg, holte sich den Umschlag mit dem Geld zurück und fuhr grinsend davon. Zwei Tage später fanden spielende Kinder Meiers Leiche im Schilfgürtel. Die Untersuchung ergab einen tragischen Badeunfall.

Bürgermeister Dirk Clausens Problem war in null Komma nichts verschwunden. Zur Beerdigung schickte er, natürlich auf Staatskosten, einen stattlichen Kranz mit weißen Lilien.

Nach dem dritten Whisky steckte Clausen den rosa Umschlag ein und verließ sein Büro. Während des Treffens mit dem Leiter des Bauamts konnte er kaum einen klaren Gedanken fassen. Immer wieder dachte er an den Brief, und ihm stieg das betörende Parfüm des Umschlags in die Nase. Etwa zwei Stunden später stieg er in seinen Wagen und fuhr zu seinem Lieblingsplatz auf die Ostseite der Kieler Förde, dort wollte er nachdenken. Auf der Hinfahrt stoppte er in Heikendorf und besorgte sich eine Flasche Wodka bei einem Discounter.

Nun stand er auf dem Parkplatz in Neustein und blickte auf die weite Ostsee hinaus, wo gerade mehrere Containerschiffe auf die Holtenauer Kanalschleusen zusteuerten. Vom Land her trieben gewaltige Berge von Kumuluswolken aufs Meer hinaus und verdunkelten zeitweise den blauen Himmel. Aber er konnte die herrliche Aussicht nicht genießen. Immer wieder starrte er auf den rosafarbenen Brief und las ihn zum Tausendsten Mal. Der Veilchenduft erfüllte den Innenraum seines Mercedes.

Dirk Clausen drehte die Wodkaflasche auf und nahm mehrere Schlucke. Was wussten diese Leute? Bei all seinen Machenschaften hatte er immer penibel darauf geachtet, keine Spuren zu hinterlassen. Stets fühlte er sich als cleveres Kerlchen, aber mittlerweile plagten ihn Gewissensbisse. Und das alles nur wegen so eines bescheuerten, stinkenden Briefs.

Clausen dachte an seine Frau. Nur ein Jahr nach dem Vorfall mit Meier ließ sie sich von ihm scheiden. Sie hatte genug von all den Affären und glaubte seinen Lügen nicht mehr. Zuvor gab es einen Rosenkrieg ohnegleichen, aber er nahm sich Kiels besten Anwalt und linkte Marion auf die hässlichste Weise. Sie zog daraufhin nach Darmstadt und heiratete erneut, einen Gynäkologen.

Clausen verstand das nicht. Was wollte dieser Kerl mit seiner Marion? Schließlich sah der berufsbedingt jeden Tag Dutzende Mösen.

Plötzlich landete eine Seemöwe auf der Motorhaube und glotzte ihn an. Zuerst wollte er den dämlichen Vogel wegjagen, doch irgendetwas hielt ihn zurück. Die außergewöhnlich gelben Augen schauten ihn an, und es kam ihm fast so vor, als würde das Viech in seine Seele hineinblicken. Drehte er nun langsam durch? Clausen stieß die Tür auf und scheuchte das Tier fort. Kreischend flog die Möwe davon, landete etwa Hundert Meter entfernt am Ufersaum. Es schien, als würde sie ihn mit ihren gelben Augen mustern. Irgendwann entschwand sie hinaus aufs Meer.

Nach einem weiteren Schluck Wodka durchwühlte Clausen das Handschuhfach. Endlich fand er die Zigarillos und steckte sich eine davon an. Tief inhalierte er den aromatischen Tabak. Immer wieder keimten Erinnerungen in ihm auf. Erschrocken stellte er fest, wie oft er in seinem Leben gelogen und betrogen hatte.

Bereits seine Erfolge in der Schule. Alles nur Betrug. Wie häufig Clausen seine politischen Ämter für dunkle und lukrative Machenschaften einsetzte, konnte er kaum zählen. Von den privaten Schwindeleien einmal ganz abgesehen. Immer mehr Menschen fielen ihm ein, die durch sein Handeln in Mitleidenschaft gezogen wurden. Und selbst die Wahl zum Bürgermeister, alles nur Manipulation.

Nun herrschte er despotisch im Rathaus. War er eigentlich nicht ein skrupelloses Schwein?

Auf einmal lief ihm eine Träne über die Wange, dann begann er zu weinen. Sorgfältig legte er den Brief auf den Beifahrersitz, und die halb leere Wodkaflasche stellte er auf den Boden. Als es dämmerte, stieg er aus dem Wagen und ging hinunter zur Ostsee. Ein altes Segelschiff, ein Dreimaster, lief gerade aus dem Hafen hinaus aufs Meer. Bon Voyage.

Die Wellen umspülten seine kostspieligen italienischen Lederschuhe, es war ihm egal. War nun nicht alles egal? Scheißegal.

Als Dirk Clausen auch am übernächsten Tag nicht im Rathaus erschien und sämtliche Versuche scheiterten, ihn telefonisch zu erreichen, wurde die Polizei eingeschaltet. Eine Streife fand den Wagen des Bürgermeisters in Neustein, ganz in der Nähe von Laboe. Aber von Clausen fehlte jede Spur. Den Beamten fiel allerdings ein rosafarbener Brief auf, den sie im Auto fanden. Nach dem Lesen vermuteten sie das Schlimmste. Eine umfangreiche Suchaktion wurde gestartet, zu Lande und auf dem Wasser. Ohne Erfolg.

Einige Tage später fanden Segler seine von Faulgasen aufgedunsene Leiche in der Nähe vom Kieler Leuchtturm in der Außenförde. Sie verständigten die Küstenwache, und Beamte der Wasserschutzpolizei bargen den Toten. Die Ursache war schnell klar. Selbstmord.

Nach einem ausgiebigen Artikel in den Kieler Nachrichten und einem Bericht im Rundfunk meldeten sich zwei junge Männer auf dem 2. Polizeirevier in der Kieler Falckstraße und legten eine verhängnisvolle Beichte ab. Die Schwester eines der beiden arbeitete in Clausens Rathaus. Immer wieder wurde sie von ihm mit sexistischen Sprüchen belästigt. Die Jugendlichen wollten dem Bürgermeister lediglich einen Denkzettel verpassen und verfassten den rosafarbenen Brief. Sie hatten sich dabei köstlich amüsiert, denn es sollte eigentlich nur ein Scherz sein. Allerdings konnten sie nicht erahnen, was für eine verhängnisvolle Reaktion sie damit auslösten.

Zur Beerdigung rechnete der Pastor mit einer großen Trauergemeinde, wunderte sich aber darüber, dass nur wenige Personen dem Bürgermeister die letzte Ehre erwiesen. Als der Sarg ins Grab hinuntergelassen wurde, saß in der Nähe eine Seemöwe auf einem Holzkreuz. Mit ihren außergewöhnlich gelben Augen beobachtete sie interessiert das Geschehen und kreischte zum letzten Geleit.

SCHLEUSENBEKANNTSCHAFT

KURT GEISLER

Trotz des wechselhaften Wetters hatten die wärmenden Strahlen der Märzsonne Helge Stuhr bewogen, einen Spaziergang durch das Maritime Viertel zu unternehmen. Diese Ecke im Norden Kiels kannte er nicht besonders gut, denn zu seiner Jugend waren viele Flächen beiderseits des Nord-Ostsee-Kanals von Marine, Hafenwirtschaft und Industrie besiedelt und damit für Passanten kaum zugänglich. Das hatte sich in den letzten Jahrzehnten durch Containerschifffahrt und Strukturwandel gründlich geändert, und so lagen in der Folge viele Flächen brach.

Aber in den letzten Jahren hatte sich ein bemerkenswerter Wandel vollzogen. Als besonderer Ausflugstipp im Maritimen Viertel wurde in der Kieler Rundschau der neu angelegte Schleusenpark angepriesen, der auf einem ehemaligen Industrieareal errichtet wurde. Der Eingang lag zwar ein wenig versteckt zwischen alten Wohngebäuden, aber trotz noch vieler verfaulter Kastanienschalen vom letzten Herbst auf dem feuchten Gras erfreute sich Stuhr beim Anblick der kleinen Parkanlage. Gespannt folgte er dem bogenförmig angelegten Sandweg und gelangte zu einem mächtigen Betonpodest, dem Wiker Balkon.

Erwartungsvoll erklomm Stuhr die flachen Rampen für die Rollstuhlfahrer. Als er aber am abschließenden Geländer aus rostfreiem Stahl angekommen war, das verheißungsvoll im Sonnenschein funkelte, wurde er bitter enttäuscht. Hohe Baumreihen und triste Industriebauten verwehrten den Blick auf die beiden mächtigen Schleusenkammern des Nord-Ostsee-Kanals, die in der Länge jeweils mehr als 300 Meter maßen. Nur die Mastspitzen von zwei großen Schiffen waren zu erkennen, hinter denen allerdings eine dunkle Regenwolke mit hoher Geschwindigkeit herangerauscht kam. Während er sich noch darüber ärgerte, wurde er von einer sanften weiblichen Stimme angesprochen.

»Unglaublich, aber auch das ist irgendwie typisch für Kiel. Ein Balkon ohne Aussicht. Dabei hätte auf diesem Podest vermutlich der chinesische Nationale Volkskongress Platz, und die Rasenfläche davor böte sicherlich genug Platz für die gesamte Weltpresse.«

Die Stimme hatte recht, und interessiert drehte sich Stuhr um. Vor ihm stand eine bemerkenswert schöne Frau mit klassischen Zügen, die ihren neugierigen kleinen weißen Terrier an der Leine auf Abstand hielt. Sie wirkte in ihrem Regenoutfit auf den ersten Blick ein wenig rustikal, aber der jetzt einsetzende Schauer bestätigte die richtige Wahl ihrer Kleidung. Selbst ihr Hund hatte einen trendigen Wetterschutz verpasst bekommen, der mit dem Schriftzug »Frauenversteher« verziert war.

Sein Frauchen schien Sinn für Humor zu haben, das bewies auch ihre nächste Anmerkung.

»Der Name Schleusenpark wird vermutlich nicht wegen des fehlenden Ausblicks auf die Kanalanlagen gewählt worden sein, sondern weil der Himmel zumindest heute wieder einmal alle Schleusen öffnet. Aber vielleicht bessern unsere Stadtväter ja noch nach.«

Stuhr mochte ihre Art, die Dinge differenziert zu sehen: Nicht den neuen Schleusenpark gleich schlechtzureden, sondern die weitere Entwicklung abzuwarten. Seine Skepsis überwog allerdings. »Wenn man es im Rat der Stadt politisch denn will und zudem auch finanziell wuchten kann.«

Das Frauchen lockerte die Leine des Hundes und lehnte sich in einer kurzen Regenpause weit über die Brüstung hinaus. »Halten Sie mich bitte nicht für romantisch, aber ich liebe die Gewalten der Natur. Warum könnten wir jetzt nicht aus Spaß am Bug der Titanic stehen und uns die salzige Gischt der Sturmwellen des Atlantiks ins Gesicht spritzen lassen?«

Das fragte sich Stuhr auch, zumal ihn der aufreizende Anblick des über das Geländer gebeugten grazilen Körpers verzauberte. Mutig trat er neben sie, aber erst beim nächsten heftigen Regenschauer fand er seine Worte wieder.

»Ist doch aber auch schön, dass es wenigstens zwischen Nord- und Ostsee noch richtiges Wetter gibt. Im Gegensatz zu mir haben Sie sich allerdings gut gegen den Regen gewappnet.«

Sie stieß ihn neckisch mit dem Ellenbogen ein wenig in die Seite. Dabei lächelte sie. »Nicht nur gegen den Regen. Mein Tobi verbeißt ansonsten jede männliche Gestalt, die sich mir auf weniger als 100 Meter nähert.«

Stuhr zeigte sich beeindruckt, obwohl der kleine Terrier eher freundlich mit seinem kurzen Schwanzstummel wedelte. »Ich habe es befürchtet. Kaum kommt man ins Gespräch mit einer freundlichen Dame, schon wird man von einer Killerbestie vertrieben. Das ist ungerecht.«

Ihre Antwort war geheimnisvoll. »Richtig. Aber das ganze Leben ist ungerecht. Sorry, Tobi und ich müssen leider weiter. Vielleicht treffen wir uns irgendwann wieder einmal hier?«

Stuhr nickte. Warum nicht?

Sie zog ihren Hund wieder an sich und verabschiedete sich freundlich, bevor sie sich trotz ihrer Gummistiefel abmühte, wie ein Model auf dem Catwalk vom Betonpodest förmlich hinunterzuschweben. Dann ließ sie sich scheinbar machtlos von ihrem Hund aus dem Park ziehen.

Die Schöne und das Biest, das forderte Stuhrs männliche Hilfsbereitschaft heraus. Allerdings musste er zunächst gegen den heftiger werdenden Regen Schutz suchen. Den gab es im Park leider nicht, und so floh er fluchend zu seinem Auto. Durchnässt trommelte er ungeduldig mit den Fingern auf das Lenkrad, aber unablässig wurden Salven von Regentropfen gegen die Windschutzscheibe geschleudert.

Irgendwann hatte Stuhr die Warterei satt. Er beschloss, mit seinem alten Golf zu dem Imbisswagen auf der Nordmole des Scheerhafens zu fahren. Dort gab es eine kleine Terrasse mit einem Unterstand, von dem aus Schaulustige das bunte Treiben an den Schleusen aus unmittelbarer Nähe betrachten konnten: riesige Containerschiffe, Gas- und Öltanker, Schlepper und Lotsenboote, bisweilen auch kleine und große Fahrgastschiffe. Dazwischen tummelte sich gerade im Sommer eine Armada von Segelbooten wie nervös zuckende Fischschwärme, um unmittelbar nach dem Einschleusen der großen Pötte die besten freien Plätze in den Kammern zu ergattern.

So zog es Stuhr auch heute mit seinem gerade erstandenen dampfenden Kaffee trotz der ungnädigen Witterung zum Unterstand, und sogleich glitt wie auf Bestellung unter mächtigem Motorbrummen ein gewaltiges Frachtschiff heran. Die warmen Lichtstrahlen der unter die Wolkendecke gekrochenen Sonne erleuchteten farbenfroh dessen mosaikartig zusammengewürfelte bunte Container auf dem Deck. Erst als der Frachter vor dem stahlgrauen Himmel zur offenen Kieler Bucht abdrehte, konnte er den Namen vom Heck ablesen: Es war die »Friesland«, Heimathafen Valetta.

Das war die Hauptstadt von Malta, einer seit jeher strategisch bedeutenden felsigen Inselgruppe zwischen dem östlichen und westlichen Teil des Mittelmeers. Bestens seit Jahrhunderten ummauert und von einem Ring aus Bastionen gesichert. Das war nun der absolute Gegenentwurf zum flachen Friesland, eine seltsame Namenswahl der Schiffseigner.

Stuhr wurde aus seinen Gedanken von einem kleinen weißen Wollknäuel gerissen, das vom Schleusengelände herangestürmt kam. Es war Tobi, der kleine Terrier seiner flüchtigen Bekanntschaft vom Schleusenpark. Ohne Notiz zu nehmen, flitzte er an Stuhr vorbei, um keine 100 Meter weiter auf der Steinmole sein Frauchen freudig anzuspringen. Sie streichelte ihn und gab ihm ein Leckerli, bevor sie ihren kleinen Liebling wieder anleinte. Dann nahm sie die Umgebung in Augenschein, bevor sie wenig später zwei flache Päckchen aus seinem Schutzleibchen zog und sie schnell unter ihrer Regenjacke verstaute.

Das war seltsam, und Stuhr konnte es sich nicht erklären. Aber es war schön, sie heute noch einmal zu sehen. Allerdings nur kurz, denn wenige Augenblicke später waren beide von der Bildfläche verschwunden.

Die nächsten Tage zog es ihn immer wieder zum Schleusenpark, aber vergeblich. Es sollte fast eine Woche dauern, bis er die geheimnisvolle Frau mit ihrem Terrier wieder traf. Obwohl an diesem späten Märztag ungewöhnlich warmes Frühlingswetter herrschte, trug ihr Terrier wieder seinen

Wetterschutz. Eine Ausbeulung darunter war allerdings nicht zu erkennen.

Dieses Mal war es Stuhr, der das Gespräch anfing. »Moin. Schön, Sie einmal wieder zu treffen.«

Sie lächelte ihm fast vertraut zu. »Moin, Moin. Ja, lange nicht gesehen.«

Fieberhaft bemühte er sich, das Gespräch nicht abreißen zu lassen. »Endlich sind wieder einmal ein paar große Pötte in den Schleusen, jedenfalls den Masten nach zu urteilen. Die letzten Tage waren kanaltechnisch eher mau.«

Sie musterte ihn interessiert. »So, Sie interessieren sich also für Schiffe? Was ist daran so spannend? Schiffe kommen und gehen.«

Während Stuhr noch über die philosophische Tiefe ihrer Antwort und eine angemessene Replik sinnierte, verabschiedete sie sich bereits wieder.

»Wir müssen leider weiter. Dringende Termine. Bis bald.«

Bis bald? Das klang vielversprechend. »Ja, gerne. Wieder hier? An gleicher Stelle?«

Sie nickte und ließ sich genau wie beim letzten Mal mit Eleganz vom Hund aus dem Park zerren.

Offenbar hatte sie ihre feste Ausgehrunde. Stuhr verfolgte gebannt jede Bewegung dieser faszinierenden Frau, wie sie trotz des ziehenden Hundes elegant die Stufen zur Uferstraße hinunternahm. Dabei konnte er nicht einmal sagen, was ihn bei ihr besonders anzog. Das Einzige, was ihn störte, war der kleine Terrier. Aus Erfahrung wusste er, dass die zarte Hand einer Frau lieber das weiche Fell eines Hundes oder einer Katze streichelte als seine harten Bartstoppeln. Aber diese Frau hatte Stuhrs Interesse nicht nur geweckt, sondern zum Lodern gebracht. Ganz gegen seine feine Art beschloss er, ihr diskret in entsprechendem Abstand zu folgen.

Von der dem Park vorgelagerten Anhöhe konnte er unbemerkt verfolgen, wie der kleine Terrier mit aller Kraft sein Frauchen zum Besuchereingang des Schleusengeländes mit der viel besuchten Aussichtsplattform bugsierte. Kurz davor zog sie ihn jedoch resolut mit der Leine seitwärts weg. Nur unfreiwillig setzte Tobi den gemeinsamen Weg entlang der rostigen Schienen der stillgelegten Industriebahn zur Nordmole fort. Mit den Jahren war die Gleisanlage an vielen Stellen mit hohem Gras und Sträuchern überwuchert, und mit dem darunterliegenden spitzkantigen Schotter bildete das verlassene Gelände kein ideales Geläuf für ihren kleinen Hund. Nur gut, dass der Terrier angeleint war. Zumal der rostige Zaun, der die Bahntrasse vom Schleusenbereich trennte, an vielen Stellen aufgetrennt war. Der ungestüme kleine Terrier hätte sich schnell an hervorstehenden Drahtspitzen verletzen können.

Völlig unerwartet leinte die schöne Unbekannte jedoch ihren kleinen Liebling ab, und schon wenig später war er auf dem unübersichtlichen Gelände nicht mehr zu entdecken. Sein Frauchen folgte indessen den Bahngleisen bis zur Nordmole weiter. Sie schien sich keine allzu großen Sorgen um ihren kleinen Beschützer zu machen.

Stuhr hatte die Frau sensibler eingeschätzt, dennoch folgte er ihr weiter in großem Abstand. Aber selbst, als sie den Imbiss passierte, war von dem Terrier weit und breit nichts zu sehen. War seine neue Bekanntschaft herzlos?

Stuhr entschied sich, seine Verfolgung abzubrechen. Frustriert orderte er am Imbiss einen Kaffee. Aber kaum hatte er sein Heißgetränk auf einem der Terrassentische abgestellt, da passierte ihn unter lautem Getöse eine alte Bekannte. Es war die »Friesland«, das Frachtschiff von letzter Woche. Nur das bunte Mosaik der Container auf dem Frachter war heute anders zusammengesetzt. Im nächsten Moment hetzte ein weißes Wollknäuel an ihm vorbei, und weiter hinten auf der Mole konnte Stuhr dessen Frauchen ausmachen. Seine Schleusenbekanntschaft erwartete ihren Begleiter dort offenbar, genau wie letzte Woche.

Entschlossen fasste sich Stuhr ein Herz. Er würde sie ansprechen und auf ein Getränk einladen. Vielleicht könnte er sie ein wenig näher kennenlernen. Mehr als abblitzen lassen konnte sie ihn nicht.

Er ließ seinen Kaffee stehen und bewegte sich in ihre Richtung. Dabei bemerkte er, wie sie dem Terrier beim Anleinen wiederum zwei Päckchen aus dem Wetterschutz zog.

Irritiert verlangsamte er seinen Schritt. Dabei bemerkte sie ihn. Nervös schaute sie sich um, als wenn sie nach einer Fluchtmöglichkeit suchen würde. Hinter ihr befand sich aber nur noch das verschlossene hohe Metallgittertor zum Kieslager auf der Molenspitze.

Entgegen der Warnungen seiner inneren Stimme schritt Stuhr weiter mit beruhigenden Handbewegungen auf sie zu. Aber sie reagierte auf seine vorsichtige Annäherung wie ein gehetztes Tier, das in die Enge getrieben wurde. Ihr Terrier dagegen wedelte freudig mit dem Schwanz. Er schien sich über die erneute Begegnung mit ihm zu freuen. Als er vor ihr stehen blieb, zog sie harsch ihren Hund am Halsband zurück, bevor sie mit verbitterter Miene loswetterte.

»Was wollen Sie von mir? Was habe ich Ihnen getan? Warum schleichen Sie mir hinterher? Lassen Sie uns bitte in Ruhe!«

Ihre Stimmung war völlig gekippt. In dieser Verfassung war sie nicht mehr die Frau, die er begehrte. Hatte er sich so in ihr getäuscht? Er riss sich zusammen.

»Entschuldigen Sie, aber ich schleiche Ihnen nicht hinterher. Ich wollte Sie nur auf ein Heißgetränk einladen.«

Seine Schleusenbekanntschaft machte sich jedoch kurz angebunden aus dem Staub. »Wir haben keine Zeit für Kaffeegewäsch. Komm jetzt, Tobi. Wir müssen weg von hier.«

Sie riss energisch an der Leine und ließ Stuhr verdattert auf der Mole stehen. Nun hatte Stuhr in seinem Leben schon viel an Launenhaftigkeit bei Frauen erlebt, aber dieser unmotivierte Stimmungswandel setzte allem die Krone auf. Wie ein begossener Pudel schlich er zu seinem erkalteten Kaffee zurück. Nachdenklich sah er der »Friesland« hinterher, die inzwischen in einem weiten Bogen auf die Fahrrinne der Kieler Förde gelangt war und jetzt die offene Ostsee anstrebte.

Erst das Kratzen eines Terrassenstuhls hinter ihm riss ihn aus seinen Gedanken. Jemand setzte sich zu ihm. Mit Tobi? Erwartungsvoll drehte sich Stuhr um. Aber das vertraute Gesicht, das ihn anlächelte, war lediglich das von Kommissar Hansen.

»Mensch, Stuhr. Du machst ja ein Gesicht wie zehn Tage Regenwetter. Was treibt dich denn hierher?«

Kommissar Hansen mit seiner drögen Art hatte ihm heute gerade noch gefehlt. Stuhrs Antwort fiel dementsprechend aus.

»Kaffee trinken. Was denn sonst? Aber bitte nicht weitersagen.«

Dabei hielt er seinen Finger vor den Mund. Nun kannten sich die beiden schon länger. Das war vermutlich der einzige Grund, warum der Kommissar zunächst schwieg. Das verschaffte Stuhr immerhin die notwendige Luft, den Spieß umzudrehen.

»Was treibt dich denn hierher, Hansen?«

Der Blick des Kommissars wurde sorgenvoll. »Ob du es glaubst oder nicht, Stuhr: staubtrockener Dienst, die reine Routine. Ich bin am Ermitteln. Mit einigen Kollegen übrigens. Verdeckt natürlich.«

Stuhr nickte gelangweilt. »So, so. Verdeckt ermitteln bei einem Käffchen auf einer Sonnenterrasse mit Blick auf Kanaleinfahrt und Förde.«

Kommissar Hansen hob abwehrend die Hände. »Mein Gott, Stuhr. Warum bist du nur so vergrätzt?«

Stuhr legte nach. »Mensch, Hansen. So wie du arbeitest hätte ich nur einmal in meinem Leben gerne Urlaub gemacht.«

Kommissar Hansen konnte darüber nicht lachen. »Nun mal ernsthaft, Stuhr. Wir haben einen verlässlichen Tipp bekommen, dass auf dem Schleusengelände Drogen geschmuggelt werden. Mehrere Seeleute von der ›Friesland‹ stehen unter Verdacht. Wir wissen nur nicht, wer die Mittelsmänner an Land sind.«

Stuhr verschluckte sich am Kaffee. Vorsichtig bohrte er nach. »Mittelsmänner?«

Hansen zog eine sorgenvolle Miene. »Ja, an die wollen wir natürlich auch herankommen. Aus dem Gebäude der Schleusenverwaltung ist mehrfach beobachtet worden, dass verschiedene Besatzungsmitglieder der ›Friesland‹ während der langwierigen Schleusungsvorgänge immer wieder ihr Schiff verlassen und sich auf dem unübersichtlichen Ufergelände herumtreiben. Irgendwie muss dabei die heiße Ware über den Zaun an die Abnehmer gelangt sein. Wir wissen nur nicht, wie.«

Stuhr bohrte nach. »Ihr habt keinen blassen Schimmer?«

Kommissar Hansen rückte unangenehm nahe. »Das ist der eigentliche Grund, warum ich bei dir sitze, Stuhr. Für uns war in den letzten Wochen nur eine Frau mit einem kleinen Terrier verdächtig, weil die sich immer wieder während der Kanalpassagen der ›Friesland‹ am Zaun zum Schleusengelände herumgetrieben hat.«

Stuhrs Schleusenbekanntschaft. Sein Herz pochte. »Ja und? Habt ihr sie euch geschnappt?«

Kommissar Hansen zog ein mürrisches Gesicht. »Nein. Wir haben ja nichts gegen sie in der Hand. Allerdings hatte sie in der letzten Woche zweimal Kontakt mit einem Mann.«

Stuhr stockte der Atem. »Der große Unbekannte also?«

Kommissar Hansen schüttelte energisch den Kopf. »Nein, der Unbekannte warst du. Das behaupten jedenfalls meine Kollegen.«

Stuhr rutschte das Herz in die Hose. War der kleine Terrier der Drogenkurier? War er mit Geld durch den Zaun gehuscht, um im Gegenzug die Drogenpäckchen zugesteckt zu bekommen? Was konnten das ansonsten für Päckchen sein, die sein Frauchen aus dem Wetterschutz des Terriers gezogen hatte? Der Mittelsmann musste eine Frau sein. Seine Schleusenbekanntschaft. Kein Wunder, dass sie vorhin so aufgebracht war.

Kommissar Hansen riss ihn aus seinen Gedanken. »Stuhr, du alter Schürzenjäger. Hast du irgendetwas Verdächtiges an der Frau bemerkt?«

Natürlich hatte Stuhr das. Auf der anderen Seite war sie eine faszinierende Frau. »Sag mal, Hansen. Wie hoch werden solche Drogendelikte eigentlich bestraft? So Pi mal Daumen.«

Der Kommissar spreizte mit entschlossenem Blick alle Finger und den Daumen seiner rechten Hand auseinander. »Minimum.«

Nicht unter fünf Jahren also, folgerte Stuhr. Das war nicht lustig. Für Stuhr würde es eine verdammt lange Zeit sein ohne eine erneute Begegnung mit seiner Schleusenbekanntschaft. Die Stimme von Kommissar Hansen wurde mahnend.

»Stuhr, was ist los mit dir? Nun sag schon, hast du irgendetwas mitbekommen, was wir bisher nicht ermitteln konnten?«

Stuhr rang mit seinem Gewissen. Sollte er sie verraten?

»Ich? Verdächtiges? Nein, sie hat doch nur ihren Hund ausgeführt. Wobei mir gerade einfällt, dass ihr …«

Der Kommissar beugte sich gespannt nach vorne. »Dass ihr was? Spanne mich bitte nicht auf die Folter. Nun spucke es schon aus!«

Stuhr gab nur ein kleines Geheimnis preis. »… dass ihr Hund Tobi heißt. So hat sie jedenfalls nach ihm gerufen.«

Verärgert sprang der Kommissar hoch. »Verdammt noch mal. Diese Frau hat dich eingewickelt.«

Stuhr versuchte den Kommissar wieder auf den Sitz herunterzuziehen. »Quatsch. Komm herunter, Hansen. Ich gebe auch ein Bierchen aus.«

Der Kommissar wehrte entrüstet ab. »Für mich nicht. Dienst ist Dienst, und Schnaps ist Schnaps. Du kannst der dubiosen Dame ja einen ausgeben.«

Beleidigt stand Hansen auf und eilte zu seinem Dienstwagen. Stuhr nickte abwesend.

Ja, ihr einen ausgeben, das würde er in der Tat allzu gerne machen. Aber dazu müsste er seine Schleusenbekanntschaft erst einmal wiedertreffen.

ACH WIE GUT,
DASS NIEMAND WEISS

SINA BEERWALD

Zufrieden singe ich den Refrain vom Rumpelstilzchen und betrachte mich dabei im Spiegel. Niemand wird mich erkennen. Auch nicht meine Exfrau und schon gar nicht unsere Tochter. Den Hut tief ins Gesicht gezogen, darunter eine Maske mit langer Nase, einen grünen Umhang, schwarze Stiefel. Der perfekte Look für mein Vorhaben. Seit der Scheidung vor einem Jahr spricht meine Ex immer von *ihrem* sechsjährigen Mädchen, aber es ist *unsere* Tochter – die ich nicht mehr sehen darf.

Gut, ich könnte alle zwei Wochen zwei Stunden betreuten Umgang mit meiner Tochter haben, aber auf diese erniedrigende Situation, mit einem Wachhund vom Jugendamt im Raum zu sitzen, der uns beim Spielen zuschaut, weil das Gericht und meine Ex offenbar der Meinung sind, ich könne wie eine unberechenbare Bestie über meine Mia herfallen, kann ich dankend verzichten.

Laut Gutachten bin ich während des Trennungsjahres in eine floride bipolare affektive Psychose gerutscht – so die sachliche Umschreibung meiner persönlichen Hölle, durch die ich während meines Aufenthalts in der geschlossenen Abteilung des Kieler Zentrums für Integrative Psychiatrie gegangen bin. Zu den Entlassungspapieren gab es die Scheidungsurkunde obendrauf.

Danach wollte ich einmal noch mit meiner Ex reden, nur ein einziges Mal, um ihr klarzumachen, dass ich kein durchgeknallter Spinner bin. Aber da sie mich auf allen Kanälen blockiert hat, musste ich jeden Tag zu ihrem Arbeitsplatz fahren und habe vor dem Stena-Line-Terminal auf sie gewartet, wo sie am Check-in arbeitet. Aber sie war immer in Begleitung von Kollegen. Bis nach Hause ist sie von denen gefahren worden – zu der Villa ihres neuen Lovers mit Blick auf die Förde. Stundenlang habe ich im Gebüsch versteckt darauf gewartet, dass sie einmal allein das Haus verlässt, damit ich ungestört mit ihr reden können würde. Mehr wollte ich nicht. Ehrlich. Ich bin doch nicht krank. Ich nicht. Darum nehme ich auch nicht mehr diese Tabletten, von denen mir nur schwindlig wird.

Mein Umfeld jedoch hat mich plötzlich zum psychopathischen Stalker erklärt, vor dem man solche Angst haben muss, dass ich der Polizei sogar einen Hausbesuch zum Zwecke einer Gefährderansprache wert war. Wie lächerlich. Das habe ich denen auch gesagt, und dass ich ganz harmlos sei und nur einmal noch mit meiner Exfrau sprechen möchte. Auf meine weiteren Versuche einer Kontaktaufnahme hat sie mit einer einstweiligen Verfügung reagiert. Ich darf mich ihr nicht nähern und muss ihrer Wohnung bis auf 100 Meter fernbleiben.

Was für eine Demütigung!

Nun gut, ich bin ihr also nach zehn gemeinsamen Jahren nicht einmal mehr ein Wort wert. In Ordnung, verstanden. In den vergangenen drei Monaten hat sie nichts mehr von mir gehört – ich bin komplett von ihrer Bildfläche verschwunden. Natürlich, schließlich brauchte ich die Zeit, um mich für das Finale vorzubereiten.

Jetzt ist es so weit. Die Kieler Woche hat begonnen, die

Segel sind gehisst, die Leute genießen den Trubel und feiern. Auch in mir lodert das Feuer, und ich tanze singend um den Couchtisch in meiner Einzimmerwohnung am Kieler Exerzierplatz herum.

»Heute back ich, morgen brau ich,
übermorgen hol ich der Königin ihr Kind.
Ach, wie gut, dass niemand weiß,
dass ich Rumpelstilzchen heiß!«

Endlich Ruhe vor Krischan. Die richterliche Verfügung hat wider Erwarten ihre Wirkung gezeigt. Am Anfang konnte ich es kaum glauben, aber nun wage ich aufzuatmen. Vor drei Monaten habe ich noch nicht geglaubt, meiner Tochter die Freude machen zu können, mit ihr das geliebte Sommerfest zu besuchen, dessen buntes Programm sich über gut eine Woche hin erstreckt, mit der Windjammerparade als Höhepunkt. Die Schiffe sind für Mia allerdings nur Beiwerk, ihre Lieblingsstationen heißen Teppichrutsche, Seehundsbecken, Riesenrad, Bungee-Trampolin und die Spiellinie auf der Krusenkoppel mit Zwischenstopps bei der Zuckerwatte und den Schokofrüchten.

Für Juni ist es ungewöhnlich heiß. Normalerweise ist die Kieler Woche wettertechnisch ein Garant für die Gastronomen, den nicht verkauften Glühwein von Weihnachten noch an den Mann zu bringen.

Wir gehen entlang des Kais, die Boote dümpeln träge im Wasser, die leichte Brise vom Wasser her bringt ein wenig Erfrischung. Nur Mia hüpft unbeeindruckt von der Hitze aufgeregt und voller Energie im Besucherstrom über die blaue Linie am Boden, die auswärtigen Besuchern als Orientierungshilfe dient, als sei es ein Seil für Gummitwist.

Wir kennen den Weg über die Kieler Woche in- und auswendig – von der Förde über den Stadtpark, dann durch die Innenstadt bis hin zum internationalen Markt, wo wir uns wie jedes Jahr erst bei den Ungarn und dann bei den Norwegern geduldig in die Schlange stellen werden, denn was wäre eine Kieler Woche ohne einen fettgebackenen Teigfladen mit Knobisauce und zum Nachtisch die legendären Waffeln mit Preiselbeeren und Sahne. Ach, was freue ich mich darauf! Endlich wieder leben!

Nur schade, dass Ejvind heute um 18.45 Uhr mit der Stena-Line nach Göteborg auslaufen muss, aber wir werden ihm zur Brücke hinauf zuwinken.

Sehnsüchtig schaue ich zurück zum Schwedenkai, wo das große weiße Kreuzfahrtschiff mit der schlichten blauen Aufschrift und den gelben Rettungsbooten vor dem Schäfchenwolkenhimmel liegt, und träume von dem Moment, wenn wir uns wiedersehen. Ejvind ist nur zweieinhalb Tage weg, aber für uns bedeutet das jedes Mal eine Ewigkeit.

Mia hat noch ein wenig Probleme mit ihrem neuen schwedischen Papa, weil er nicht besonders gut deutsch spricht und ich mich mit ihm deshalb meist auf Englisch unterhalte. Dann fühlt sich Mia ausgeschlossen. Aber sie findet es toll, dass er Kapitän auf der Stena-Line ist, und sie träumt davon, wie die Schwester von Michel in Lönneberga zu wohnen. Aber dann will sie lieber wieder in Kiel bleiben, denn schließlich muss ihr richtiger Papa bald wieder aus dem Krankenhaus kommen.

Sie glaubt, er habe sich einen Wirbel gebrochen, und man dürfe ihn nicht besuchen, weil er sich erholen muss und es eben sehr, sehr lange dauere, bis so ein Knochen verheilt ist. Seit einer Woche fragt sie mich täglich, wann sie ihn denn endlich wiedersehen würde, und ich bin gespannt, wie lange ich meine Notlüge noch aufrechterhalten kann. Aber die Wahrheit möchte ich ihr nicht zumuten, und spätestens zur Einschulung werde ich mir eine neue Geschichte einfallen lassen müssen. Aber das wird mir schon gelingen.

Huch, wo ist Mia denn jetzt hin? Ich drehe mich um meine eigene Achse. Gerade eben stand sie noch neben mir. Meine Güte, heute sind aber auch viele Leute unterwegs. Ist sie am Süßwarenstand? Nein. Dort bei dem Straßenkünstler, der die Kinder große Seifenblasen machen lässt? Auch nicht. Verdammt, warum habe ich ihr dieses weiße Kleidchen angezogen und nicht eines in Knallpink? Das gibt's doch gar nicht, sie kann nicht spurlos verschwunden sein. Mir wird heiß und kalt zugleich. Sie muss hier in der Nähe sein. Noch kommt mir ihr Name nicht über die Lippen. Panisch und stumm suche ich nach ihr. Noch will ich mir nicht vor allen Leuten eingestehen, nicht gut genug auf mein Kind geachtet zu haben.

Sie muss hier irgendwo sein. Zu den beiden Fantasiegestalten auf Stelzen ist sie nicht gegangen und steht auch nicht bei dem Rumpelstilzchen, das sich zusammen mit einem Kind fotografieren lässt.

Ach, da drüben, zum Seehundsbecken vom Geomar-Institut ist Mia gegangen. Puh, ich atme tief aus, mein Herzschlag jagt noch in meiner Brust. Da lässt man sein Kind nur für ein paar Sekunden aus den Augen. Aber ich hätte mir ja denken können, dass sie von der Scheibe, durch die man die Tiere unter Wasser beobachten kann, wie magisch angezogen wird.

Wobei ich für einen panischen Moment lang dachte, Krischan hätte sich Mia geschnappt. Nüchtern betrachtet würde ich ihm eine Entführung durchaus zutrauen, aber er würde sie niemals angesichts so vieler Zeugen begehen. Da könnte er ja gleich der Polizei eine Mitteilung samt Passkopie schicken.

Mist, das wäre eine gute Gelegenheit gewesen, mit der ich so schnell nicht gerechnet habe. Aber ich habe ohnehin einen viel besseren Plan.

Nun hält meine Ex Mia eine Standpauke, dass sie doch wohl alt genug sei, um Bescheid zu sagen. Ich höre die Angst in der Stimme meiner Ex, noch einmal ermahnt sie Mia. Aber das wird nichts nutzen, da bin ich mir sicher. Ich bin gut vorbereitet und muss nur den richtigen Zeitpunkt abwarten, und der wird kommen, so sicher wie das Amen in der Kirche.

Nur hätte ich nicht geglaubt, dass die lieben Kinder so auf meine Verkleidung abfahren. Alle paar Meter muss ich für ein Foto stehen bleiben, dabei sind genug auffällige Gestalten unterwegs, die als Opfer herhalten könnten.

Beim nächsten »ach schau mal, wie süß, das Rumpelstilzchen, bleiben Sie mal für ein Foto stehen« zeige ich mich von meiner ziemlich sauren Seite und erkläre barsch, dass ich es eilig habe und meinen Auftritt nicht verpassen darf.

Das leuchtet den Leuten ein, dass ich zu einer der Kleinkunstbühnen unterwegs bin. Wobei klein wörtlich zu nehmen ist. Nicht im Sinne der Kunst, sondern in Anbetracht der Bühnen, die wie die hölzernen Wachhäuschen der britischen Leibgarde aussehen, nur mit dem Unterschied, dass auf diesem überdachten Quadratmeter gesungen, gedichtet, gezaubert und musiziert wird.

Jetzt habe ich doch tatsächlich meine Mia aus den Augen verloren, verdammt. Auch von ihrer Mutter keine Spur mehr. Mist, ich hätte ihnen dichter auf den Fersen bleiben müssen. Der Schweiß rinnt mir unter der Maske übers Gesicht, ich schmecke das Salz auf meinen Lippen, aber die Maskerade muss sein.

Wenn ich Mia erst einmal angesprochen habe, wird sie sich freuen, dass ihr Vater unter der Verkleidung steckt und ich ihr eine Überraschung zeigen will, von der ihre Mutter nichts wissen darf. Zwischen der Festmeile und der Hauptstraße gibt es genügend Gebüsch, in dem ich das Rumpelstilzchen-Outfit schnell entsorgen werde. Mia bekommt ein neues Kleidchen an, das ich unter meinem Umhang dabei habe, und dann haben wir uns binnen Sekunden in Vater und Tochter verwandelt, die sich fröhlich von der Kieler Woche verabschieden, um zu neuen Ufern aufzubrechen. Hoffentlich gefällt Mia mein neuer Haarschnitt und vor allen Dingen die dunkle Farbe.

Und während meine Ex noch fieberhaft nach ihrer Tochter sucht, geht es für uns mit dem Auto auf eine große Abenteuerreise über Polen und die Slowakei bis nach Ungarn, wo ich mir von meinem Ersparten ein hübsches Haus gekauft habe und wir uns mit den professionell gestalteten Pässen eine neue Existenz aufbauen werden. Wie gut, dass ich immer so sparsam gewesen bin. Wenn Mia nach ihrer Mutter fragt, werde ich ihr sagen, sie sei im Krankenhaus und müsse in Ruhe gesund werden.

So, nun muss ich mich aber sputen. Ich kenne ihr nächstes Ziel, das Riesenrad, und spätestens dort werde ich sie einholen. Eine Waffe habe ich auch dabei – man weiß ja nie, wofür die gut sein kann.

Die Gondel fährt langsam nach oben, zugleich werden meine Knie weich. Mia jauchzt und macht mich darauf aufmerksam, wie schnell die weißen Festzelte und die Boote unter uns kleiner werden. Sie dreht sich in alle Richtungen und genießt die Aussicht über die Förde, hinüber zum Ostuferhafen und zur Werft, wo Marineschiffe gebaut werden.

Ich verziehe meinen Mund zu einem Lächeln und lasse mir Mia zuliebe nicht anmerken, dass mir die Höhe etwas ausmacht. Sonst habe ich damit kein Problem, nur bei der Fahrt mit dem Riesenrad. Da ich es bisher aber jedes Jahr geschafft habe, will ich Mia den Spaß nicht verderben und werde es auch dieses Mal überleben.

Ich muss an Krischan denken, der stets vor jeder Fahrt gefrotzelt hat, ob er schon mal den Sarg holen soll. Nein, nicht bestellen, aus dem Lager holen.

Ob es mir etwas ausmache, dass er Bestatter von Beruf sei, hatte mich Krischan am Anfang unserer Beziehung gefragt, und ich hatte tapfer den Kopf geschüttelt und beim Sex die Vorstellung verdrängt, dass er mit seinen Händen auch Leichen anfasste. Ich versuchte wie er den Vorteil zu sehen, dass es ein absolut krisensicherer Job ist. Nach der Geburt von Mia hatte ich dann aber gar keine Lust mehr auf Sex, in den folgenden Jahren lebten wir uns immer mehr auseinander. Er wiederum hockte auf seinem Geld und war für keinen Spaß zu haben, und als ich mit dem neuen Kapitän bei der Stena-Line plötzlich meine große Liebe vor mir hatte, musste ich Krischan leider vor vollendete Tatsachen stellen, was ihn wie eine unvermutete Bugwelle am vermeintlich sicheren Ufer überrollt hat.

Was bin ich froh, als wir endlich aussteigen können. Wobei ich gar nicht sicher bin, ob mich meine weichen Knie tragen. Das Adrenalin hat auch meinen Darm in Bewegung gesetzt, und ich verspüre ein dringendes Bedürfnis.

Ich ziehe meine Tochter, die am liebsten noch eine Runde fahren würde, zum nahe gelegenen Toilettenwagen.

»Musst du auch mal?«

Mia schüttelt den Kopf.

Ich lasse sie nur ungern zurück, aber es gibt nun einmal Dinge, die ich allein erledigen muss.

»Du rührst dich nicht vom Fleck und wartest hier auf mich«, schärfe ich ihr ein und verschwinde schnell im Toilettenwagen.

»Hallo, Mia, ich bin's, dein Papa.«

»Papa?« Ihre blauen Augen werden vor ungläubiger Freude noch größer. »Bist du das wirklich?«

»Ja, und ich habe eine Überraschung für dich.«

»Aber warum bist du so verkleidet?« Sie zieht ihr Näschen kraus, wie sie es immer macht, wenn sie skeptisch ist. Wie habe ich diesen Gesichtsausdruck vermisst. Wie oft habe ich diesen Augenblick in Gedanken durchgespielt, doch jetzt überwältigen mich meine Gefühle. Zu dem Schweiß auf meinen Wangen mischen sich Tränen.

»Das hat mit meiner Überraschung zu tun«, sage ich mit erstickter Stimme. »Komm schnell, sonst ist sie nicht mehr da.«

»Weinst du, Papa?«

»Nein, es ist nur so heiß unter der Maske. Ich ziehe sie auch gleich aus, aber erst, wenn wir von der Festmeile runter sind.«

»Aber ich muss doch Mama Bescheid sagen.«

Ich versuche, mir meine Ungeduld nicht anmerken zu lassen. »Sie weiß von meiner Überraschung. Aber für dich wäre es ja sonst keine gewesen. Komm, ich habe auch ein neues, wunderschönes Kleid für dich.«

Wo ist Mia? Wie erstarrt bleibe ich auf der Metallstufe des Toilettenwagens stehen. Ist sie etwa zum Riesenrad zurückgelaufen? Soll ich dort nach ihr suchen? Meine Hände sind schweißnass, obwohl ich sie gerade abgetrocknet habe. Nein, Mia ist nicht weggegangen, nicht nach meiner Standpauke vorhin. Nicht freiwillig.

Die Angst rieselt mir als eiskalter Schauer den Rücken hinunter. Panisch schaue ich mich weiter um. Was mache ich jetzt? Ich muss nach ihr rufen. Plötzlich kommt mir in den Sinn, was ich kürzlich gelesen habe. Sobald ein Kind verschwunden ist, laut schreien. Ihren Namen rufen, ihr Alter, ihr Aussehen. Passanten dazu animieren, ebenfalls zu rufen und diese Information schnell weiterzugeben. Damit rechnet ein Entführer nicht.

»Mein Kind ist weg«, schreie ich. »Mia ist verschwunden, ein Mädchen mit blonden Zöpfen, sechs Jahre alt, rufen Sie nach ihr und sagen Sie es weiter!« Wie ein Lauffeuer verbreitet sich die schreckliche Tatsache über die Kiellinie.

Es sind Minuten, die mir wie Stunden erscheinen, in der ich mir die Seele nach meinem Kind aus dem Leib schreie.

Und dann höre ich plötzlich einen Schuss. Ich kann nicht sagen, aus welcher Richtung er kam, ich glaube, irgendwo bei der Hauptstraße muss es gewesen sein. Ich weiß nur intuitiv, dass etwas Schlimmes geschehen ist. Ich sinke auf die Knie, spüre, wie mir Passanten zur Hilfe eilen und ich gestützt werde.

»Mama, nicht weinen, ich bin doch wieder da.« Ich reiße die Augen auf – und tatsächlich, da steht meine Tochter wieder vor mir, unversehrt.

»Es tut mir so leid, Mama. Papa hat gesagt, ich soll mit ihm mitgehen. Es war wirklich Papa, als Rumpelstilzchen verkleidet. Hast du gewusst, dass er eine Überraschung für mich hat?«, sprudelt meine Tochter hervor. »Ich hatte die ganze Zeit so ein schlechtes Gewissen, weil ich einfach mit ihm weggegangen bin, und dann habe ich plötzlich so viele Leute meinen Namen rufen gehört. Da wusste ich, dass etwas nicht stimmt. Er wollte mich festhalten, mir verbieten, dass ich zu dir laufe, aber dann habe ich mich losgerissen. Ich glaube, er hatte gar keine Überraschung für mich.«

»Nein, das hatte er nicht«, sage ich matt. »Und du hast alles richtig gemacht.« Unablässig küsse ich Mias Stirn, während ich ihr Haar streichle. Mia scheint noch nicht realisiert zu haben, dass dieser Schuss mit ihrem Vater zu tun hatte. Ich weiß nicht, ob ich ihm wünschen soll, dass er es überlebt. Ich weiß nur, dass er mit einer Waffe umgehen kann und es in seinem Leben immer einen Plan B gab. Hingegen ist sie offenbar von einem ganz anderen Umstand ziemlich beeindruckt und auf der Suche nach einer Erklärung dafür.

»Woher wussten die Leute überhaupt, wie ich heiße?«

»Manchmal ist das gut, wenn das jeder weiß«, sage ich und schließe meine Tochter fest in die Arme.

»Mama«, flüstert Mia, als wir am Abend eng aneinander gekuschelt im Bett liegen. »Ich will nicht mehr zu Papa, er hat mir Angst gemacht. Nie mehr.«

»Das musst du auch nicht«, sage ich leise und streichle ihr über die Wange. »Nie mehr.«

MEERBUSEN

NADINE SORGENFREI

Ein ganz klein wenig schlaff war die Haut unter dem Bauchnabel noch. Da musste sie wohl die Anzahl der täglichen Sit-ups erhöhen, vielleicht auf 150 Wiederholungen. Und das Abendessen erst mal streichen, das wirkte bei ihr immer noch am besten. Allerdings konnte sie sich kaum vorstellen, dass irgendjemand ihren Bauch auch nur bemerkte, wenn sie den Bikini trug. Denn etwas höher saßen zwei pralle Rundungen, die sich üppig und ein wenig keck aus dem BH reckten. Voller Stolz strich sie mit den Mittelfingern von innen nach außen über die straffe, leicht gebräunte Haut ihrer Brüste, formte anschließend mit den Händen kleine Schalen und fühlte bewundernd die verheißungsvolle Schwere ihrer wunderschönen D-Körbchen.

Die Narben waren mittlerweile verblasst, und der schmerzhafte Druck der ersten Wochen hatte merklich nachgelassen. Sogar ein knappes Siebtel ihrer OP-Schulden hatte sie schon tilgen können. Zum Leben reichte ihr Gehalt als Chemisch-Technische Angestellte so gerade eben, für Extravaganzen wie eine Schönheitsoperation eigentlich nicht. So musste Patricia nebenbei putzen gehen.

Sie gönnte sich noch einen letzten Blick in den Spiegel, dann schlüpfte sie aus dem weißen Kittel und zog das T-Shirt über den Kopf. Bestimmt würde es auch bald mit Sven wie früher besser laufen, wo sie jetzt wieder ein Hingucker war.

Nachdem sie ihr zweites gemeinsames Baby abgestillt hatte, war von ihrem Busen nur noch ein kläglicher, ausgelutschter Rest übrig geblieben. Dabei hatten ursprünglich vor allem ihre bombastischen Rundungen Svens Interesse geweckt. Er stand nun mal auf das, worauf die meisten Männer standen: lange Haare und große Oberweite.

Genauso ein Typ war auch die hakennasige Saskia, mit der er sie betrogen hatte. Dabei hatte dieses Miststück genau gewusst, dass Patricia mit rotzendem Kleinkind und ständig durstigem Säugling am tropfenden Milchbusen zu Hause saß. Trotzdem hatte sich Saskia in der berüchtigten Kieler Disco »Mausefalle« an ihren Sven herangemacht. Patricia wusste ganz genau, dass Saskia angefangen hatte – auf den Tratsch am Spielplatz war Verlass.

Seinerzeit hatte Patricia ihren Freund gezwungen, diese peinliche Affäre zu beenden. Noch einmal würde ihr das nicht passieren. Und so, wie sie jetzt aussah, hatte Sven ja wohl keinen Grund, sich jemals wieder für die blöde Schnepfe zu interessieren.

Den Ohrwurm von Lily Allen vor sich hin summend, machte Patricia sich nach ihrer Schicht im Kieler Uniklinikum auf den Heimweg in ihre kleine Wohnung nach Holtenau. Die paar Kilometer radelte sie meistens, anstatt den Bus zu nehmen. Sie genoss dabei die frische Luft, den Blick auf die Kieler Förde und die Überfahrt nach Holtenau mit dem Schuhkarton, wie die kleine Kanalfähre liebevoll genannt wurde.

Sven war heute zu Hause geblieben, ihm war übel gewesen. Sie hatte ihm deswegen noch schnell Salzstangen und Cola besorgt. Als sie die Wohnungstür aufschloss, stand ihre Nachbarin zwischen Küche und Wohnzimmer.

»Ich brauche nur etwas Zucker, und da habe ich …«, stammelte Anke.

Patricia bemerkte die weit aufgerissenen Augen, da tönte auch schon Svens Stimme aus dem Schlafzimmer: »Komm doch noch mal, du kleine, geile Schnecke. Eine schnelle Nummer kriegst du von mir noch, bis Patti wieder da ist.«

Der Witz war wirklich nicht besonders gut, dachte Patricia noch. Dann erst bemerkte sie, dass Ankes flache Brust hektisch bebte. Dazu wirkte sie verschwitzt und außer Atem.

»Tut mir echt leid«, flüsterte die Nachbarin, drückte sich an ihr vorbei und eilte aus der Wohnungstür.

Patricia wurde blass. Ihre Knie gaben nach, sie lehnte sich gegen die Wand und rutschte langsam hinunter, bis sie auf dem Laminat saß. Dann stand Sven vor ihr.

»Ach du Scheiße«, hörte sie ihn noch sagen.

An viel mehr konnte sie sich später nicht erinnern. Wie in Trance war sie bei ihrer Mutter untergekommen und hatte mit ihren Kindern dort abgewartet, bis Sven eine neue Wohnung gefunden hatte und ausgezogen war. So eine miese Ratte, und dann auch noch mit Anke, dieser dürren Bio-Schlampe. Kein Speck auf den Rippen und schon gar keine Kurven. Jedes Mal, wenn sie ihrer Nachbarin über den Weg lief, nervte es Patricia wieder, dass Sven sie ausgerechnet mit diesem BMW betrogen hatte. Die Abkürzung hatte sie einmal abends auf der kleinen Spielfläche nahe des historischen Leuchtturms aufgeschnappt, als Jugendliche über eine flachbrüstige Schulkameradin herzogen: »Brett mit Warzen«.

Erst im folgenden Sommer hatte sich Patricia so weit gefasst, dass sie überhaupt wieder einen Mann ansehen konnte. Aber dann traf sie ein Blick aus zwei ostseeblauen Augen mitten ins Herz. Heiko war Physiotherapeut. Er arbeitete in dem Kurzentrum in Schwedeneck, wo Patricia immer noch putzen ging. Auch wenn Sven aus ihrem Leben verschwunden war, ihre Schulden hatte sie noch. Ihren tollen Busen aber auch.

Seit ein paar Wochen war es wieder warm genug, dass Patricia in figurbetonten Tops zu ihrem Nebenjob im Mutter-Kind-Kurhaus erscheinen konnte. Sie achtete dabei sehr darauf, immer in der Nähe zu feudeln, wenn Heiko seine Patientinnen aus dem Behandlungsraum brachte. So ergab sich ab und zu ein kleines Gespräch mit ihm.

Eines Nachmittags traf sie ihn zufällig am Tiessenkai bei den Traditionsseglern. Ein Kamerateam hatte sich dort aufgebaut, um maritime Szenen für einen Kieler Tatort abzudrehen. Während Kommissar Borowski von einem Beiboot aus einen Skipper anschrie, versammelten sich immer mehr Schaulustige am Ufer. Darunter war auch Heiko.

»Hey, schön dich zu sehen«, begrüßte er sie mit warmer Stimme und drückte sie spontan an seine durchtrainierte Brust. Sie schloss kurz die Augen und genoss die körperliche Nähe zu ihm. Hmmm, roch der gut. Irgendwie nach Sonne, Salzwasser und einem Hauch Davidoff. Viel zu früh löste er seine Umarmung und sah sie an.

»Und, was machst du hier? Auch beim Drehen zugucken?«

»Eigentlich wollte ich nur etwas spazieren gehen«, stammelte sie mit klopfendem Herzen. Es war ihr peinlich, sich als Schaulustige zu outen. »Und selbst?«

»Strandpatrouille«, erwiderte er mit gespielt ernster Miene.

Sie nahm es nicht ernst und schaute ihn belustigt an. Seine ernste Miene blieb aber.

»Neulich hat sich ein achtjähriges Mädchen schwer verletzt«, erklärte Heiko. »Weißt du, die Nazis haben kurz vor Kriegsende jede Menge Munition im Meer versenkt. Darunter auch Brandbomben mit Phosphor. Das wird jetzt in kleinen Brocken vor allem an der Ostseeküste an den Strand gespült und sieht aus wie Bernstein. Steckt man sich den angeblichen Stein in die Hosentasche, entzündet er sich, wenn er trocknet. Das Mädel erlitt schwere Brandwunden und hat nur knapp überlebt.«

»Und du meinst, dass es hier auch solche Phosphor-Klumpen gibt?«

»Tja, das kann man halt nie wissen. Aber wenn ich frei habe und sowieso am Strand bin, gucke ich immer mal. Wäre doch fies, wenn die lütten Strandgänger sich beim Spielen verbrennen. Über Hilfe freue ich mich natürlich immer.« Er grinste sie breit an.

Dann schlenderten die beiden gemeinsam mit nach unten gerichtetem Blick am Strand entlang, redeten über Gott und die Welt und fanden keinen einzigen Bernstein. Phosphor-Klumpen auch nicht. Anschließend lud Heiko Patricia auf einen Drink in das Restaurant beim Leuchtturm ein. Sie kuschelten sich in einen Strandkorb, beobachteten die bunten Segel auf dem Wasser und fühlten sich geschützt durch das Korbgeflecht wie in ihrer eigenen kleinen Welt. Als eine leichte Brise aufkam und sich auf Patricias nackten Armen eine Gänsehaut bildete, nahm Heiko ihre Hand und begleitete sie in ihre Wohnung.

Beschwingt radelte Patricia drei Tage später nach Schwedeneck zum Putzen. So sehr hatte sie sich noch nie auf die Arbeit gefreut. Heiko hatte sich zwar noch nicht bei ihr gemeldet, aber vielleicht war er schüchtern. Außerdem wusste er ja, dass sie beide sich spätestens bei der Arbeit begegnen würden.

Patricia malte sich schon mal ihr Wiedersehen aus: Er kommt aus der Therapiekabine, sie steht auf dem Flur, mit dem Rücken zu ihm, scheinbar in die Arbeit vertieft. Er würde vielleicht leise auf sie zugehen, ihr von hinten die Hände auf die Hüften legen und ihr ein zärtliches »Hallo« ins Ohr flüstern. Genauso zärtlich, wie er während der Liebesnacht mit ihr gesprochen hatte.

Vielleicht würden sie heute Abend gemeinsam in einem der kleinen Lokale am Tiessenkai essen gehen? Patricia war extra früh aufgestanden, um sich die Haare zu föhnen, hatte sich vier Mal umgezogen und konnte es kaum abwarten, Heiko endlich wiederzusehen. Wie lange sie ihre Verliebtheit vor den Kollegen im Kurheim wohl geheim halten konnte?

Vielleicht würde sie Anna davon erzählen. Die war vor zehn Tagen aus Dortmund zur Mutter-Kind-Kur nach Schwedeneck gekommen. Beide plauderten manchmal, wenn Patricia mit ihrem Zimmerservice fertig war.

Auch Anna war von ihrem Lebensgefährten hintergangen und verlassen worden. Sie hatte einen Nervenzusammenbruch erlitten und sollte sich nun an der Ostsee erholen. Schnell waren sie sich sympathisch geworden und hatten sich auch schon mal auf einen Kaffee getroffen. Dem waren ein paar Gläser Prosecco gefolgt, und die beiden Frauen hatten voller Verständnis für die jeweils andere mehrere Stunden gequasselt, gekichert und sich über das andere Geschlecht beschwert.

Ganz in ihre verliebt-verheißungsvollen Gedanken an Heiko vertieft, überquerte Patricia den Holtenauer Tiessenkai. Plötzlich lief ihr ein Malteser-Pudel vor das Fahrrad und seine Leine vertüdelte sich in ihrem Pedal. Patricia stoppte abrupt. Als sie ihr Rad befreit hatte, blickte sie auf, und ihr Herz begann zu hüpfen. Heiko stand dort! Vor dem kleinen Souvenirshop am Drehständer mit dem Bernsteinschmuck, keine zehn Meter von ihr entfernt.

Breit grinsend eilte Patricia auf ihn zu, als er einen Schritt zur Seite machte und – den Blick auf Anna freigab. Sie stand dort mit geröteten Wangen. Patricia verstand erst mal gar nichts. Fand die Physiotherapie jetzt auch außerhalb des Kurheims statt? Da fiel ihr Blick auf Heikos Hand, die eindeutig auf Annas Po lag. Annas flache Brust hob und senkte sich aufgeregt. Ihre Augen hatten den gleichen verliebten Glanz, der bis vor ein paar Minuten noch in Patricias Gesicht geleuchtet hatte.

In dieser Sekunde erlosch der Glanz in Patricias Augen und verwandelte sich in ein hartes, kaltes Starren. »Du fiese Miesmuschel!«, brüllte sie Anna an. Dann raste sie davon.

Patricia schäumte vor Wut. Was bildete sich diese Frau eigentlich ein? Erst tat sie so, als wäre sie ihre Freundin, dann versuchte sie, ihr den Mann zu stehlen? Und das, obwohl sie höchstens Körbchengröße B besaß? Schon wieder so eine Hühnerbrust mit kleinen Dingern, die Heiko bespielte, während Patricia eine teure OP und fiese Schmerzen auf sich genommen hatte, um endlich die Figur zu bekommen, mit der sie einen Mann bei sich halten konnte.

Immer noch rutschte sie auf ihren Knien herum und putzte die Böden, die diese Weibsbilder samt ihren schnodderigen Gören dreckig machten. Und alles nur, damit Patricia ihren Kredit abbezahlen konnte.

Heiko fand diese Anna also attraktiv? Nun, das ließe sich bestimmt ändern. Das Gespräch mit Heiko am Strand kam

Patricia in den Sinn. »Das Mädel erlitt schwere Brandwunden und hat nur knapp überlebt ...«

Wie kann man nur so doof sein und sich irgendeinen Klumpen in die Tasche stecken. Vor allem die Nordrhein-Westfalener hielten immer alles, was gelblich aussah, für Bernstein. Denen konnte man einen ausgespuckten Kaugummi mit Orangengeschmack andrehen und sie würden ihn sich um den Hals hängen. Um den Hals ... ins Dekolleté ...

Als Chemisch-Technische Assistentin hatte sie natürlich Möglichkeiten, sich den Phosphor über das Labor zu beschaffen. Am nächsten Tag suchte sie im Materialien-Handbuch Chemie nach weiteren Details: Trocknet weißer Phosphor, kommt es zu einer Selbstentzündung und er wird in Flammen aufgehen. Phosphor brennt mit einer 1.300 °C heißen Flamme, die sehr schwere Verbrennungen hervorrufen kann ...

Drei Tage später besuchte sie Anna in ihrem Zimmer in Schwedeneck. »Tut mir echt leid, dass ich neulich so krass reagiert habe«, säuselte Patricia.

»Mir tut's auch leid«, antwortete Anna. »Ich konnte doch nicht wissen, dass Heiko dir etwas bedeutet! Wir hatten schon seit meiner Ankunft heftig miteinander geflirtet. Wie hätte ich da ahnen können, dass er und du ...«

»Schon vergeben und vergessen«, erwiderte Patricia. »Und ich habe dir zur Versöhnung sogar etwas mitgebracht. Stell dich bitte einmal vor den Spiegel und mach kurz die Augen zu.«

Vorsichtig zog Patricia den Phosphor-Klumpen an dem stabilen Lederband hervor und entfernte das feuchte Tuch, in das sie ihn eingewickelt hatte. Sie stellte sich hinter Anna und hängte ihr den gelblichen Anhänger um den Hals. Sorgfältig verschloss sie das Band mit drei festen Knoten. Dann teilte sie noch Annas lange Haare und drapierte sie rechts und links auf ihren mickrigen Brüsten. »Und jetzt – Augen auf! Ein kleines Geschenk für dich.«

»Bernstein«, hauchte Anna. »Wie hübsch!«

Patricia zwinkerte ihr noch einmal zu, ging aus dem Zimmer und schwang sich draußen auf ihr Fahrrad. Als der Krankenwagen ihr entgegenkam, hatte sie schon vier Kilometer auf dem malerischen Radweg an der Förde hinter sich gelassen.

PROBSTEIDETEKTEI

KURT GEISLER

Eine Polizeistation gab es in Laboe schon seit einiger Zeit nicht mehr. Jetzt war allerdings auch keine mehr nötig, denn seitdem passte Paula Schafrott wie ein Schießhund auf, dass im Ostseebad an der Kieler Förde im Winter wie im Sommer nichts Ungesetzliches geschah. Schließlich wusste jedermann vom Tratsch, wie viel Unrecht in den umliegenden Bauerndörfern der Probstei geschah, was allerdings offenbar nicht bis zu den großen Polizeistationen in Schönberg, Preetz und Plön drang.

So gelang es Paula Schafrott nicht nur, den Ehebruch des Bauern Sörensen in letzter Minute zu verhindern. Nein, im letzten Sommer konnte sie nach längerer Recherche sogar den Urlauber ausfindig machen, der am helllichten Tage die beiden Hähne der Witwe Erichsen überfahren hatte. Auch wenn der Feriengast bei seiner Angeltour auf der MS Blauort vermutlich ordentlich einen genommen und nicht einmal absichtlich die beiden Gackerhälse am Ortseingang mit dem Kotflügel erlegt hatte, zeigte er sich ungewöhnlich reumütig und gab Paula sogar einen Hunderter, damit sie die Sache auf sich beruhen ließ.

Natürlich hatte Paula der Witwe Erichsen, die ihr immer nur plörrigen Kaffee anbot, lediglich die Hälfte des Geldes gegeben. Davon konnte die sich zwei neue Hähne kaufen, sogar jünger und kräftiger als die alten. Paula musste schließlich aufpassen, dass sich die alte Erichsen nicht noch mehr Viehzeug anschaffte. So gab es schon genug Gestank von der Hühnergülle, und das nicht nur, wenn der Wind ungünstig von Südwesten stand.

Von den anderen 50 Euro hatte sich Paula spezielles Handwerkszeug geleistet: Visitenkarten, die sie als Detektivin auswiesen, falls sie einmal Hilfe benötigte oder sich ausweisen musste. Sogar einen klangvollen Namen hatte sie sich für ihr Gewerbe ausgedacht: Probsteidetektei.

Aus gutem Grund, denn Laboe hat mehrere Ortsteile mit eigenem Charakter. Im Unterdorf am weißen Sandstrand und den Häfen gab es jede Feriensaison viele kleinere Delikte von angetrunkenen Urlaubern. Sie würde dort ihre Visitenkarten großzügig auslegen, das könnte sich richtig lohnen.

Wichtiger als das kurzzeitige Sommergeschäft mit der Möchtegern-Schickeria war ihr aber die Ordnung im Oberdorf, wo Laboe seine Vergangenheit bewahrt hatte und die Grundstruktur als Runddorf weitgehend erhalten geblieben war. Um den kleinen Dorfanger herum gruppierten sich in ihrer Jugend viele offene Hofanlagen, dazwischen kleine Katen und Nebengebäude. Heute zeugten allerdings nur noch wenige alleeartige Baumreihen von der großartigen Vergangenheit, weil zum Ende des letzten Jahrhunderts an manchen Stellen im alten Ortskern schnöde Bungalows errichtet wurden.

Das war der zweite und eigentliche Grund für den Erwerb der Visitenkarten. Für unauffällige Recherchen hatte sie zusätzlich einen Straßenbesen erstanden, um endlich den Fall mit den Neuen im Laboer Oberdorf aufzuklären. Schon seit sieben Jahren registrierte sie zunehmend mit Unbehagen, dass die Neuen in ihrem Bungalow an der Dorfstraße auch tagsüber alle Jalousien heruntergezogen ließen und ihr Grundstück nicht pflegten. Sehen ließen die sich nie auf der Straße.

Aber einmal die Woche, immer freitags um elf, schoss ein alter grüner Mercedes mit dunkel getönten Scheiben aus der Garage, bis das Fahrzeug nach fast genau zwei Stunden zurückkehrte. War das nicht seltsam? Aber nicht nur deswegen hatte Paula die Neuen auf dem Kieker. Im Dorf erzählte man sich, dass eine ältere Frau dort mit einem jüngeren Mann hausen sollte. Leider war aus knapp 100 Metern von Paulas Kate aus nicht allzu viel zu erkennen.

Mit dem neu erstandenen Besen konnte sie aber bequem und unauffällig überall im Oberdorf an den Straßenrändern fegen. Am heutigen Freitagvormittag näherte sie sich bis auf fünf Meter dem Anwesen der Neuen, ohne aufzufallen. Das Gelände war noch ungepflegter, als es von Weitem wirkte. Der Vorgarten war verwahrlost, und als der Mercedes aus der Garage schoss, da wusste Paula, dass es Schlag elf war.

Ihr Herz begann vor Aufregung zu klopfen, denn für heute hatte sie sich fest vorgenommen, den hinteren Teil des Grundstücks zu inspizieren, der von der Dorfstraße aus nicht einsehbar war. Vorsichtig blickte sie sich noch einmal um, aber von den anderen Bewohnern des Oberdorfs war niemand zu sehen.

Endlich konnte es losgehen. Aber trotz aller Kraftanstrengungen schaffte sie es nicht, die kleine Gartenpforte zu öffnen, weil der Riegelmechanismus verrostet war. So wich sie zur Garageneinfahrt aus, um von dort aus in Windeseile hinter der Hausecke zu verschwinden. Nach wenigen Metern erreichte sie den Garten hinter dem Gebäude, der sich bis zum Dorfanger erstreckte.

Der Anblick war allerdings erschütternd. Die hochgewachsenen Gräser des ehemals gepflegten Rasens waren an vielen Stellen von den Winden quergelegt worden, und der kleine Fischteich, den die Vorbesitzer unter Schweiß und Freudentränen liebevoll angelegt hatten, wurde von zwei mächtigen Trauerweiden überwuchert. Paulas Spürsinn und scharfem Blick entging nicht, dass sich von der Terrassentür ein kleiner Trampelpfad zum Dorfanger hinschlängelte. Interessiert folgte sie dieser Spur.

Wenig später stand sie vor drei verdächtigen Anhäufungen von Erde. In jedem der kleinen Holzkreuze, die dahinter standen, war eine andere Jahreszahl eingekerbt: 1991, 1999 und 2005. Das war endlich der ersehnte Beweis, die Neuen waren höchstwahrscheinlich niederträchtige Mörder. Paula sah ihr Konterfei bereits auf der Titelseite vom »Probsteier Herold«.

Gut, die Erdhaufen waren nicht sonderlich groß, aber wenn ein Mensch erst einmal unter der Erde liegt, kann man die wahre Größe nicht mehr erahnen, zumal Asche nur wenig Raum einnimmt. Vermutlich war das gesamte Haus voller Blutspritzer von abgeschlachteten Opfern, deswegen auch die ständig heruntergelassenen Jalousien. Ursprünglich wollte Paula auch das Haus einer Inspektion unterziehen, aber die Drecksarbeit würde sie besser der Polizei überlassen.

Sorgfältig schrieb sie die verdächtigen Jahreszahlen auf die Rückseite einer ihrer Visitenkarten. Es war schön, wie nützlich sich die Kärtchen für ihre Ermittlungen erwiesen. Gleich morgen früh würde sie Franz, den Postboten, nach den Sterbejahren befragen. Vielleicht hatte der eine Idee, zumal er immer alles besser wusste. Nicht zuletzt, weil Franz ständig Postkarten und alle anderen möglichen Sachen las, die ihn eigentlich nichts angingen.

Gerade wollte sie sich auf den Rückzug begeben, als sie keine zehn Meter zwei weitere Erdhaufen erspähte. Fünffacher Massenmord, das würde locker für die Bild-Zeitung reichen. So schnell sie konnte, hastete sie zur neuen Fundstelle. Hier waren in den Kreuzen neben den Todesjahren auch Namen eingekerbt worden: Hanna 2002 und Miriam 2005. Sofort kombinierte Paula messerscharf, dass es 2005 einen Doppelmord gegeben haben musste.

Ein Motorengeräusch schreckte sie auf. War das nicht der Mercedes der Neuen? Dabei hatte die Kirchturmuhr noch nicht einmal zu Mittag geläutet. Sie versteckte sich schnell hinter den Trauerweiden, aber zum Glück entfernte sich das Motorengeräusch rasch wieder. Fehlalarm, aber das war nun egal, schließlich hatte sie genug herausbekommen. Um keine neuen Spuren zu hinterlassen, verließ sie das Grundstück auf dem gleichen Weg, auf dem sie gekommen war. Zufrieden schnappte sie sich ihren Straßenbesen und fegte bis zur eigenen Haustür. Nachweisen würde man ihr nichts können.

Hinter dem Küchenfenster ihrer kleinen Kate verfolgte sie pünktlich um eins den heranpreschenden grünen Mercedes, der wie immer in Windeseile in der Garage entschwand. Danach blieb es still auf dem Anwesen der Neuen.

Unruhe machte sich bei Paula breit. Wer konnte schon ausschließen, dass die Neuen nicht Anhalterinnen aufgesammelt hatten und unter Umständen gerade dabei waren, sie zu meucheln?

Am Nachmittag hielt sie es nicht mehr aus, auf die Expertise von Postbüttel Franz zu warten. Die Polizeistationen in

Schönberg, Preetz und Plön hielt sie nicht für befähigt, um mit den Neuen kurzen Prozess zu machen. So wählte sie kurzerhand die Nummer der Kieler Polizeidirektion und berichtete von ihren grausamen Funden. Der Kommissar am Telefon war sehr ruhig und zugänglich und versprach, der Sache unverzüglich nachzugehen.

Nicht ohne diebisches Vergnügen bemerkte sie keine halbe Stunde später, dass das Grundstück der Neuen von mehreren Polizeiwagen mit Blaulicht und Sirene umringt wurde. Paulas Entscheidung war absolut richtig, nicht gleich das Bundeskriminalamt in Wiesbaden zu alarmieren, denn die Anfahrt vom verschlafenen Taunus hoch bis in die mörderische Probstei wäre beschwerlich gewesen und hätte zudem unverantwortlich lange gedauert.

Fröhlich pfeifend begann Paula nun, einen Kuchen für die vielen Reporter anzurühren, die sich im Nachgang vermutlich bald gegenseitig bei ihr die Klinke in die Hand geben würden. Die Gerechtigkeit in der Probstei würde dank ihrer detektivischen Fähigkeiten endlich obsiegen. Wenn sie eine Belohnung bekäme, dann würde sie ein großes Firmenschild erstehen: »Probsteidetektei Schafrott. Weltweite Ermittlungen. Termine nur nach Voranmeldung.«

Dieser Gedanke bereitete ihr schöne Gefühle. Endlich hatte sie es an die Spitze ihrer Zunft geschafft.

Keine Stunde später holte Paula triumphierend den fertigen Kuchen aus dem Backofen, und ihr Blick schweifte zufrieden über den festlich gedeckten Tisch. Kurz hatte sie noch erwogen, ihr Hochzeitskleid mit dem schönen weißen Stoff anzulegen. Schließlich hatte sie es bisher nur einmal in ihrem Leben getragen, aber da klingelte es auch schon an der Haustür. Beschwingt entschwebte sie dorthin und öffnete erwartungsvoll die Tür.

Allerdings stand dort nur ein kleiner älterer Herr mit einem Hut in der Hand. »Guten Tag, sind Sie die Frau Schafrott?«

»Richtig. S-C-H-A-F-R-O-T-T. Mit Doppel-t.« Das würde ihr gerade noch fehlen, wenn die Bild-Zeitung den Namen unter ihrem Foto falsch schreiben würde.

»Gestatten, Kommissar Hansen von der Kieler Kripo. Darf ich hereinkommen?«

Kein Reporter? Das war verwunderlich. Aber wenigstens endlich einmal ein Kommissar, der Manieren hatte, ganz anders als die vielen unrasierten schmierigen Schnösel im Fernsehen. Vermutlich durften die Journalisten sie wegen der laufenden Ermittlungen erst später befragen. So bat sie den Kommissar freundlich herein und führte ihn zum Kaffeetisch.

»Den Kuchen müssen sie unbedingt probieren. Ist mit guter Butter gebacken.«

Der Kommissar machte eine sorgenvolle Miene. Das war aber nach dem vielen Grauen, das er heute durchlitten haben musste, kaum anders zu erwarten. Ohne eine Antwort abzuwarten, schnitt sie ein extra dickes Stück aus dem Kuchen heraus und verfrachtete es auf seinen Teller. Die abwehrende Handbewegung ließ sie nicht gelten.

»Bei uns im Oberdorf wird gegessen, was auf den Teller kommt. Keine Widerrede. Sie werden heute noch anstrengende Stunden in Laboe vor sich haben.«

Der Kommissar zögerte mit der Antwort. Vermutlich rang er nach den richtigen Worten, um seinen Dank auszusprechen. Paula durchbrach das Eis, indem sie ihm feierlich eine ihrer Visitenkarten überreichte.

»Schütten Sie Ihr Herz ruhig bei mir aus, Kommissar Hansen. Wir sind ja sozusagen Kollegen.«

Wenigstens jetzt begann der Kommissar zu schmunzeln. »So, Sie sind also Privatdetektivin, Frau Schafrott?«

Selbstbewusst nickte sie, auch wenn es taktisch vermutlich klüger war, vor dem Kieler Kommissar besser nicht von dem versuchten Ehebruch des Bauern Sörensen oder den toten Hähnen der Witwe Erichsen zu prahlen.

Der Kommissar fasste nach. »Wie sind Sie nur auf die Idee gekommen, das Grundstück Ihrer Nachbarn zu untersuchen?«

Anstelle einer Antwort stand sie kurz auf und schleppte stolz ihren neuen Straßenbesen heran. »Wegen meines neuen Handwerkszeugs. Mit der Tarnung kann ich mich überall unbemerkt heranschleichen, ohne großartig aufzufallen.«

Der Kommissar nickte nachdenklich. »Was meinen Sie denn, Frau Schafrott, was wir unter den fünf verdächtigen Haufen im Garten gefunden haben?«

Paula musste nicht überlegen. »Leichenreste, Knochen, vielleicht aber auch nur noch die Asche. Dafür ist eine Privatdetektivin aber nicht mehr zuständig, sondern Ihre Spurensicherung.«

Der Kommissar beugte sich vertraulich vor. »Falsch, Frau Schafrott. Lediglich verkohlte Fotoschnipsel haben wir unter der Erde gefunden. Dafür sind wir nicht zuständig.«

Paula verstand die Welt nicht mehr. »Wieso denn nur verkohlte Fotoschnipsel?«

»Ganz einfach, Frau Schafrott. Ihre Nachbarn haben beide ihren ehemaligen Partnern nachgetrauert. Vor acht Jahren haben sie sich dann gefunden und sind wenig später in Ihrer Nachbarschaft eingezogen. Zum Zeichen, dass trotz des Altersunterschiedes alles anders werden sollte, haben sie die Fotos von ihren ehemaligen Partnern zerrissen, verbrannt und begraben. Darüber haben sie kleine Holzkreuze gesetzt. Ein Psychologe hatte Ihren Nachbarn das geraten, um die Vergangenheit zu bewältigen. Seitdem leben Ihre beiden Nachbarn sehr zurückgezogen.«

»Ein Psychologe?« Paula bekam weiche Knie, sie musste sich erst einmal setzen. Der Kieler Kommissar legte aber noch nach.

»Ja. Und wegen der dörflichen Enge in diesem alten Ortsteil von Laboe und des großen Altersunterschiedes haben sie sich nicht mehr auf die Straße getraut, ganz anders als in Großstädten wie Kiel, Lübeck oder Flensburg. Frau Schafrott, nicht nur die Zeiten haben sich geändert, sondern auch die Sitten.«

Das hatte Paula natürlich auch schon vielfach aus den Abendnachrichten mitbekommen, wenngleich sie früher vieles besser und schöner fand. Zudem ärgerte sie, dass der Kommissar ihr neues Geschäftsmodell torpedierte. Ihre Gedankengänge störte jedoch die eindringliche Stimme des Kommissars.

»Wenn ich Ihnen einen guten Rat geben darf, Frau Schafrott. Unterlassen Sie bitte zukünftig Ihre hilfspolizeilichen Maßnahmen und kehren Sie von nun an ausschließlich vor der eigenen Tür. Schönen Tag noch und auf Wiedersehen.«

Den Abschiedsgruß konnte Paula Schafrott nicht erwidern, weil sie heftig nach Luft ringen musste. Aber sie nahm sich fest vor, am nächsten Morgen den Postbüttel Franz wegen der Schnüffelei in den Postkarten zur Rede zu stellen, zumal ihren gebackenen Kuchen ja auch noch jemand verdrücken musste. Sie selbst musste für neue Ermittlungen im Unterdorf mit den vielen sonnengebräunten Strandurlaubern im Sommer schließlich auf ihre schlanke Linie achten.

Eines war sicher: Sie würde nicht aufgeben. Der Kommissar würde sich schon noch wundern.

MALTES ODYSSEE

JÖRG RÖNNAU

Sein Kopf dröhnte und schmerzte. Der Hals trocken mit einem pelzigen, ekligen Geschmack auf der Zunge. Das Bett, in dem er lag, bewegte sich und schwankte.

Mein Gott, war ich gestern breit. Hammerbreit.

Langsam schlug Malte die Augen auf und erschrak.

Verdammte Scheiße, wo bin ich denn hier gelandet?

Er lag in einer Koje und schaute sich verwundert um. Eine Wanduhr zeigte 6.20 Uhr. Licht schimmerte durch kleine Bullaugen. Dies musste ein Boot sein, das Innere eines Segelschiffes, eine Kajüte.

Oh, Mann! *What a fuck*!

Krampfhaft versuchte er sich zu erinnern. Nach der Party bei Günni gestern in Laboe, absoluter Filmriss. Massenhaft Alk, Haschisch und dann noch diese geilen grünen Pillen. Sie kicherten wie die Irren nach dem Zeug. Ein Lachanfall jagte den anderen. Langsam kehrte die Erinnerung zurück. Irgendwann in der Nacht wollte er mit Sven zurück in seine Wohnung nach Gaarden in die Medusastraße, um dort zu pennen. Aber es fuhr kein Bus mehr. Wütend demolierten sie daraufhin mehrere Fahrräder an der Bushaltestelle.

Malte setzte sich auf, rieb sich den schmerzenden Kopf, räusperte sich und spuckte auf den Boden.

Tatsächlich eine Kajüte. Grinsend stand er auf und schaute

sich weiter um. Sven war nirgends zu sehen. Ihm fiel die Geschichte wieder ein. Sie waren hinunter zum Laboer Hafen getorkelt. Unweit des Rettungskreuzers der Deutschen Gesellschaft zur Rettung Schiffbrüchiger fanden sie dieses Segelboot. Schnell entstand der Plan, es zu klauen und damit nach Kiel zurückzusegeln. Was für eine bescheuerte, aber geile Idee.

Immer wieder kicherten sie vor Vergnügen. Sven löste das Seil, verpasste aber den Absprung und blieb an Land zurück. In seinem benebelten Zustand ruderte Malte den Kahn alleine aus dem Hafen und geriet schnell in den Südwestwind, der das Boot auf die Kieler Bucht hinaustrieb. Er erinnerte sich, dass ihm plötzlich speiübel wurde. Er kotzte in die Ostsee, ging in die Kajüte und legte sich in eine der vier Kojen.

Heilige Scheiße, Malte, was hast du nun schon wieder angestellt?

Er fand eine Flasche Mineralwasser, leerte sie durstig in einem Zug und kletterte danach an Deck. Die etwa acht Meter lange weiße Jacht musste in der Nacht mit dem Bug am Strand aufgelaufen sein. Malte bemerkte, dass das Boot »Caroline« hieß, Heimathafen Kopenhagen. Ein Däne.

Das Heck dümpelte in den Wellen. Etwa 200 Meter entfernt erkannte er das winzige Leuchtfeuer von Heidkate. Die Sonne stand bereits am wolkenlosen Himmel und versprach einen weiteren heißen Julitag. In der Nähe befand sich eine Surfschule. Mehrere Segelboote und Surfbretter lagen auf dem Sand, direkt vor den Dünen. Seemöwen balgten um einen angespülten toten Fisch und kreischten aufgeregt. In einiger Entfernung saß ein älterer Mann auf einer Bank, stützte die Hände auf einen Gehstock und schaute aufs Meer hinaus. Er sah wie ein Seemann aus, Fischerhemd, Cordhose und eine Prinz-Hein-rich-Mütze auf dem Kopf.

Unvermittelt dachte Malte an den Termin. Heute Vor-mittag sollte er um zehn Uhr im Jobcenter auf dem Wil-helmsplatz sein. Wenn er dort nicht auftauchte, würden sie ihm sein Hartz IV kürzen. Das wäre zwar Mist, aber er verdiente sich ja noch heimlich Geld mit Gelegenheits-arbeiten auf dem Bau dazu. Außerdem vertickte er ab und zu kleinere Mengen Marihuana. Schnell kehrte Malte in die Kajüte zurück. Bevor er von hier verschwand, wollte er den Innenraum durchsuchen und mitnehmen, was er verhökern konnte. Auf so einem kostspieligen Boot gab es bestimmt ein paar Dinge, die sich mitzunehmen lohn-ten. Diese reichen Arschlöcher besaßen schließlich genug und ließen immer etwas liegen.

In den Schränken fand er eine Taucheruhr von Breitling. In einer unverschlossenen Kassette lagen 180 Euro und 500 Dänische Kronen, heute war anscheinend sein absoluter Glückstag. Schnell steckte er die Beute in die Hosentasche. Wenn nur dieses scheiß Jobcenter nicht wäre. Er musste so schnell wie möglich nach Kiel und würde dazu ein Taxi nehmen, Geld hatte er nun ja genug. Mittlerweile ging es ihm sogar wieder richtig gut. So ein Kater verflog schnell bei ihm, Macht der Gewohnheit. In einer der Schubladen befanden sich mehrere Schokoriegel, die er gierig in sich hineinstopfte und mit einer weiteren Flasche Mineralwas-ser hinunterspülte. Ein fast perfektes Frühstück. Fehlten nur noch ein paar Bier und ein Joint.

Ihm fiel ein Koffer unter einer der Kojen auf. Malte zog das schwere Ding heraus und öffnete ihn. Darin befanden sich mehrere Päckchen, in dem sich gepresstes, weißes Pul-ver befand. Mindestens zehn Kilo.

»Leck mich am Arsch, Frau Holle. Was ist das denn?«

Drogen! Was für welche konnte Malte nicht sagen. Schnell nahm er eine Schere, stach in eine der Tüten, tippte den Finger hinein, probierte und spuckte es sofort wieder aus.

»Bäähhh! Beklopptengift! Fuck!«

Crystal Meth. Vor diesem Zeug zeigte er eine Heidenangst, wusste allerdings, wie es schmeckte. Schon die erste Einnahme dieses Teufelszeugs machte sofort süchtig. Innerhalb kürzester Zeit wurden die Konsumenten zu regelrechten Zombies. Viele Freunde von ihm waren an dem Dreck bereits elendig krepiert. Diese Kacke würde er niemals nehmen. Alkohol, Marihuana und ab und zu mal ein paar Pillen, aber so ein hartes Zeug? Niemals!

Schnell verschloss Malte den Koffer und schob ihn zurück unter die Koje. Er musste so schnell wie möglich von hier verschwinden, mit Drogendealern wollte er sich nicht anlegen. Das war Mafia vom Feinsten, mit denen war nicht zu spaßen. Lebensgefährliche, brutale Typen. Richtige Gangster.

Plötzlich hörte er ein Motorengeräusch und schaute aus dem Bullauge. Neben der Jacht fuhr ein Motorboot auf den Sand, und zwei Männer sprangen an Land.

»Scheiße!«

Panik ergriff ihn. So schnell Malte konnte, stürmte er den Niedergang hinauf und wollte über die Reling springen, als ihn frontal eine Faust ins Gesicht traf. Er taumelte zurück, stürzte rücklings aufs Deck und sah einen bulligen Typen mit Vollbart auf sich zukommen, der in der rechten Hand einen Baseballschläger trug. Malte sah das Ding noch auf sich niedersausen, im nächsten Moment spürte er einen tierischen Schmerz und ihn umhüllte tiefste Nacht.

Erneut erwachte Malte mit höllischen Kopfschmerzen. Er lag in der gleichen Koje wie am Morgen. Vorsichtig fasste er an seine Stirn und befühlte sein rechtes Auge. Es war geschwollen und voller Blut, sodass er kaum durchsehen konnte. Dieser Typ musste ihm ordentlich eine verpasst haben. Er wunderte sich darüber, dass ihn diese Gangster nicht fesselten, aber beim Blick aus dem Bullauge bemerkte er, dass sie sich mitten auf der freien Ostsee befanden. Wohin sollte er also fliehen?

Am Horizont erkannte er lediglich einen dünnen Streifen Land. Wohin wollten diese Typen mit ihm?

Ihm wurde übel und er konnte sich gerade noch beherrschen, nicht auf den Boden zu kotzen. Das Boot schlingerte ordentlich in den Wellen. Seekrank oder Gehirnerschütterung?

Was diese Drogendealer mit ihm anstellen würden, konnte er an einer Hand abzählen, wahrscheinlich killten sie ihn irgendwo auf See, befestigten schwere Gegenstände an seinen Füßen und verklappten ihn auf den Meeresboden. Die Vorstellung ließ ihn erschauern.

Verdammter Mist, Malte, da steckst du ja wieder in einem schönen Schlamassel und das alles nur, weil du im Suff Scheiße gebaut hast.

Malte musste plötzlich an seine Eltern denken. Bereits mit 18 türmte er von zu Hause. Sein Vater, ein Abteilungsleiter im Rathaus, maßregelte und kontrollierte ihn ständig. Mutter sagte sowieso nie etwas. Er hielt die Spießigkeit in Itzehoe nicht mehr aus und floh nach Kiel, um dort eine Lehre als Zimmermann anzufangen. Nur ein Jahr schaffte er, weil er ständig Ärger mit dem Chef hatte. Dann brach er die Ausbildung ab und begann zu saufen. Schüttete das Zeug nur so in sich hinein, empfand dieses Dasein aber als geil. Er lebte in den Tag hinein und arbeitete gelegentlich schwarz. Konnte tun und lassen, was ihm gefiel. Er fühlte sich als Freak. *Born to be wild.*

Vor einem Jahr sah er seine Eltern das letzte Mal, und nun würden sie sich wahrscheinlich nie wiedersehen. Nun musste er mit 27 sterben. Panik ergriff ihn, und er fing an zu zittern. Draußen redeten die Gangster lauthals miteinander. Sie dachten anscheinend, dass er immer noch bewusstlos in der Koje lag. Malte ging lautlos zum Niedergang und lauschte.

Einer der Männer sprach deutsch, ein anderer redete mit dänischem Akzent. Sie unterhielten sich über ein Drogengeschäft, das sie in der dänischen Hafenstadt Køge, in der Nähe von Kopenhagen, abschließen wollten. Dorthin waren sie nun vermutlich unterwegs, quer über die Ostsee. Es hörte sich so an, als ob sie diese Schmugglerfahrt nicht das erste Mal absolvierten. Außerdem redeten sie auch über ihn. Tatsächlich, sie wollten ihn, sobald Fehmarn hinter ihnen lag, packen, fesseln und über Bord schmeißen.

Sie wollten ihn eiskalt ermorden. Diese Scheißkerle waren skrupellose Killer. Erneute Panikattacken überwältigten ihn, und er weinte, als er aus dem Fenster schaute. Nur 100 Meter neben ihnen überholte sie ein weiß-rotes Schiff. Am Bug stand in riesigen Lettern SAR. Das war die Berlin, der Seenotrettungskreuzer aus Laboe. Krampfhaft versuchte er ein Schreien zu unterdrücken, damit die Gangster nicht auf ihn aufmerksam wurden, aber er stand am Bullauge und winkte wie ein Verrückter. Bewegte den Mund und brachte ein stummes »Hilfe! Hilfe!« hervor.

Ein Seemann an der Reling erhob die Hand zum Gruß, aber wahrscheinlich winkten die Ganoven an Deck ebenfalls, und man konnte ihn im Bullauge nicht erkennen. Das Schiff fuhr an ihnen vorbei und verschwand aus Maltes Sichtfeld. Die letzte Chance, nun war alles vorbei. Verzweifelt sank er auf den Boden. Lautlos, nur Tränen liefen über sein Gesicht und schleimiger Rotz aus der Nase.

Die Tür vom Niedergang wurde plötzlich aufgerissen. Der Bärtige und sein Kompagnon kamen herunter. Grinsten diabolisch.

»Na, du Arschloch! Wolltest uns beklauen und mit dem Crystal Meth türmen, was? Mit solchen Typen wie dir machen wir kurzen Prozess, nun wirst du Fischfutter!«

Immer wieder beteuerte Malte, mit der ganzen Sache nichts zu tun zu haben. Alles sei nur ein blödes Missverständnis. Er habe das Boot doch nur im Suff geklaut. Aber es half nichts, die kräftigen Kerle stürzten sich auf ihn. Innerhalb kürzester Zeit fesselten sie Beine und Hände mit Kabelbindern. Auf seinem Mund klebte festes Gewebeband. Durch den Rotz in der Nase bekam er kaum noch Luft. Mühselig schleppten sie ihn an Deck und ließen ihn dort auf den Boden fallen. Malte wurde von Todesangst überwältigt. Unwillkürlich nässte er ein, die warme Flüssigkeit breitete sich in seiner Jeans aus. Der Däne lachte schallend und meinte, was er doch für eine große Memme sei.

Von Westen näherte sich eine zweimastige Jacht, an dessen Heck der Dannebrog im Wind wehte. Der Däne warf eine Decke über Maltes Körper, drückte ihn auf den Boden und setzte sich darauf. Es tat höllisch weh. Als der Zweimaster direkt neben ihnen vorbeifuhr, hörte er, wie sie den Leuten auf der Jacht etwas zuriefen und lachten. Kurze Zeit später erhob sich der Däne wieder und rammte Malte seinen Fuß in die Seite, sodass dieser vor Schmerzen schnaufte und weinte.

Der Bärtige schaute bereits seit ein paar Minuten ständig in südwestliche Richtung. Er verschwand unter Deck und kam mit einem Fernglas zurück.

»Verdammte Scheiße!«, presste er hinter zusammengebissenen Zähnen bevor und reichte seinem Kollegen den Feldstecher. Als dieser hindurchschaute, erbleichte er und fluchte ebenfalls. Malte versuchte über die Reling zu schauen und erkannte keine zwei Seemeilen entfernt ein blau-weißes Schiff, das stetig näher kam. Irgendwie kannte er dieses Boot und konnte sein Glück kaum fassen. Die Gangster stritten die ganze Zeit darüber, ob sie die Drogen über Bord werfen sollten, unterließen es aber. Wenn Malte nicht alles täuschte, war das Schiff ein Fahrzeug der Wasserschutzpolizei, das oft an der Kiellinie unweit des Landtagsgebäudes lag. Sogar an den Namen konnte er sich erinnern. »Falshöft«.

Die Rettung. Aber woher wussten die Bullen von seiner Misere? Egal. Hauptsache, sie kamen schnell näher und halfen ihm.

Immer wieder ertönte die Sirene der »Falshöft«, und eine Stimme aus dem Lautsprecher befahl, dass die »Caroline« sofort stoppen sollte. Der Däne zog eine Pistole aus seinem Hosengürtel und gab mehrere Schüsse ab, woraufhin eine Kugel die rechte Frontscheibe des Küstenbootes zertrümmerte. Die Beamten gingen zunächst in Deckung.

Kurze Zeit später erschienen aber zwei Polizisten in Schutzwesten mit Maschinenpistolen an Deck der »Falshöft«. Beide feuerten zuerst mehrmals Salven in die Luft und gaben danach gezielte Schüsse auf das Heck der »Caroline« ab, das zersplitterte und das Boot manövrierunfähig machte. Nach weiteren Warnschüssen ließ der Däne seine

Waffe fallen, und beide Gangster erhoben die Arme. Auf der »Falshöft« wurde ein Beiboot zu Wasser gelassen, und ein Prisenkommando enterte die Jacht und nahm die beiden Drogendealer ohne Gegenwehr fest.

Wer hier wohl ein feiges Arschloch ist, dachte Malte triumphierend. Einer der Beamten kam auf ihn zu und löste den Knebel. Malte atmete erleichtert auf. Aus seinem Mund sprudelte es heraus wie aus einer Quelle. Er beichtete die ganze Geschichte. Alles, von Anfang an. Der Polizist musste währenddessen immer wieder schmunzeln.

Als Malte später, in sauberer Kleidung, im Inneren der »Falshöft« saß und einen Becher mit heißem Kaffee in seinen zittrigen Händen hielt, kam der Beamte und setzte sich zu ihm. Er stellte sich als Oliver Harms vor. Der Mann musste Mitte 50 sein, ein väterlicher Typ, mit einem freundlichen Gesicht.

Harms meinte, dass sie rechtzeitig eingetroffen seien, wäre Maltes großes Glück gewesen. Dies verdankte er einem pensionierten Kollegen, der über 40 Jahre bei der Wasserschutzpolizei in Kiel arbeitete und nun seinen Ruhestand im beschaulichen Heidkate an der Kieler Förde genoss. Jeden Morgen saß der Rentner auf einer Bank und schaute sehnsüchtig aufs Meer hinaus. Heute früh beobachtete er die Entführung und das Geschehen auf der »Caroline«, woraufhin er seine ehemaligen Kollegen informierte.

Malte erinnerte sich sofort. Der alte Mann auf der Bank bei der Surfschule. Dieser olle Seebär hatte ihm das Leben gerettet.

Auf der Rückfahrt weinte Malte immer wieder und nahm sich fest vor, sein Leben zu ändern. Er war dem Teufel noch einmal von der Schippe gesprungen. So konnte es nicht weitergehen, sonst würde er elendig vor die Hunde gehen.

Er konnte heute seinen zweiten Geburtstag feiern und schipperte auf der »Falshöft« einer neuen, hoffentlich besseren Zukunft entgegen.

TOD IM MILLIONENBECKEN

CORNELIA LEYMANN

Mal einfach so gesagt: Im Millionenbecken hat sie gelegen, Rücken nach oben, alle viere von sich gestreckt und – am unangenehmsten – den Kopf unter Wasser. In solch einer Lage atmet es sich nicht besonders gut. Aber das braucht sie ja auch nicht, zumindest jetzt nicht mehr, wo sie tot ist.

Das Millionenbecken kennst du vielleicht, das Hafenbecken für Segler an der schicksten Stelle der Kieler Förde, direkt vor dem schicksten Etablissement von Kiel – obwohl, da gehen die Meinungen natürlich auseinander, ob es keine schickeren gibt.

Na jedenfalls, das Millionenbecken liegt mittenmang von Kiel, gut mit öffentlichen Verkehrsmitteln zu erreichen. Aber wer seine Millionen da im Becken liegen hat, der kommt natürlich nicht mit dem Bus angefahren, um mal eben nach seinem Geld zu sehen.

»Dong, dong«, ditscht die Tote bei jeder Welle mit dem Kopf gegen die Bordwand von der großen Segeljacht, die da fest vertäut an der Außenmole im Hafenbecken liegt. Das ist so ein Pott, da könnte eine Million schon knapp werden, wenn du ihn haben willst. Ich persönlich schätze, es könnte eher so in Richtung zwei Millionen gehen, denn mal ehrlich: Was kriegt man heutzutage noch für eine Million?

Der Pott – der Besitzer würde sich sicherlich gegen den Begriff verwahren, dass seine schnieke Jacht von irgendeinem Banausen so tituliert wird – also das Segelboot liegt ziemlich einsam da im Hafenbecken. Die anderen Millionäre haben ihre Millionen schon lange ins Trockene gebracht.

Unser Pott allerdings ist nicht aus dem Wasser geholt worden. Das ist die relative Vorzüglichkeit großer Schiffe. Sie sind zwar herrlich geräumig, wenn man segelt, aber doch relativ sperrig, wenn sie im Herbst aus dem Wasser müssen, für den Fall, dass die Förde im Winter zufriert. Deshalb lässt der normale Groß-Pott-Besitzer das von einer Werft erledigen, die dann auch gleich mal guckt, ob der Kiel noch dran ist. Aber bei diesem Pott sind dem Besitzer vielleicht grade die Millionen ausgegangen oder er hat der Wettervorhersage entnommen: in diesem Winter kein Frost.

Jedenfalls, der Pott verbringt den Winter im Millionenbecken und stoppt die Leiche auf ihrem Weg zum Steg, unter dem sie sich verkriechen wollte.

Im Sommer, wo du wegen der vielen Boote beinahe zu Fuß über die Förde gehen kannst, wäre sie sogar unter einem Steg ruckzuck entdeckt worden. Da wimmelt es auf Kiels Flaniermeile nur so von Joggern, Skateboardfahrern, Spaziergängern, Kindern und Hunden. Keine halbe Stunde im Wasser, da schon lautes »Mami, kuck mal da«. Und Hundegekläff, Leinengezerre. Vielleicht wäre sie sogar apportiert worden.

Aber jetzt, im November, dazu noch bei diesem Schietwetter, da hat das natürlich gedauert, bis sich ein Spaziergänger auf die Mole verirrt, um ein wenig aufs Wasser zu schauen und dabei die öffentlich herumtreibende Leiche zu entdecken.

Dann natürlich Panik ohne Ende, Handy gezückt und die Polizei angerufen: »Da schwimmt was im Wasser.«

Nun natürlich die Frage: Wie ist die Frau dahin gekommen? Wenn man sie noch selber hätte befragen können, hätte sie den Ort sicherlich höchst unpassend gefunden. Erstens natürlich sowieso: Wer liegt schon gerne tot im Wasser? Aber wenn schon, dann wirklich nicht im Millionenbecken. Das passt einfach nicht. Sie hätte sich wohl eher den kleinen Jachthafen bei der Tirpitzmole ausgesucht. Man treibt eben lieber unter seinesgleichen im Wasser und verirrt sich nur ungern in gehobene Gefilde.

Sie hatte nun nicht eben als Serviermädchen in Kiels nördlichstem Offizierscasino gearbeitet, sondern in einem der renommierteren Häuser Kiels als Housekeeperin, sprich Zimmermädchen. Deshalb geht sie, wenn sie mit ihrem Housekeepen fertig ist, nicht zum Sporthafen Wyk, sondern die paar Schritte zum Millionenbecken, um noch ein bisschen frische Luft zu schnappen bei Wind und Wetter, was an diesem unglückseligen Tag im November beides reichlich vorhanden war.

Das hat der findige Kommissar natürlich alles ganz schnell rausgekriegt. Ein wenig dabei geholfen hat ihm vielleicht die Tatsache, dass der Janssen, was da ist der Ehemann der Toten, seine Frau noch am selben Tag als vermisst gemeldet hat. Da muss ein Kriminaler, wenn drei Tage später eine Leiche auftaucht, nur zwei und zwei zusammenzuzählen, und schon ist er im Bilde.

Aber, wenn du mich fragst, ein bisschen flott beim Zählen ist er schon, unser Kommissar, denn er hat gleich noch eins draufgelegt, frei nach dem Motto: Wenn es nicht der Gärtner war, dann wird es wohl der Göttergatte gewesen sein, der die Frau Gemahlin ins Jenseits befördert hat. Wenn ein solcher Verdacht erst mal in einem Beamtenhirn Fuß fasst, dann braucht es nicht mehr viel bis zur Gewissheit. In diesem Fall besonders gewiss, da die Herren aus der kalten Küche noch ein gerüttelt Maß an Eindeutigkeit beitragen konnten.

Du musst wissen: So eine Wasserleiche ist kein wirklich appetitlicher Anblick. Drei Tage im Wasser lassen nicht nur die Gesichtszüge entgleisen, da gerät der ganze Körper etwas aus der Form.

Deshalb waren die Herren der Gerichtsmedizin auch froh, dass die tiefe Wunde an der Schläfe offen und deutlich zu Tage lag und sie nicht weiter nach der Todesursache suchen mussten. Dann noch schnell vorne aufgeschnitten, um zu sehen, ob ertrunken oder nicht. Aber kein Wasser in der Lunge, und dann hopphopp schnell wieder zugenäht, schön mit Kreuzstich, wie man das aus dem Fernsehen kennt.

Was das Fernsehen allerdings nur indirekt vermitteln kann, ist der unangenehme Geruch, der bei Wasserleichen noch etwas ausgeprägter als ohnehin ist. Deshalb schnellstens zumachen, ab in die Kühlkiste und die Gerichtsmedizin durchlüften.

Zwei Wochen später – die kalte Gerichtsküche ist kein D-Zug – liegt endlich der Bericht beim Kommissar auf dem Schreibtisch.

»Tod durch Schlag mit kantigem Gegenstand auf die linke Schläfe und anschließendem Ertrinken.«

Daraufhin hat er augenblicklich die Wohnung des Herrn Janssen auf links ziehen lassen und ist auch gleich in Sachen potenzieller Mordwaffe fündig geworden.

»Wozu brauchen Sie diesen Eiffelturm?«, hat er in scharfem Ton gefragt und dem Herrn Janssen mit dem Souvenir einer Frankreichreise vor der Nase herumgefuchtelt. Da wusste der natürlich nichts drauf zu antworten. Wahrscheinlich wissen vermutlich aber nicht einmal die Pariser selbst, wofür sie ihren Eiffelturm brauchen. Zumindest, seitdem die Weltausstellung von 1889 vorbei ist.

Der Gleichbehandlung wegen sei gesagt, dass Kiel natürlich ähnlich schöne Wahrzeichen hat, etwa das Laboer Ehrenmal oder die Bockkräne von HDW.

Nur fährt ein frisch verheiratetes Kieler Ehepaar glücklicherweise eher selten zur Hochzeitsreise ans Ostufer, um von der Werft aus endlich einmal den Blick über die schöne Stadt an der Förde schweifen zu lassen. Ganz davon abgesehen, dass man schon sehr gute Beziehungen braucht, um mit dem Fahrstuhl nach oben ins Kranführerhäuschen mitgenommen zu werden.

Vermutlich hätte der Herr Janssen auf die Frage »Wozu brauchen Sie diesen Bockkran?« wahrscheinlich ebenso wenig zu sagen gewusst.

Dem Herrn Janssen hat es nicht geholfen, als er zu seiner Verteidigung vorbrachte, ob der Kommissar wohl glaube, dass er mit einem 50 Zentimeter langen, bleischweren Eiffelturm an die Kieler Förde ginge, um seine Frau zu erschlagen, und dann auch noch so blöd sei, das Teil wieder mit nach Hause zu schleppen.

Das hat den Kommissar kaltgelassen. Er hat schon viel blödere Mörder kennengelernt. Der Eiffelturm übrigens picobello sauber, wie geleckt, nicht das kleinste Stäubchen. Von dicken, fetten Blutspritzern am Granitsockel nicht die geringste Spur. Aber von so etwas lässt sich ein gewiefter Bulle nicht hinters Licht führen.

Als die Herren von der Spurensicherung den kantigen Sockel des Eiffelturms mit ihren Mittelchen zum Leuchten brachten und auf diese Weise Blut nachweisen konnten – das Blut des Opfers –, da war der Fall klar.

Den Steg vom Millionenbecken haben sie übrigens nicht auf Blutspuren untersucht. Warum auch? Erstens ist nach drei Tagen Dauerregen sowieso alles Blut weg, wenn welches dagewesen ist. Zweitens regnet es draußen immer noch in Strömen und drittens kann man einen Eiffelturm viel besser zum Untersuchen mit ins trockene Labor nehmen als einen Steg.

Außerdem war der Fall ohnehin klar.

»Klar wie Kloßbrühe«, sagt der Kommissar und reibt sich die Hände. Beinah ein bisschen zu klar nach seinem Geschmack. Direkt langweilig. Dann aber auch wieder ganz gut, dass alles so schnell klar ist. Auch bei der Kriminalpolizei wird die Personaldecke immer dünner. Da bleibt wenig Zeit, sich länger als nötig mit jedem dahergelaufenen Kieler Mörder aufzuhalten.

Deshalb hat der Kommissar natürlich auch nicht mehr untersucht, ob die Gattin beim Abstauben der häuslichen Nippes vielleicht Nasenbluten gekriegt hat. Soll ja öfter vorkommen, dass bei Anspannung oder Erregung das Blut aus der Nase schießt. Erinnerungen an vergangene schöne Stunden in Paris und die Erkenntnis, dass die schon lange vorbei sind und so schön nie wiederkommen, wären allemal Grund genug für Nasenbluten. Wenn so was passiert sein sollte, wäre das Malheur sicherlich augenblicklich und gründlich weggewischt worden. Wer täglich Hotelzimmer von oben bis unten wienert, der lässt zu Hause nicht alles schleifen.

Die Herren Aufschneider aus der kalten Gerichtsküche, ebenfalls von der Personaldecke nur ungenügend gewärmt, sehen natürlich auch nicht die geringste Veranlassung, das Corpus Delicti wieder aus der Kühlkammer zu holen und erneut zu untersuchen. Hätten sie es getan, vielleicht wäre ihnen die völlig zermanschte Bandscheibe aufgefallen, die selbst gestandene Frauen unvermutet einknicken und mit dem Kopf auf die harte Kante vom Steg knallen lassen kann.

So kann es kommen.

Deshalb solltest du deine Frau nicht zum Arbeiten schicken. Nachher passiert ihr etwas, du ohne Zeugen allein zu Haus, und im Handumdrehen kannst du dem armen Herrn Janssen in der JVA Gesellschaft leisten.

Und wer weiß, ob du nicht sogar noch länger als er brauchst, bis du einen pfiffigen Anwalt findest, der dich da wieder rauspaukt.

TÖDLICHES VERLANGEN

NADINE SORGENFREI

Es war eine dieser schwülen Julinächte, in denen die Luft schwer war wie süßes, russisches Parfum. Schon seit einigen Nächten hatte sie ihn durch die Fenster seiner Wohnung beobachtet, doch hinein gewagt hatte sie sich bisher noch nicht. In seinem eleganten reetgedeckten Haus am Ende der Strandstraße konnte man abends, wenn die Badegäste sich in ihre Ferienwohnungen zurückgezogen hatten, noch ganz schwach das Wellenrauschen hören.

Heute Abend hatte er endlich die Terrassentür zu seinem Schlafzimmer aufgelassen. Sie wagte sich näher, ganz leise und behutsam.

Er war beim Training gewesen, die Sporttasche stand noch nicht ausgepackt auf dem hellen Teppich aus edler Seide vor dem Kleiderschrank. Der würzige Duft nach Erde und zertretenem Gras stahl sich aus der Tasche, gemischt mit dem Aroma der verschwitzten Kleidung. Sie konnte die feine Note des erhöhten Testosterons wahrnehmen. Fußball war für ihn nicht nur ein Hobby. Seinem Ehrgeiz ausgeliefert, kämpfte er auf dem Platz jedes Mal bis zur totalen Erschöpfung.

In dem breiten Bett schlief er selbst, allein. Selbstbewusst nahmen seine ausgestreckten Arme viel Platz auf dem kühlen Laken ein. Dichte, dunkle Wimpern warfen Schatten auf seine klassischen Gesichtszüge. Ein weiterer Schatten betonte das markante Kinn. Sie hatte selbst in den letzten Tagen beobachtet, wie sich bereits vier Stunden nach der Rasur mit Schaum und Klinge wieder die ersten Anzeichen eines Bartes über die samtene, gebräunte Haut zogen.

Wohlwollend ließ sie den Blick über die kräftigen, definierten Muskeln seines Oberkörpers schweifen. Ihr Herz klopfte ungestüm, und ihr Appetit auf ihn schien sich mit jedem Schlag zu verstärken. Bei dieser Hitze war er vermutlich nach der abendlichen Dusche erschöpft ins Bett gefallen, denn sein Pyjama lag auf dem Stuhl in der anderen Ecke des Schlafzimmers. Wie gerne hätte sie ihn bereits jetzt berührt, vielleicht an dem von der Sonne erblondeten Flaum auf seinen Unterarmen. Oder an der feinen, weichen Linie dunklerer Haare, die sich vom Bauchnabel hinunter bis unter das Laken zog.

Aber sie musste vorsichtig sein, durfte ihn nicht wecken, bevor es so weit war. Wüsste er, dass sie sich in seinem Schlafzimmer aufhielt, würde er vermutlich wieder irre wütend werden. Bisher waren ihre kurzen Begegnungen unschön ausgegangen, allein bei ihrem Anblick verengten sich seine tiefblauen Augen zu zornigen Schlitzen. Noch war sie ihm jedes Mal ausgewichen, doch unwiderstehlich zog er sie immer wieder an.

Sein süßer Duft war es, der sie alle Vorsicht vergessen ließ. Noch nie war sie von einem Menschen so betört gewesen, fast schon besessen. Sie konnte kaum noch einen klaren Gedanken fassen, malte sich ständig aus, wie es wäre, ihm ganz nahe zu kommen, seine Haut zu berühren und ihn schließlich – endlich – in sich aufzunehmen.

Gleichmäßig hob und senkte sich sein Brustkorb. Tief und fest schlief er jetzt, und sie witterte endlich ihre Chance. Ganz leise näherte sie sich ihm, darauf bedacht, ihn nicht

zu wecken. Als sie ihn berührte, erschauerte sie wohlwollend. Ja, seine Haut war tatsächlich so zart, wie sie es sich
immer ausgemalt hatte. Langsam wanderte sie abwärts an
die intime Stelle seiner Lenden, wo die Haut besonders dünn
und empfindlich war.

Aber sie hatte sich zu weit vorgewagt. Plötzlich erwachte
er, fuhr hoch und schrie zornig auf. So schnell sie konnte,
wich sie vor ihm zurück, doch er war bereits aus dem Bett
gesprungen. Sie beeilte sich, die rettende Tür zu erreichen,
aber er war schneller. Aus den Augenwinkeln sah sie noch,
wie er die Hand hob, dann wurde alles um sie herum schwarz.

Mit seinem Schlag hatte er sie genau getroffen, ihr Blut
hinterließ einen hässlichen Fleck auf der schroff verputzten
Wand. Mit grimmiger Miene drehte er sich um.

»Scheiß Mücke«, knurrte er noch, bevor er sich wieder
ins Bett legte.

MUSEUMSNACHT

KURT GEISLER

Heiner Sörensen erschrak, als eine heftige Bö ein Trommelfeuer von dicken Regentropfen gegen die Stubenfenster seiner kleinen Holzkate schleuderte. Hilflos musste er mit ansehen, wie unweit der Straßenlaterne einer geplagten Edelkastanie vom stürmischen Westwind gnadenlos die letzten Blätter entrissen wurden, die anschließend wie kleine tanzende Derwische über die Wege und Wiesen des Molfseer Freilichtmuseums fegten. Heiner öffnete die Tür und ließ seine Taschenlampe kurz aufblitzen, aber auf dem menschenleeren Museumsgelände war außer der vom stürmischen Wetter gebeutelten Natur nichts Auffälliges festzustellen.

Kurz vor Saisonschluss am letzten Sonntag hatte sich den Besuchern des Molfseer Freilichtmuseums noch ein völlig anderes Bild präsentiert, als sich viele fröhliche Familien an einem freundlichen Herbsttag auf dem Gelände tummelten und den schönen Tag genossen. Wie jedes Jahr wurde aber am ersten Tag des Novembers das Freilichtmuseum geschlossen und für den langen Winter präpariert. Nur an Sonntagen würde es bis zum Saisonbeginn im April für wenige Stunden mit reduziertem Angebot geöffnet sein.

Wie jedes Jahr zum Saisonende hatte Heiner kräftig mit angepackt und schob heute bereits in der vierten Nacht Wache. In den letzten Tagen war allerdings nicht zu übersehen, dass sich mit schnellen Schritten der erste Kälteeinbruch näherte, dessen Vorboten sich gerade über ihm entluden. In seiner Kate war es zwar gemütlich warm, aber den großen Kontrollrundgang hatte er noch vor sich. Aus Routine stellte er vorher pflichtbewusst sein Handy auf die Ladestation, damit ihm im Notfall nicht der Saft ausging.

Lustlos überflog er einen Artikel aus einem alten Anzeigenblatt über die letzte Kieler Nacht der Museen. Zum Glück hatte seine Wachtätigkeit nichts gemein mit diesem quirligen sommerlichen Großstadtevent, bei dem sich hippe Kulturhungrige in schickem Dress bei Schampus und Wein von einer Kieler Kulturstätte zur nächsten karren ließen.

Nein, er liebte das ländliche Ambiente vom Molfseer Freilichtmuseum, unmittelbar im Süden vor den Toren der Landeshauptstadt gelegen. Und schließlich galt es hier als letzter Mann an der Front, das in Ziegelstein gebrannte und mit Eichenholz verstärkte historische Erbe des Landes zu schützen. Aber wie lange noch?

»Wer nicht mit der Zeit geht, der muss bald irgendwann selbst gehen.« An diese Worte seines Direktors musste er immer öfter denken, denn der Chef wollte zukünftig das Gelände des weitflächigen Freilichtmuseums elektronisch sichern. Zum Glück fehlte es in diesem Haushaltsjahr an dem nötigen Geld für die Investition. Aber wenn die Geräte erst einmal installiert waren, dann würden sich seine Nachtwachen zukünftig vermutlich erübrigen.

Als sich der Sturm ein wenig legte, schnappte sich Heiner schnell den Schlüsselbund und stemmte die Haustür gegen den kräftigen Wind auf, um sich durch einen Schwall entgegenfliegender nasser Blätter den Weg ins Freie zu bahnen. Das lang gestreckte Torhaus am Eingang des Museums lag einsam und verlassen im trüben Licht der wenigen erleuchteten Laternen, und so machte er sich sogleich in entgegengesetzter Richtung auf den Weg zum kleinen Teich hinunter. Immer wieder ließ er bei den vielen historischen Gehöften, Mühlen und Scheunen seine Taschenlampe aufblitzen, aber außer herumirrendem Laub und geschüttelten Baumkronen waren keinerlei Unregelmäßigkeiten auszumachen.

Die übermütigen Wellen auf dem kleinen Tümpel vor der reetgedeckten Fischerhütte verschlug es fast bis zum Rummelplatz. Angetrieben vom kräftigen Rückenwind begleitete Heiner mit federnden Schritten ihren Weg, bis er mühsam eine kleine Anhöhe erklomm, die den Teich vom historischen Jahrmarkt trennte. Aber auch bei den mit schützenden Planen abgedeckten Buden und Fahrgeschäften gab es nichts Auffälliges zu entdecken. Es war wie so oft außerhalb der Saison, bis auf schmuddeliges oder stürmisches Wetter präsentierte sich alles friedlich.

Natürlich war es gut für Heiner, dass seine Rundgänge ruhig verliefen. Aber er machte sich so seine Gedanken. Natürlich konnte er die Überlegungen des Direktors nachvollziehen, an den Wachkosten zu sparen, wenn Tag und Nacht auf dem Gelände immer alles friedlich blieb. Vermutlich wäre es nicht schlecht, wenn irgendwelche Hornochsen im Freilichtmuseum nachts ihr Unwesen trieben und ein wenig Schaden anrichten würden. Zumindest gut für Heiner, damit er seinen Posten behielt.

Keuchend quälte er sich jetzt gegen den stürmischen Wind den steilen Sandweg zur alten Meierei hoch, wenngleich dort ebenfalls alles friedlich erschien. Dann überprüfte er schnell die sich daneben befindliche Apotheke mit dem angrenzenden Kräutergarten. Zum Glück ließ der heftige Wind etwas nach, und hinter den abziehenden Wolken tauchte plötzlich ein voller runder Mond das Gelände des Freilichtmuseums in ein gespenstisches Licht.

Hinter der angrenzenden Bundesstraße konnte er die Lichter von Meimersdorf ausmachen. Wenn man auf dem Hügel, auf dem er sich gerade befand, die Meierei oder Apotheke anzünden würde, dann könnte man von dort aus das norddeutsche Kulturerbe sicherlich gut abfackeln sehen.

Kopfschüttelnd über seine wirren Gedankenspiele setzte Heiner mürrisch den Rundgang fort, denn natürlich würde er sich niemals am historischen Erbe seiner Heimat vergehen. Nachdenklich gelangte er zum hintersten Teil des Museumsgeländes, auf dem die Gebäude von der Westküste standen. Auf der dahinterliegenden Bundesstraße jagten immer wieder Autos mit aufgeblendeten Scheinwerfern an den zahlreichen kurzfristig erhellten Büschen vorbei. Ein sich näherndes Grollen ließ darauf schließen, dass bald in der dahinterliegenden Senke der zweistöckige Regionalexpress nach Hamburg vorbeidonnern würde.

Sein kurzer Kontrollblick auf die unweit von ihm völlig im Dunkeln träge fließende Eider wurde plötzlich von den Stimmen lauthals fluchender Männer gestört, die er jedoch nicht verorten konnte. Was hatten Fremde um diese Zeit hier zu suchen? Heiner duckte sich schnell hinter ein dichtes Gestrüpp und bemühte sich, irgendwelche Bewegungen zu erkennen. Leider erfolglos. Allerdings erspähte er eine dunkle Limousine nahe der ehemaligen Hollingstedter Kappenwindmühle. War es ein Mercedes?

Zum Glück gab es für den Fall, dass sich Fremde unbefugt auf dem Gelände aufhielten, eine klare Dienstanweisung: Heiner würde die Polizei anrufen. Aber schon beim Griff in die Hosentasche fiel ihm ein, dass sein Handy noch auf der Ladestation in der Kate ruhte. Leise fluchend verließ er das Gebüsch, um sich in einem weiten Bogen um den Hauptweg im Schutz der Büsche und Sträucher dem Fahrzeug unbemerkt zu nähern. Es entpuppte sich als ein großer schwarzer Mercedes. Gebückt umrundete er schleichend das Fahrzeug. Beide Kennzeichen waren entfernt worden, und Kratzer, Beulen und aufgespritzte Erde an der Frontpartie ließen vermuten, dass der Mercedes die unmittelbar hinter der Mühle liegende Behelfseinfahrt für Baufahrzeuge durchbrochen haben musste, um unbemerkt von der Bundesstraße auf das Gelände zu kommen. Die Fronttüren waren weit aufgerissen, und so beugte sich Heiner schwer atmend ins Fahrzeug und überzeugte sich davon, dass es tatsächlich verlassen war. Vorsichtig ruckelte er am Lenkrad, es war nicht verriegelt. Leise zog er den elektronischen Zündschlüssel aus dem Schloss und verstaute ihn in der Hosentasche. Entkommen würden die Eindringlinge mit dem Mercedes nicht mehr. Die Katze war im Sack.

Heiner schlich sich nun vom Fahrzeug weg und spähte auf das unübersichtliche Museumsgelände. Tatsächlich konnte er auf der umlaufenden hölzernen Galerie der historischen Holländermühle die Umrisse zweier Männer entdecken, die aus Kanistern hastig Flüssigkeit vergossen. Dann polterten sie ungestüm die Treppe hinunter. Verzweifelt sah sich Heiner um. Wohin sollte er auf dem weitläufigen Gelände fliehen?

Zu seinem Glück stoppte aber einer der beiden Männer abrupt, drehte sich um und entzündete ein kleines Knäuel.

Dieses warf er schwungvoll auf die Holzgalerie, und sofort schossen gierige Feuerzungen in die Höhe und entfachten das mit Reet bedeckte Haupt der alten Mühle. Kurze Zeit später war das umliegende Areal taghell erleuchtet.

Mit einem beherzten Satz sprang Heiner in den Seitengraben des Hauptweges, um nicht am Fluchtfahrzeug entdeckt zu werden. Ein stechender Schmerz durchzuckte beim Aufprall seinen Fuß, er musste umgeknickt sein. Gegen den Schmerz kniff er die Augen zusammen und robbte einige Meter zur Seite, um weiter aus der Sichtlinie zu geraten. Aber so sehr sich Heiner auch flach auf den Boden presste, so wenig konnte er hoffen, nicht entdeckt zu werden.

Am Mercedes entstand laute Unruhe. »Schau mal, der Key für den Anlasser ist abgezogen worden.«

Eine hellere Stimme mahnte zur Flucht. »Scheiß auf die Karre, wir haben unseren Job erledigt. Komm, wir hauen ab, zu Fuß.«

Die andere Stimme wehrte das kategorisch ab. »Bist du verrückt? Wir müssen erst das Schwein finden, das uns den Key geklaut hat.«

»Warum?«

Bei der Antwort lief es Heiner eiskalt über den Rücken. »Um ihn kaltzumachen. Sonst sind wir dran, und Kohle bekommen wir auch nicht, du Hornochse.«

Heiner registrierte mit Unbehagen, dass sich suchende Schritte näherten. Der Lichtkegel einer Taschenlampe rückte unerträglich nahe, aber es gab mit seinem verstauchten Knüppel keinerlei Möglichkeit für ihn, wegzurennen oder sich besser zu verstecken. Schmerzhaft traf ihn ein harter Tritt in die Rippen.

»Umdrehen! Aufstehen!«, herrschte ihn eine sich überschlagende Stimme an.

Heiner drehte sich auf dem Boden um und erhob gegen das unerbittlich auf ihn gerichtete Licht wehrlos die Arme. »Ich bin verletzt. Tun Sie mir bitte nichts.«

Der Schatten über ihn holte mit seiner Pistole weit aus, um ihm damit eine kräftige Kopfnuss zu verpassen. Ein erneut aufbrausender Sturm tauchte Heiner in tiefste Dunkelheit.

Bis er irgendwann mit schmerzendem Kopf wieder aufwachte, geblendet von einem grellen Licht. Heiner wich dem Licht ein wenig aus. Offenbar hatte ein älterer Mann die Tischlampe auf ihn gerichtet.

»Kommissar Hansen, Kripo Kiel. Neben mir mein Kollege Stüber. Alles, was Sie jetzt aussagen …«

Heiner sackte wegen seiner Erschöpfung wieder ein wenig weg. Auf dem Gelände des Freilichtmuseums befand er sich nicht mehr, denn es roch nach Muff. Es musste sich um eine öffentliche Einrichtung handeln.

»Alles, was Sie jetzt aussagen …« Diese Ansage machte ihn nachdenklich. War er in ein Verhör geraten?

»Wo bin ich?«

Die Antwort des Kommissars klang eher nüchtern. »In Sicherheit, oder vielleicht auch Gewahrsam. Je nachdem, inwieweit Sie uns die Wahrheit sagen.«

Heiner hatte keinerlei Erinnerung mehr an die vergangenen Ereignisse. »Ich weiß nur noch, dass mir auf meiner Wachrunde ein Pistolenknauf mit Gewalt über den Schädel gezogen wurde. Das müssten Sie eigentlich besser wissen als ich.«

Der Blick des Kommissars wurde skeptisch. »Wieso ich? Ich war nicht dabei, als Ihre Komplizen gefasst wurden, Herr Sörensen.«

Komplizen? Wie kam der Kommissar nur darauf, Heiner war schließlich das Opfer. Sein Kopf schmerzte. Der Kommissar legte aber noch nach.

»Herr Sörensen, Sie haben heute großes Glück gehabt. Bewohner aus dem benachbarten Meimersdorf haben uns alarmiert. Wenn wir nur etwas später gekommen wären, dann hätten Ihre Komplizen Sie vermutlich umgebracht.«

Entrüstet fuhr der Wachmann kurz hoch, um sich gleich wieder taumelnd zurück auf die harte Holzfläche des Vernehmungsstuhls zu flüchten. »Ich habe keine Komplizen. Schließlich habe ich die beiden Brandstifter aufgespürt.«

Der Kommissar ging auf die Einlassung nicht ein. »Herr Sörensen, man kann das aus kriminaltechnischer Sicht auch anders betrachten: Alles hat bestens geklappt. Die historische Mühle brennt lichterloh, und der heldenhafte Wachmann liegt verletzt im Graben. Ihr Job im Museum ist damit für die nächsten Jahre gesichert.«

Sörensen kam ernsthaft ins Grübeln. Konnte der Kommissar etwa Gedanken lesen? Dennoch, nur weil man sich in der Wut einmal etwas Unrechtes wünscht, konnte man dafür nicht belangt werden.

»Nein. Ich war auf meiner gewohnten Wachrunde, und zwei mir unbekannte Männer haben die Mühle abgefackelt. Hätte ich mein Handy dabeigehabt, hätte ich die Polizei gerufen. So war ich wehrlos.«

Der Blick des Kommissars blieb skeptisch. »Herr Sörensen, wir haben Fingerabdrücke von Ihnen am Lenkrad des Fahrzeugs gefunden und den elektronischen Key von dem Mercedes in Ihrer Jackentasche. Wer außer Ihnen als profunder Kenner des Museumsgeländes kannte ansonsten schon die fast vergessene Behelfseinfahrt an der Bundesstraße?«

Heiner musste tief schlucken, er stand zweifelsfrei unter Verdacht beim Kommissar. Deswegen betete er noch einmal den Ablauf der Dinge aus seiner Sicht herunter. Aber der Kieler Kommissar blieb hart.

»An Ihrer Stelle würde ich vielleicht auch auf Ihrer Aussage beharren, Herr Sörensen. Die beiden anderen Verhafteten vom Tatort belasten Sie jedoch schwer. Sie behaupten, lediglich zufällig in der Nähe gewesen zu sein.«

Sörensen schüttelte verständnislos den Kopf. »Zufällig? Mitten in der Nacht? Wo sich Fuchs und Hase Gute Nacht sagen? Das glauben Sie doch selbst nicht.«

»Pinkelpause bei der Auffahrt. Die beiden Herren haben Ihr Treiben bemerkt und wollten Sie von einer Brandstiftung abhalten. Gestehen Sie endlich umfänglich, Herr Sörensen!«

Fassungslos geriet Heiner in Zorn. »Und das nehmen Sie den Lumpen ab?«

Der Kommissar lächelte. »Nein, natürlich nicht. Aber wenn Ihre Komplizen schon nicht die Wahrheit sagen, warum sollte ich dann Ihnen trauen?«

»Kommissar Hansen. Glauben Sie mir bitte. Ich bin unschuldig, besitze weder Auto noch Führerschein. Konnten Sie nicht den Halter von dem Mercedes ermitteln?«

Kommissar Hansens Miene hellte sich nicht auf. »Herr Sörensen, Sie wissen doch besser als ich, dass die Limousine gestohlen wurde. Warum sollten Sie den Wagen nicht für Ihre Zwecke entwendet haben? Einen Führerschein braucht man dazu nicht. Allerdings käme das Delikt noch strafmaßverstärkend hinzu.«

Beschwörend hob Sörensen die Arme. »Ich war es nicht. Ich bin unschuldig, glauben Sie mir.«

Der Kommissar ließ aber nicht locker. »Auch andere Indizien belasten sie schwer, Herr Sörensen. Wieso sind Sie gegen die Dienstanweisung ohne Handy auf Ihre Kontrollrunde gegangen? Warum gab uns ausgerechnet Ihr Direktor den Hinweis, dass der drohende Verlust Ihres Arbeitsplatzes das Motiv gewesen sein könnte, die Mühle abzufackeln.«

Heiner Sörensen war verzweifelt. »Weil ich unser Freilichtmuseum über alles liebe. Mit Sicherheit wird es zukünftig bei der Bewachung eines solchen weitläufigen Geländes mit wertvollem landesgeschichtlichen Besitz Veränderungen geben müssen, gerade nach dieser Brandstiftung. Modernere Methoden meinetwegen. Scanner und so, auch wenn ich dann vermutlich zum alten Eisen befördert werde.«

Der Kieler Kommissar sah das ein wenig anders. »Falsch, Herr Sörensen. Befördert werden Sie höchstens ins Gefängnis. Auf Brandstiftung stehen immerhin bis zu zehn Jahre Gefängnis.«

Zehn Jahre. Das saß. Heiner Sörensen sank in sich zusammen. Sein Leben lang war er ein Gutmensch gewesen, und jetzt versetzte ihm die deutsche Justiz den Todesstoß. Er würde alles verlieren. Wie sollte es nur weitergehen?

Die Tür zum Vernehmungsraum wurde aufgestoßen, und Kommissar Hansen sprang unerwartet zackig auf. Offenbar hatte sein Chef den Raum betreten und gab strenge Anweisungen.

»Den Herrn Sörensen sofort freilassen, Hansen. Die beiden anderen verhafteten Halunken haben gesungen. Sie haben im Auftrag eines einschlägig verdächtigen Anbieters von elektronischen Alarmanlagen gehandelt. Nächstes Mal bitte ein wenig mehr Fingerspitzengefühl, werter Kollege.«

Beim Verlassen des Raumes warf der Vorgesetzte des Kommissars die Tür mit aller Kraft ins Schloss zurück.

Erleichtert wischte sich Heiner Sörensen den Schweiß von der Stirn. Endlich war der böse Traum vorbei. Aber seinen Job würde er vermutlich loswerden.

So oder so.

ORDNUNG SCHAFFEN

SYLVIA GRUCHOT

Er hatte sich warmes Wasser ins Waschbecken einlaufen lassen. Jetzt war es fast voll, und er drehte den Wasserhahn ab. Dabei schielte er zur Rasierklinge, die auf der rechten Ablage bereitlag, ganz neu und scharf. Er hatte sie heute Morgen in der Drogerie am Ivensring gekauft.

Nun war es schon später Nachmittag. In der Küche seiner Wohnung im fünften Stockwerk des inzwischen verwahrlosten Hochhauses in Kiel-Dietrichsdorf glänzte die Spüle, der Herd war geschrubbt, und das Geschirr stand ordentlich gestapelt im Küchenschrank. Er hatte den ganzen Tag gewaschen, getrocknet und gebügelt. Jetzt hing seine Kleidung geordnet im Schrank, und die Handtücher lagen Kante auf Kante im Regal.

Ordnung hatte er beim Bund gelernt. Eigentlich hatte er sich damals dort recht wohlgefühlt, obwohl er anfangs Angst vor dem Neuen gehabt hatte. Er mochte keine Veränderungen. Schon als kleiner Junge hatte er es gehasst, wenn sein gewohnter Tagesablauf durch abendliche Gäste seiner Eltern gestört wurde.

Als Teilhaber eines großen Wirtschaftsunternehmens hatte sein Vater häufig Besuch gehabt. Dann durfte er nicht seine Kindersendung sehen, sondern musste allen Erwachsenen brav die Hand geben und »Guten Abend« sagen. Einmal hatte er sich sogar in der Garage versteckt, um diesem

Ritual zu entgehen. Er hatte sich dort unter den SUV seines Vaters gelegt und erst nach Stunden wieder herausgetraut. Seine Eltern hatten ihn vergeblich in den vielen Zimmern ihrer Düsternbrooker Villa gesucht und waren sehr böse auf ihn gewesen.

Besonders seine Mutter. Drei Tage lang hatte sie nicht mit ihm geredet. Er durfte sie in dieser Zeit nicht berühren und musste ohne Gute-Nacht-Kuss ins Bett gehen. Beim Bund dagegen hatte er sich schnell eingelebt. Jeder Tag verlief gleich. Dort hatte es keine Veränderungen gegeben. Aber das war schon fast zwanzig Jahre her.

Er blickte in den Spiegel. Trübe graue Augen schauten ihm aus einem unrasierten Gesicht entgegen. Höchste Zeit für eine Rasur, dachte er. Auch sein Haar hatte eine Wäsche dringend nötig. Nein, entschied er, so geht das nicht. Er zog sich die frisch gewaschene Jeans und das gebügelte T-Shirt aus und legte beides zusammen mit seiner Unterwäsche und den Socken auf den Hocker neben der Badezimmertür. Dann stieg er in die geschrubbte Wanne und ließ heißes Wasser über seinen Körper laufen. Er benutzte ausgiebig Shampoo und Duschgel und säuberte sich, bis seine Haut krebsrot war. Ja, das fühlte sich besser an. Er hatte etwas Mühe, aus der Wanne zu steigen, weil ihm sein schwerer Körper im Weg stand. Von Natur aus groß gewachsen und athletisch gebaut, wirkte er mit seinem Übergewicht überwältigend. Sein Bauch glich einem riesigen Berg, der zur Seite gekippt war. Sein Hals hatte denselben Umfang wie sein breites Gesicht. Nichts deutete mehr auf seine sportliche Figur zu Bundeswehrzeiten hin.

Nach seinem Wehrdienst machte er seinen Master in BWL und war aus dem Haus seiner Eltern in eine Altbauwohnung in der noblen Goethestraße am Schreventeich gezogen. Sein Vater hatte ihm eine Stelle in seinem Unternehmen vermittelt. Damals hatte er einen festen Freundeskreis gehabt, ein echtes Leben. Doch schon bald konnte er dem beruflichen Druck nicht mehr standhalten. Zur selben Zeit fing das mit den Dämonen an. Zu oft war er nicht an seinem Arbeitsplatz erschienen, weil sie vor seinem Bett gelauert hatten. Schließlich wurde ihm gekündigt.

An das peinlich berührte Gesicht seines Vaters und vor allem den versteinerten Blick seiner Mutter erinnerte er sich ganz genau. »Versager« hatten sie ihn in einem »ernsten Gespräch« genannt und angedroht, ihn zu enterben. Noch heute erinnerte er sich an jedes Wort, jede Gestik und Mimik. Auch daran, wie er sein Elternhaus fluchtartig verlassen hatte.

Den Kontakt zu ihrem einzigen Sohn hatten seine Eltern danach abgebrochen. In jener Zeit hatte er oft in seinem Bett gelegen und konnte nicht einschlafen, weil die Dämonen ihn quälten. Sie hatten die Gesichter seiner Eltern getragen, mit weit aufgerissenen Augen und Blut getränkten Mündern, und hatten nur darauf gewartet, ihn zu packen. Überhaupt war dies eine schlimme Zeit gewesen, an die er sich merkwürdigerweise nur schemenhaft erinnern konnte. Mit der Polizei hatte er Schwierigkeiten gehabt. Warum? Es war ihm entfallen.

In einem Einzelzimmer musste er lange Zeit leben. Nein. Es war ihm nicht gut gegangen, damals. Irgendwann hatte er Tabletten bekommen gegen die Angst. Die nahm er von da an regelmäßig jeden Tag. Die Dämonen hatten sich seitdem nicht mehr vor sein Bett gewagt, aber sie hatten in den Zimmerecken auf ihn gelauert, und er hatte sie genau im Blick behalten müssen. Kein Gespräch, dem er hatte folgen können, keine Arbeit, die er ordentlich verrichtet hatte.

Natürlich hatte er die Blicke seiner Freunde bemerkt, die sie sich zugeworfen hatten, wenn er plötzlich aufgesprungen war, um sich sogleich wieder zu setzen. Er hatte die Hilflosigkeit um ihn herum gespürt, wenn sich ein unangenehmes Schweigen ausgebreitet hatte, weil er den Gesprächen nicht hatte folgen können. Zu sehr war er damit beschäftigt gewesen, seine Dämonen in Schach zu halten. Er war machtlos gegen diesen Zwang und nicht fähig gewesen, seinen Freunden zu erklären, was in ihm vorging. Die hatten keinerlei Ahnung gehabt, welche Kämpfe er tagtäglich ausfocht, und nach und nach den Kontakt zu ihm gemieden. Es war ihnen nicht einmal zu verdenken.

Später dann war er hier im Masurenring gelandet und hielt sich seitdem mit Gelegenheitsjobs über Wasser. Er nahm ein sauberes Handtuch aus dem Regal und trocknete sich sorgfältig ab. Dann kämmte er sein Haar und föhnte es trocken. Als er vor zwei Jahren Sabine kennen gelernt hatte, begann die eigentlich beste Zeit seines Lebens, in der es fast keine Dämonen für ihn gab. Sie hatten sich im Fahrstuhl seines Mietshauses kennen gelernt und festgestellt, dass sie Nachbarn waren. Aus Nachbarn wurden Liebende. Während dieser Zeit war es ihm richtig gut gegangen.

Wenn er von der Arbeit als Paket-Fahrer nach Hause gekommen war, hatte er sich schon auf ihre Abende in trauter Zweisamkeit gefreut. Meistens hatten sie Wein und Bier getrunken, etwas gegessen und ferngesehen oder auf seinem Balkon gesessen und den Sonnenuntergang betrachtet. Sie hatten das genossen, was man gemeinhin »Alltag« nannte.

Vor ein paar Wochen hatte ihre Liebe dann plötzlich vor dem Aus gestanden. Sabine hatte sich neu verliebt, in wen, hatte sie nicht sagen wollen. Er erinnerte sich in allen Einzelheiten an den verhängnisvollen Abend. Sie hatten Rotwein in Sabines Wohnung im dritten Stock getrunken, als sie plötzlich damit rausgerückt war. Nichts hatte darauf hingewiesen. Für ihn hatte der Himmel noch immer voller Geigen gehangen. Schwarz war es plötzlich geworden in ihm und vor ihm. Ein Gefühl, als hätte jemand die gesamte Luft aus dem Universum gesogen und ein riesiges Vakuum erzeugt.

Die Erinnerung an ihre Worte bereiteten ihm auch jetzt noch körperliche Schmerzen. Schnell zog er sich wieder an und spülte die Wanne gründlich aus. Er überlegte eine ganze Weile hin und her, was er mit dem benutzten Handtuch machen sollte. Schließlich hängte er es über die Heizung. Wenn es getrocknet war, würde er es einfach ins Regal zurücklegen.

Plötzlich sah er ihr Gesicht vor sich. Ganz klar, so, als wäre sie tatsächlich anwesend, schwebte es vor ihm und lächelte ihn an. Niedergeschlagen setzte er sich auf den Toilettendeckel. Er stützte seine Ellbogen auf die Knie und legte das Gesicht in seine Hände. Eine tiefe Traurigkeit überkam ihn. Die Welt um ihn schaltete sich wieder einmal aus und wurde schwarz. Nur ihr Gesicht schwebte klar und hell vor seinen geschlossenen Augen. Plötzlich schlug sein Herz unregelmäßig. Es setzte erst ein paar Schläge aus, um dann mit aller Gewalt gegen seine Brust zu hämmern. In Gedanken ging er zu jenem Abend zurück. In seiner Erinnerung saß er wie versteinert auf dem Klappstuhl in Sabines Küche und sah nur Schwärze. Auch hören konnte er nichts, aber irgendwie musste er später in seine Wohnung gekommen sein. Seitdem hatte er sie nicht mehr gesehen. Auf seine Anrufe reagierte sie nicht, die Tür wurde ihm auch nicht geöffnet.

Dafür lauerten die Dämonen nachts wieder vor seinem Bett. Manch einer von ihnen hatte ihr Gesicht. Nur war es eine Fratze mit weit geöffneten Augen und einem weit aufgerissenen blutigen Mund. Draußen begann es langsam zu dämmern.

Es tut mir leid, murmelte er und stand schwerfällig auf, um das Licht anzumachen. Das Handtuch war inzwischen getrocknet. Er nahm es von der Heizung, faltete es und legte es zu den anderen ins Regal. Sein Gesicht war tränennass. Er wischte es mit seinem linken Unterarm trocken und zog sich langsam wieder an.

Inzwischen war es dunkel geworden. Prüfend ging er durch die Wohnung und kontrollierte, ob auch wirklich alles in Ordnung war. Hier und da rückte er ein Möbelstück zurecht und stellte einen Gegenstand gerade. Er war bereit. Gestern Abend hatte er noch einmal vergeblich bei ihr geklingelt. Noch während er gewartet hatte, war ihm ein unangenehmer Geruch in die Nase gestiegen. Suchend hatte er sich im Treppenhaus umgesehen, konnte die Quelle des Gestanks jedoch nicht orten. Da hatte sich die Wohnungstür der Nachbarin von gegenüber geöffnet.

»Sagen Sie Ihrer Freundin bitte mal, sie soll den Müll gefälligst rausbringen!«, hatte sie ohne eine Begrüßung gezetert. »Das hält ja langsam kein Mensch mehr aus!«, und die Tür laut vor ihm zugeworfen.

Da hatte ihn die Erinnerung plötzlich mit ganzer Wucht gepackt. Entsetzt hatte er auf seine Hände geblickt, auf deren Fingerknöcheln noch Blutergüsse prangten. Deutlich sah er die verwüstete und von Wein und Blut vollgespritzte Küche vor seinem inneren Auge. Darin Sabine, die entsetzten Augen und den blutigen Mund weit aufgerissen in dem vergeblichen Bemühen, um Hilfe zu schreien.

Bedächtig ging er zurück ins Bad und nahm die Rasierklinge in die rechte Hand, legte seinen linken Unterarm in das noch warme Wasser und griff mit der rechten Hand nach der Klinge. Er hatte im Fernsehen gesehen, dass man die Adern nicht quer, sondern längs aufschneiden musste, um wirklich schnell zu verbluten. Er setzte die Klinge an, sah genau hin und schnitt ordentlich von der Armbeuge bis zum Handgelenk entlang.

Es stimmte, man spürte im warmen Wasser fast nichts. Fasziniert beobachtete er, wie sich das Wasser erst rosa und dann schnell rot färbte. Dann setzte er sich auf die Toilette neben dem Becken und legte seinen Kopf auf den blutenden Arm.

Er wurde müde, und nur aus der Ferne vernahm er ein Klingeln und Klopfen. Jemand rief »Polizei!« und »Aufmachen!«.

Dann hüllte ihn Stille ein. Erleichtert bemerkte er, dass die Dämonen sich nicht blicken ließen. Nicht ein einziger.

GEISTERLEBEN

NADINE SORGENFREI

Viele denken ja, es spukt in alten Schlössern und herrschaftlichen Gutshäusern, weil nur Adelige oder sonst welche Hochgeborenen das Zeug zu echten Geistern haben. Dass ich nicht lache! Ich werde Ihnen jetzt mal den wahren Grund dafür nennen: Wir Geister haben nämlich Geschmack. Und zwar einen sehr erlesenen. Oder würden Sie freiwillig in eine Zweizimmerwohnung ziehen, wenn Ihnen quasi alle Türen offen stünden? Na also. Wobei das mit den Türen natürlich Quatsch ist. Türen, Wände, sogar Wachposten, alles kein Problem, wenn man körperlos ist. Da sucht sich unsereins einfach ein wundervolles Zuhause aus mit herrlichen Gemälden, exquisiten Möbeln und kostbaren Teppichen und lässt sich dort nieder.

Ein weiterer Vorteil: Wenn man mal in Ruhe Möbel rücken oder Treppen knarzen lassen möchte, fällt es in einem 26-Zimmer-Anwesen viel weniger auf als in einer Etagenwohnung. Das sind dann auch immer die Geister, die uns allen einen schlechten Ruf bescheren.

»Bei mir spukt es, meine Möbel sind verschoben, ich höre Geräusche, obwohl mein Mann nicht zu Hause ist …«

Solche Beschwerden lassen dann alle aufhorchen, die eigentlich gar nicht an uns glauben. Und dann gibt es noch diejenigen, die uns als Ausrede für ihre eigene Schusseligkeit benutzen.

»Bei mir verschwinden laufend Dinge, ich kann es mir nicht erklären …«

Tja, das ein oder andere Glas Wein weniger würde da schon oft helfen. Mal ehrlich, was sollten wir schon mit Fernbedienungen oder Autoschlüsseln anfangen? Na eben.

Als Geist nimmt man sich also den edelsten Wohnsitz, den man finden kann. Und da wir ja keinen Körper im eigentlichen Sinne besitzen, stören uns zugige, schlecht beheizte Räume ebenso wenig wie feuchte Wände. Noch nicht einmal frischer Luft können wir etwas abgewinnen. Ein Zimmer wurde seit drei Jahren nicht gelüftet? Stört uns nicht im Geringsten.

Das wahre Problem unter uns Geistern ist mittlerweile, dass es immer mehr von uns gibt. Früher gab es nur ein paar Sorgen, die uns nicht ruhen ließen. In der Regel waren die romantischer Natur, etwa, dass jemand seine Liebe auch nach dem Tod nicht verlassen konnte oder noch Buße für seine verlorene Ehre tun wollte.

Heute sieht das ganz anders aus. Vor allem seit der letzten Finanzkrise wurde es so richtig schlimm. All die Banker und anderen Geldhaie, die sogar der Tod nicht von ihrem materiellen Wahnsinn erlösen konnte. Das sind dann auch die Geister, die nach alten Schätzen suchen, sich regelrecht an diesen festbeißen und alle Lebenden heimsuchen, die da ranwollen.

Dann gibt es natürlich noch die Politiker, die mit ein wenig Abstand ihre eigene Moral doch nicht mehr so gutheißen können wie zu Lebzeiten. Was soll ich Ihnen sagen? Von denen gibt es heutzutage immer mehr.

Tja, und so füllt sich die Welt mit Gestalten wie uns. Die feinen englischen Schlösser sind alle bereits mit Geistern besetzt, das Territorium ist seit Jahrhunderten abgesteckt. Es ist ja auch so, dass nur selten einer von uns wieder auszieht. Auch die Immobilienwelt der Gespenster wird von Angebot und Nachfrage geregelt. Und da kaum neue Prachtbauten entstehen, wird es langsam knapp.

Und so begann vor einigen Jahren eine wahre Geisterwanderung nach Schleswig-Holstein. Natürlich wegen der zahlreichen Guts- und Herrenhäuser hier. Oder dachten Sie, die frische Meeresluft könnte uns locken? Das hatten wir ja bereits geklärt.

Nein, hier gibt es über 500 Schlösser, Gutshäuser, Adelsgüter, hochherrschaftliche Anwesen und andere nette Bleiben. Fast in jedem zweiten Dorf findet sich eins. Das Gut Nehmten zum Beispiel, oder das Schloss Seedorf. Gut Tüschenbek ist auch wundervoll, ebenso wie das Gut Hasselburg, die zauberhafte Schlossinsel in Barmstedt oder Gut Hemmelmark, wo eine alte Freundin von mir haust. Alles exquisite Adressen, in denen sich unsereins besonders wohlfühlt.

Aber leider, leider, unbegrenzt sind die feinen Adressen auch hier nicht. Einigen von uns bleibt mittlerweile nichts anderes übrig, als sich in stinknormalen Häusern einzurichten. Zuerst waren es alte Stadtvillen, dann immerhin noch große Landhäuser, jetzt müssen immer mehr Geister sogar in schlichte Einfamilienhäuser ziehen. Das sorgt natürlich für Frust und zerrt an den Nerven. Wobei wir wieder bei den Möbelrückern und Sachen-Verschwinden-Lassern wären.

Viele werden auf so engem Raum ganz rastlos und ziehen nachts von Zimmer zu Zimmer. Hier mal eine Gardine bewegen, dort mal eine Tür öffnen – das ist alles, was ihnen noch Freude bereitet. Die Ärmsten sind wirklich zu bedauern. Und so bleiben Zusammentreffen mit den lebenden

Bewohnern natürlich nicht aus. Was bei denen oft für kalte Schauer, unerklärliches Unwohlsein und Gänsehaut sorgt.

Aber die meisten ahnen zum Glück nicht, was die wirkliche Ursache dafür ist. Wenn die wüssten ... Schließlich geistert niemand herum, weil er einen einwandfreien Charakter und ein ruhiges Gewissen hat. Glauben Sie mir, es gibt viele von uns, die Sie lieber nicht in Ihrer Nähe hätten! Ich denke da an südamerikanische Diktatoren, gehängte Mörder, Foltermeister aus dem Mittelalter ...

Aber lassen wir das, ich will Sie ja nicht beunruhigen.

Übrigens: Ein Gerücht, das stimmt, ist unsere Vorliebe für Mitternacht. Zur Geisterstunde drehen wir alle immer so richtig auf. Keine Ahnung, warum das so ist, hat wohl einfach eine lange Tradition. Also bitte ich um etwas Nachsicht, wenn die Uhr zwölf schlägt. Wer weiß, vielleicht begegnen wir uns ja auch mal? Ich wünsche Ihnen jedenfalls erst mal eine gute Nacht.

NACKTE FREU(N)DE

SIMON VOSS

»Stillgestanden! Alle Augen zur Tür.« Der Tonfall war fast militärisch und duldete keinen Widerspruch. »Ich begrüße Jan-Christian König, unseren Chrissi, den unbestrittenen König des Gustav-Garbe-Gymnasiums!«

Schlagartig erstarben die Gespräche im Saal des Restaurants »Schöne Aussichten«, alle Augen richteten sich nach oben. Die Menge war sich dabei allerdings nicht einig, wohin sie schauen sollte. Zu Maximilian Zerbe, der den eben von ihm Begrüßten jetzt von seinem Platz an der Fensterfront mit einem mehr als vollen Bierkrug schwungvoll zu sich herwinkte oder zu Chrissi, den sein gediegenes Sakko mit den Ellenbogenflicken von den Umstehenden abhob.

Jan-Christian bahnte sich breit grinsend seinen Weg durch den Pulk der ehemaligen Mitschüler in Richtung Fenster, unterwegs auf Arme und Schultern und in die dargebotenen Hände klopfend. Dabei verteilte er regelmäßig lautstarke Begrüßungen, deren Antworten er allerdings nicht abwartete und so weder die Bewunderung und schon gar nicht die Verärgerung der anderen mitbekam.

»Immer noch der Alte, in der Penne warst du nie vor der zweiten Stunde da. Erst recht nicht, wenn wir Latein in der ersten hatten.« Lachend schlang Maxi seine Arme zur Begrüßung um Chrissi.

»Pass doch auf, du alte Sau. Auch kein bisschen verändert«, entgegnete ihm Maxi verärgert, riss sich von seinem Freund los und versuchte den Schwall Bier, der auf ihm gelandet war, von seiner Schulter zu wischen.

»Hey, Buddy, wie steht's?«, kam es von der Seite.

»Sam?« Chrissi taxierte den sportiv gekleideten Mann neben ihm.

»Du bist es wirklich. 30 Jahre älter und 30 Kilo leichter. Mindestens! Sei gegrüßt, alter Stecher.« Chrissi umarmte den als Sam Angesprochenen, vorsichtig darauf bedacht, dessen frisches Poloshirt nicht mit seinem biernassen Sakko zu verschmutzen.

»Hier, auch ein Bier für dich, Chrissi. Und jetzt lasst uns raus auf die Terrasse gehen, die Pappnasen um uns herum brauche ich echt nicht«, befahl Maxi seinen Freunden.

Draußen angekommen, reckte er sich erst einmal und atmete tief ein, bevor er sich in militärischem Duktus an die anderen wandte: »Raus mit der Sprache, Meldung machen! Wie weit habt ihr es gebracht? Was habt ihr zu berichten?«

»CEO in der Informatikbranche. Jette jetzt zwischen London und Kalifornien hin und her«, gab Sam als erster Rapport.

»Respekt.« Maxi dehnte die zweite Silbe überdeutlich und wollte dann wissen:

»Welche Firma? Was Großes?«

»Smart Solutions. Kennst du nicht. Wir arbeiten an neuen IT-Innovationen für die ganz Großen, Facebook und Google und so.«

Sam nahm genussvoll einen großen Schluck Bier und fuhr dann erst fort:

»Hartes Business, muss ich euch ja nicht sagen. Alle wollen da mitmischen. Wenn du mal einen Moment nicht aufpasst, hat dir gleich ein anderer den Fisch von der Angel geschnappt. Aber wir sind halt Smart Solutions, nennt uns ruhig SS, wir sind die wahren Killer des Marktes. Und ich bin Head der internen Revision, ist quasi die Totenkopf-Division unter den Schwarzhemden.«

Dumpfes, gepresstes Lachen der anderen beiden kam zu seiner Antwort.

»Und bei euch?« Sam schaute geschäftsmäßig zu seinen Freunden.

»Bin Anwalt geworden. Partner bei Lapierre, Meyer & Hilbert«, berichtete nun Maxi und ergänzte schnell: »Wir beraten bei Firmenzusammenschlüssen und -zerschlagungen. So geile Stundensätze, ihr glaubt es nicht. Habe meine Schäfchen schon lange im Trockenen. Bin jetzt drei, vier Monate mit meiner Jacht meistens im Mittelmeer unterwegs. Komme gerade aus Nizza. Und übermorgen bin ich wieder an Bord. Wollte nur mal sehen, was hier so geht.«

Er schaute lüstern durch die Fenster in den Saal, ließ seinen Blick eine Weile im Raum kreisen, leckte genüsslich seine Lippen und setzte schließlich hinzu: »Und ob hier was geht!«

Mit einem gierigen Lachen kommentierte Maxi sich selber und seine beiden Freunde nickten anerkennend. Jan-Christian dabei deutlich reservierter, während Sam Maxis Blick nach Beute folgte:

»Habt ihr schon Jule gesehen? Da drüben neben der Tür steht sie. Mit knapp 50 so eine Figur zu haben, meinen Respekt. Klar, das ist sicher nicht mehr so stramm wie zu Schulzeiten, aber ihr Arsch und ihre Titten sehen doch immer noch hammergeil aus.«

Sam starrte gierig mit geöffnetem Mund in Richtung einer kleinen Gruppe Frauen. Das Objekt seiner Lust bemerkte den Blick des Jägers und die Angesprochene schaute direkt zu ihm zurück. Die Vertrautheit der gemeinsamen Schulzeit und einige gemeinsame Abenteuer schlossen jede Scheu aus und auch Jules Blick ließ keinen Zweifel an ihren Absichten zu.

»Sam? Hey Sam! Hörst du mich noch? Ich fasse es nicht, immer noch derselbe geile Bock wie früher.« Lachend schüttelte Maxi den Kopf, leerte mit einem gewaltigen Schluck sein Glas und setzt dann hinzu: »Aber so, wie es aussieht, läuft dir die Braut nicht weg. Wenn ich mich richtig erinnere, hat die schon damals jeden genommen, der nicht bei drei auf den Bäumen war.«

»Vorsicht, Maxi. Vorsicht. Jule ist keine billige Nutte, wenn du das meinst«, hielt ihm Sam scharf entgegen.

»War nicht meine Absicht. Entspann dich, Alter. Sag mir lieber, wen ich heute abbekomme. Will den Flug schließlich auch nicht umsonst gemacht haben,« lenkte Maxi ein.

»Du warst doch früher schon scharf auf Christin«, entgegnete ihm Sam und suchte Terrasse und Saal nach der Genannten ab.

»Hör auf, Alter«, Maxi blies die Backen auf:

»Willst du mich verarschen? Früher, ja gerne. Aber heute bestimmt nicht mehr. Schau mal nach rechts hinten, da steht sie. Wie fett die geworden ist! Die hat bestimmt den ganzen Stall voller Balgen und ist ausgeleiert wie ein alter Treibriemen. Nee, bloß nicht«, echauffierte sich Maxi theatralisch und die Dreierrunde brach in schallendes Gelächter aus.

»Was ist denn mit Alex da drinnen, da ist sie doch. Früher war die ja eher langweilig, aber heute ...« Sam pausierte kurz und übersah dabei Chrissis verärgerten Blick. »Heute macht die echt was her.«

»Wo, wo ...?«

Maxis Interesse war geweckt, doch Chrissi unterbrach ihn scharf.

»Stopp, stopp, stopp. Mach' keinen Fehler, mein Freund. Und du Sam, halt besser dein dreckiges Maul. Alex und ich haben vor 15 Jahren geheiratet, nur damit ihr es wisst.«

Sam und Maxi rissen erstaunt die Augen auf und schauten sich kurz an. Dann war es Maxi, der wieder das Wort fand:

»*No harm intended*, Chrissi. Kein Wort mehr zu Alex, tolle Frau, ist aber eh nicht mein Typ. Das hört sich ja so an, als ob du hier in Kiel geblieben bist. Wenn ich mich recht erinnere, gab es da doch auch was zu erben für dich?«

»Korrekt, ich habe den Familienbetrieb übernommen, ihn dann aber der Zeit angepasst.«

Stolz plusterte Chrissi die Brust auf, bevor er fortfuhr. »Mein Vater hat noch, wie ihr sicher noch wisst, selbst geschlachtet und dann in den eigenen Läden verkauft. Das ist gut gelaufen, aber natürlich ohne jede Perspektive. Ich habe den Verkauf eingestellt, die Läden geschlossen und auf industrielle Schlachtung umgestellt. Hey, Junge, hierher!«

Herrisch winkte Chrissi den Kellner mit den Bieren zu sich und griff mit beiden Händen drei volle Gläser. Gierig nahm er einen tiefen Zug und setzte erst dann seine Rede fort.

»Ich kann sagen, dass wir heute der größte Schlachtbetrieb in Schleswig-Holstein sind. Die LKWs rollen nur so ein und aus auf unserem Hof. König ist King, das ist mein Motto.«

»Nichts anderes hatte ich von dir erwartet, Chrissi. War schon immer zu sehen, dass du zur Familie stehst, aber gleichzeitig nicht in der Provinz versauern wolltest«, antwortete ihm Maxi. Er pausierte kurz, blickte über die Terrasse und in den Raum.

»Demnach bist du heute nicht zur Jagd gekommen, Chrissie? Frischfleisch interessiert dich nicht mehr?«

Chrissi sah ihn erstaunt an, dann Sam und schließlich schaute er kurz schnell zu seiner Frau hinüber, die angeregt am entfernten Ende des Saals mit einer größeren Gruppe plauderte. Zum Schluss lächelte er grinsend seine Freunde an: »Also, ein Kostverächter bin ich nun sicher nicht geworden. Wie sähe das denn aus für den größten Schlachter im Lande? Solange sie«, er nickte unauffällig in Richtung seiner Frau, »nichts mitbekommt, bin ich natürlich dabei.«

Das Jahrgangstreffen war ohne weiteres Programm. Man stand beisammen, plauderte und trank, erinnerte sich an Schulzeiten und jugendliche Streiche, damalige Liebeleien und verpasste Gelegenheiten und an all das, was seitdem geschehen war. Manche Anwesende wanderten im Laufe des Abends neugierig durch den Raum und kamen auch auf die Terrasse heraus, gesellten sich mal hier und dort hinzu, um mit möglichst vielen ins Gespräch zu kommen. Dabei stellte sich heraus, dass so mancher Freund, so manche Freundin von damals einfach nur noch langweilig war, die Erzählungen anderer dafür aber umso spannender.

Die meisten der Ehemaligen hätten gerne Kontakt zu vielen gehabt, beließen es dann aber dabei, sich von den Mutigeren anquatschen zu lassen. Einige wiederum blieben den ganzen Abend über in der vertrauten Runde, in die sie sich zu Beginn begeben hatten.

Maxi, Chrissi und Sam gehörten zu den Letzteren, die voreinander posierten mit Karriere, Erfolg und mit Status und in ihrer Verachtung für den Rest ihrer Mitschüler. Die waren es kaum wert, sich mit ihnen zu unterhalten. Kaum ein Mitschüler störte sie in ihrer Einigkeit. Die großspurigen Reden und ihre aufgeblasene Haltung hielten am Ende alle von ihnen fern. Maxi, Chrissi und Sam blieben draußen, wo sie sich in der Dunkelheit der aufziehenden Nacht wohler fühlten.

»Erinnert ihr euch noch an Müller, Ökomüller? Sandalen mit selbstgestrickten Socken, dazu bis in den Winter kurze Hosen und gebatikte T-Shirts. Und dann noch diese orangenen Seidenschals. Boah, das ging schon damals gar nicht. Wenn ich nur daran denke, kommt mir der Brechreiz hoch.« Maxi schüttelte sich und verzog das Gesicht, die anderen beiden stimmten lachend zu.

»Und dieser Sozi-Schröder in Geschichte. Der wollte uns unbedingt zum Kommunismus bekehren. Wenn ich dem nochmal begegnen würde, dem würde ich heute ohne Zögern ins Gesicht spucken. Dass man solche Leute auf Kinder loslässt. Daran erkennt man doch, was für ein kaputter Laden die Staatsschule ist«, grollte Sam.

»Viel schlimmer war die alte Schüttfeldt, die sah ja ganz normal aus, also für eine Lehrerin normal jedenfalls.« Chrissi pausierte verächtlich grinsend, um dann zum Punkt zu kommen. »Aber hat die jemals ein Deo benutzt? Könnt ihr euch noch daran erinnern, als Maxi plötzlich in der ersten Reihe aufgestanden ist, nach hinten ging und der Alten gesagt hat, dass es ihm wirklich leid tue, er aber wegen seines Asthmas auf keinen Fall weiter vorne bleiben könne?«

Chrissi schüttelte sich vor Lachen und Maxi grinste geschmeichelt.

»Hey, schaut mal nach drinnen, da, unter der Lampe. Das ist doch Harald.« Maxi streckte den Arm aus und der Blick der anderen beiden folgte ihm.

Im Raum stand ein sportlich-elegant gekleideter, schlanker Mann, dem die Jahre ganz offenbar weniger als den anderen angetan hatten. Im selben Moment, in dem die drei nach ihm sahen, senkte der Beobachtete ruckartig den Kopf. Dabei hatte er eben noch ganz offensichtlich in ihre Richtung gesehen, es konnte sogar scheinen, als hätte er die drei selber taxiert.

»Bist du dir sicher?«, fragte Sam zurück. »Der da ist doch viel zu smart, schaut mal richtig hin, Hemd, Hose und die Schuhe, das kann nicht Harald sein.«

»Trotzdem, bin sicher, das ist Harry Speckbacke. Der hat halt was aus sich gemacht. Kennt man doch, dass etliche Big-Shots von heute früher die Nerds waren«, beharrte Maxi auf seiner Einschätzung.

»Ja, stimmt, du hast recht. Aber ein Big-Shot? Nein, das ist er jetzt auch nicht. Das rieche ich einfach«, behauptete nun Chrissi.

»OK, ihr habt Recht. Jetzt erkenne ich ihn auch wieder. Respekt für die Pfunde, die er in den Jahren abgelegt hat, der ist ja richtig schlank geworden«, stimmte Sam schließlich zu.

Maxi schaute ihn an und spöttelte: »Man könnte fast meinen, dass ihr euch beim Weight-Watchen begegnet sein müsstet.«

»Pass auf, was du sagst, Pickelfresse«, zischte der ohne zu zögern eiskalt zurück, zauberte aber schon im nächsten Moment ein breites Grinsen in sein Gesicht: »Könnt ihr euch noch an seinen legendären Porno mit Melanie erinnern?«

Prustend lachten alle drei los und Maxi hatte große Mühe, mit seinem Bier dabei nicht neuen Schaden anzurichten. Als sie sich wieder beruhigt hatten, fuhr Chrissi mit seinen Erinnerungen fort.

»Wir hatten Mel dafür bezahlt, Harry vorzumachen, dass sie was von ihm will.«

»Leicht untertrieben, mein Bester, sie sollte ihm vorspielen, dass sie von ihm gefickt werden wollte«, unterbrach ihn Maxi.

»Und das hat sie dann so geil gemacht. Der fette Idiot hat ihr das geglaubt, und sie sagt ihm, dass er es ihr sofort im Klassenzimmer besorgen solle. Sie müsse nur noch mal raus, ›Frauensachen auf der Toilette‹ hat sie ihm erzählt. Und er solle sich schon mal nackt ausziehen, das würde sie voll antörnen«, fuhr Chrissi von seiner eigenen Erzählung begeistert fort.

»Und der verklemmte Fettwanst weiß nicht, wie ihm geschieht, reißt sich tatsächlich in dem leeren Klassenraum die Klamotten vom Leib, ist spitz wie Nachbars Lumpi und wartet breitbeinig und völlig irre in seiner Erregung vor der Tür auf Mel«, übernahm wieder Maxi die Erzählung, weil Chrissi tatsächlich erst einmal nach Luft schnappen musste.

»Nur dass dann nicht Mel zur Tür hereinspazierte, sondern Frau Stichling mit ihrer 5. Klasse im Schlepptau«, presste jetzt Sam zwischen seinen Lippen die Pointe hervor, bei der alle drei in gehässiges Gelächter ausbrachen. Die Wenigen, die noch auf der Terrasse waren, drehten sich nun irritiert zu den dreien um. Wenn sie auch nur wenige Teile der lautstarken Erzählung mitbekommen hatten, die natürlich alle im Jahrgang kannten, wussten sie, worum es ging und schwankten zwischen Scham und Schamlosigkeit.

»Was die Stichling für ein Geschrei gemacht hat und die Gören dazu. Das war so geil, das war der unbestrittene Höhepunkt der Schulzeit. Absolut. Nur dass das mit den Fotos nicht geklappt hat, ist echt bitter«, fügte Maxi mit Blick auf Chrissi hinzu, als er wieder Luft bekam.

»Ja, danke. Du hättest es ja auch versuchen können. Damals war das alles schließlich noch völlig analog und ehrlich gesagt, wir lagen alle vor Lachen auf dem Boden«, ätzte Chrissi zurück.

»Jedenfalls hat er sich wochenlang nicht mehr in die Schule getraut, so peinlich war ihm das«, fügte Sam hinzu.

»Na, einmal war er doch da, als er zum Direktor musste«, korrigierte ihn Maxi, was für einen erneuten Lachanfall der drei sorgte.

»Kommt, lasst uns mal zu ihm rein gehen. Ich bin echt neugierig, was aus dem Typ geworden ist.« Chrissi breitete seine Arme aus, zog seine Freunde mit und ging mit ihnen nach drinnen.

»Grüß' dich, Harry. Respekt, gut schaust du aus.« Chrissi zeichnete mit seinen Armen die schlanke Silhouette Harrys nach, wie um ihn zu mustern. Dann spitzte er zum Lob des Mannes Daumen und Zeigefinger beider Hände und streckte sie Harry entgegen.

»Hallo Jan-Christian und Maxi.« Harry zögerte kurz und entschied sich dann für die formale Variante: »Hallo Maximilian und hallo Samuel. Ihr auch hier?« Floskelhafter ging es nicht.

»Ganz locker, Alter«, Chrissi klopfte ihm auf den Oberarm.

»Wir sind hier doch unter Freunden«, setzte er die Floskeln noch einmal fort, um danach aber zum Punkt zu kommen:

»Wie ist es bei dir gelaufen? So, wie es aussieht, bist du eher da unterwegs, wo die Sonne scheint.« Maxi und Sam sagten nichts. Kein Wort zur Begrüßung, sie warteten gespannt auf die Antwort.

»Och, ja. Kann man so sagen. Ich bin eigentlich ständig auf Kreuzfahrt unterwegs«, entgegnete Harry und deutete dabei ein Lächeln an. Gespannt schauten alle drei ihn jetzt an.

Maxi hatte die Augen weit aufgerissen, der Junge musste

nach ihren Maßstäben ziemlichen Erfolg gehabt haben. »Kreuzfahrten? Privat? Dann hast du aber wirklich volle Taschen.«

Gern hätte Chrissi Harald direkt nach dessen Kontostand gefragt, er traute sich aber nicht. Harry zögerte mit seiner Antwort. »Nee, nicht aus privaten Gründen, ich habe nur beruflich mit Kreuzfahrten zu tun.«

Atemloses Schweigen bei Maxi und Sam, Chrissi dagegen bohrte weiter.

»Ah, so. Und in welcher Position bist du im Tourismusbusiness?« Im Kopf ratterte Chrissi die verschiedenen Möglichkeiten bei Reedereien und der Freizeitindustrie durch.

»Ich bin Chef-…«. Harry hustete kurz und räusperte sich anschließend ein wenig zu lange. Dabei registrierte er die gespannten Blicke seiner ehemaligen Mitschüler. Ganz offensichtlich ließ er sie ein wenig zappeln. Schließlich entspannten sich seine Züge zu einem fast kindlich naiven Gesichtsausdruck.

»Ich bin Chefsteward auf der Costa del Sol. Wir liegen gleich da drüben, wenn ihr euch umdreht, könnt ihr hinter dem Seehundbecken unser Schiff sehen. Das war ein totaler Zufall, normalerweise sind wir ja eher im Mittelmeer und im Atlantik unterwegs. Aber just in dieser Woche machen wir einen Törn durch die Ostsee und liegen genau jetzt in Kiel, wo unser Jahrgangstreffen stattfindet«, erklärte Harry fröhlich grinsend mit zunehmendem Erzähltempo.

Die drei sahen sich an, fingen ebenfalls zu grinsen an und lachten dann brüllend los, wobei Maxi immer wieder Harry auf die Schulter klopfte.

»Kann nicht glauben, dass ich gedacht hab', Du wärst … Hast uns ganz schön auf den Arm genommen. Das war echt gekonnt. Verstehe jetzt auch deinen Sascha-Hehn-Look.«

Maxi schüttelte weiter grinsend den Kopf und Harry registrierte, wie die abschätzigen Blicke der drei sich an ihm weideten.

»Das ist viel mehr als ihr denkt«, stotterte er eilig, »ich habe sogar den Generalschlüssel für das ganze Schiff, ich komme überall hinein. Der Kapitän hat den gleichen Schlüssel wie ich.« Harry setzte jetzt einen unterwürfigen Blick auf, den er um Anerkennung heischend von einem zum anderen wandern ließ.

»Oho, der Harry ist der Herr des Schiffs, da muss ich mir ja was ganz Tolles vorstellen«, spottete Maxi.

»Wenn du es nicht glaubst, komm' doch mit. Ich zeige es dir, ich zeige es euch allen«, schoss es aus Harry heraus. Es wirkte nun fast, als ob er ein wenig böse wäre.

Maxi sah die anderen beiden an: »Ja, warum eigentlich nicht? Vielleicht spendiert uns Harry an Bord noch einen Sex-on-the-Beach.«

Der platte Witz löste erneutes Gelächter aus und Harry sackte wieder ein wenig in sich zusammen.

»Dann aber los, ich habe hier noch ein Date, und das ist sicher nicht mit der 5. Klasse«, stichelte Sam weiter. Harry tat so, als ob er es nicht gehört hätte und ging voran. Maxi, Chrissi und Sam waren nun wieder ganz die Schuljungen von damals, griffen sich jeder noch ein frisches Bier und zogen lachend hinter ihm her.

Die Costa lag nur ein paar hundert Meter entfernt in der Kieler Förde, und so standen sie kurz darauf auf dem Kai vor dem Heck des Kreuzfahrtschiffs. Die meisten Lichter an Bord waren bereits gelöscht, das Leben an Deck und darunter war nach Mitternacht zur Ruhe gekommen. Maxi, Chrissi und besonders Sam alberten lautstark weiter.

»Seid bitte leise, die Gäste schlafen schon. Wir gehen

durch den Creweingang an Bord. Das Passagierterminal ist bereits zu, dafür habe ich keinen Schlüssel«, erklärte Harry. Er zog eine Karte aus der Hosentasche, die mit einer Kordel sicher an seinem Gürtel befestigt war. Der Plastikchip kreiste kurz vor einem Scanner an der Bordwand und eine schwere Tür öffnete sich hydraulisch.

»Alle Mann an Bord«, grölte Sam und warf sein Glas schwungvoll an die Schiffswand. Lautes Klirren durchbrach die Nacht.

»Ruhe, verdammt. Und hör auf mit dem Scheiß«, versuchte Harry zu befehlen. Es klang aber zu verunsichert, die anderen waren nicht im Geringsten beeindruckt.

»Ich brauch' was Neues zu trinken, ab zur Bar«, antwortete Sam mit hörbar schwerer werdender Zunge. Harry blickte irritiert zu den anderen beiden, doch die nickten und hielten zur Unterstützung nur ihre leeren Gläser hoch.

»Aber nur für einen Drink, die Bar ist schon geschlossen.«

»Denke, du hast dafür deinen Schlüssel. Jetzt zeig mal, was du kannst«, antwortete ihm Maxi.

Harry tat, wie ihm befohlen war und atmete erleichtert auf, als sie vor der dunklen Bar standen, weil die immer lautstärkeren Witze und Zoten seiner Begleiter dort nicht mehr die bereits schlafenden Passagiere in ihren Kabinen wecken konnten. Er schloss auf, ging hinter den Tresen und machte Licht. Maxi, Chrissi und Sam folgten ihm in eine typische Schiffsbar mit maritimer Dekoration, großen Fenstern und am Boden verankerten Sesseln und Hockern. Die drei schwangen sich an den Tresen und orderten Whiskey und kippten die Gläser in einem Zug hinunter.

»OK, das war also die Bar, wolltet ihr jetzt noch was vom Schiff sehen?«, fragte Harry zögerlich.

»Halt die Klappe, Steward. Du gibst uns hier bestimmt keine Befehle, los noch einen«, schnauzte ihn Maxi an.

Harry zuckte zusammen und machte von da an keine Bemerkungen mehr. Die drei begannen jetzt richtig zu saufen, Lage um Lage wurde bestellt, dann gleich ganze Flaschen und zum Schluss wankte Sam hinter den Tresen und übernahm die Bar. Harry stand am Rande und sagte selbst dann nichts, als Maxi und Chrissi ihre Gläser gegen den Barspiegel warfen und der klirrend zerbarst. Schließlich wankte Chrissi zur Fensterfront und erleichterte sich, indem er schwungvoll über die Sessel an die Wand pinkelte.

»Nein, bitte nicht, lass das sein«, kam es schwach von Harry, was keiner beachtete.

Chrissi dagegen wusste, wie man Aufmerksamkeit erzeugte, als er lautstark gegen die Wand gerichtet losschrie. »So eine Scheiße, jetzt habe ich mir auf die Hose gepisst.«

Gelächter bei den anderen beiden und weiteres Fluchen bei Chrissi, bis man beschloss, zur Reinigung zum Deckspool zu gehen. Harrys Protest beantwortete Maxi mit dem Versuch einer Ohrfeige, die aber wegen seiner Trunkenheit das Ziel verfehlte. Dass Harry eine wütende Faust geballt hatte und zum Gegenschlag bereit war, entging den dreien.

Oben auf Deck kamen sie an eine Poollandschaft, die mit ihren gläsernen und penibel geputzten Wänden und Überdachung auch bei schlechtem Wetter den Eindruck eines Freiluftbades machte. Schienen und Spalte am Boden zeigten, dass sich die Glaswände bei Bedarf auch verschieben und versenken ließen. Harry öffnete mit seiner Karte die Tür zum Inneren der Schwimmanlage. Sofort riss sich Chrissi trunken die Kleider vom Leib, torkelte in das Innere des Glasbaus und sprang splitterfasernackt in den Pool.

»Kommt, Männer. Das Wasser ist super. Wie früher im Freibad in Raisdorf.«

Maxi und Sam ließen sich nicht lange bitten, entledigten sich ebenfalls der Klamotten und sprangen Chrissi hinterher. Harry stand bewegungslos daneben, atmete tief durch und rief dann mit ausgestrecktem Arm auf die rotblinkenden Lichterreklamen der Kieler Bordelle zeigend.

»Schaut mal da, Jungs. Poolparty nur mit Männern, das ist doch etwas komisch, oder?«

Harry wirkte nun auf einmal sehr abgeklärt, aber die drei waren zu betrunken, um das zu bemerken. Sie schauten nur hoch, sahen sich an und waren sofort von Harrys Idee begeistert.

»Gib mir mal mein Handy, Steward«, bellte Chrissi in Richtung von Harry. »Ich hab' doch die Nummer eingespeichert«, ergänzte er dann blöde grinsend für seine Freunde.

»Und Harry, du gehst runter und lässt die Nutten aufs Schiff, ist das klar!« Maxi fragte nicht, er befahl.

Ganz aufrecht und in bisher ungesehener Gelassenheit verschwand Harry unter Deck. Es dauerte ungewöhnlich lange, bis er wieder an Deck erschien, was aber keiner der Betrunkenen bemerkte, die wie kleine Kinder im Wasser planschten. In Harrys Schlepptau drei knapp bekleidete sehr junge Prostituierte.

»Ah, hereinspaziert, die Damen«, bemerkte Sam die Frauen als erster und wedelte sie zu den Pools, wo sich die drei Männer jetzt am Beckenrand nackt auf Decksliegen räkelten.

»Könnt ihr euch uns auch leisten?«, fragte eine der Prostituierten. »Wir haben eine halbe Ewigkeit vor dem Schiff gewartet, ich habe echt keinen Bock auf armselige Jungs vom Land.«

Maxi, Chrissi und Sam sahen sich verständnislos an.

Sam lallte zurück: »Wir haben so viel Kohle, wir können alles.«

Grunzendes Lachen der anderen war die Antwort. Die Frauen kannten anscheinend dieses Gehabe, schienen zufrieden und betraten den Glaskasten. Dass hinter ihnen die Tür zuschlug, bemerkten die Männer nicht, wohl aber die Frauen.

»Eh, was soll das? Mach sofort wieder die Tür auf«, herrschte eine von ihnen Harry an. Der aber antwortete nicht und setzte sich stattdessen betont gelassen auf einen Stuhl, der außerhalb der Badelandschaft an Deck stand.

»Harry, du Penner. Mach sofort die Scheißtür auf«, schrie ihn nun auch Maxi an.

Aber wieder keine Regung bei Harry.

»Ich bringe dich um, du armselige Wanze. Lass uns hier raus, du beschissener Wichser.« Maxi hätte seine Tirade noch endlos verlängert, wenn Chrissi nicht dazwischen gerufen hätte.

»Hey, hör auf Maxi, hör auf. Ich habe die Karte. Der Idiot hat sie reinfallen lassen. Wir brauchen dich nicht mehr, Harry. Warte nur, gleich bist du fällig, du Schwanzlutscher.«

Chrissi hob die Schlüsselkarte auf. Dass an ihr nur noch die Hälfte der offensichtlich zerschnittenen Kordel hing, beachtete er nicht. Stattdessen ging er triumphierend zur Tür und hielt sie an das Schloss. Aber nichts passierte. Er probierte es noch einmal – mit dem gleichen Ergebnis. Er wedelte zunehmend hektisch mit der Karte vor dem Scanner herum, doch ohne Erfolg.

»Was ist das für eine Scheiße, verflucht nochmal!«, brüllte er Harry an.

Der erhob sich nun grinsend aus dem Deckstuhl »Die Karte muss mir doch heute Abend tatsächlich irgendwie in den ›Schönen Aussichten‹ verloren gegangen sein.«

»Du Scheißlügner«, brüllte Maxi ihm lallend entgegen.

»Labert nicht so viel herum und seht endlich zu, dass wir hier rauskommen. Unser Boss macht Euch die Hölle heiß, wenn das bescheuerte Spiel hier nicht sofort zu Ende ist«, kreischte eine der Prostituierten Maxi an.

»Halt's Maul, du dumme Fotze«, lallte ihr Maxi zur Antwort. »Und du, Harry. Du hast alle Türen mit der Karte aufgemacht. Alle. Du hast uns angelogen, hast die Karte ja gar nicht verloren.«

Maxi war in seinem Suff der Stolz über seine kluge Bemerkung anzumerken. Harry runzelte die Stirn, kniff den Mund zusammen und tat so, als ob er zu sich selber spräche: »Verstehe ich nicht. Dabei hatte ich die Karte doch wie immer am Gürtel befestigt.«

Harry fühlte nun theatralisch mit der Hand an die Stelle, wo die Karte sein sollte und hielt dann das verbliebene Ende der Kordel mit dem sauberen Schnitt in der Hand. »Nein, die ist ja gar nicht verloren. Die hat mir jemand abgeschnitten. Wer macht denn so etwas?«

Harry setzte ein überraschtes Gesicht auf und sah die drei an. Maxi schnaufte kurzatmig mit offenem Mund: »Lüge! Du gottverdammter Lügner!«

Harry ignorierte den Vorwurf und sinnierte einfach weiter: »Aber das ist jetzt egal. Als ich es bemerkt habe, bin ich vorhin sofort zum Sicherheitsoffizier gerannt und habe das gemeldet. Der hat die Karte dann gesperrt. Normales Prozedere.«

Die drei fluchten, dass es dem Teufel die Röte ins Gesicht getrieben hätte, während die Frauen das alles überhaupt nicht verstanden und wütend gegen die Glaswände klopften.

War es eben noch geheuchelte Naivität, spielte Harry nun Mitleid, aber so schlecht, dass jeder Unbeteiligte in dieser Situation hätte lachen müssen.« Das Ergebnis ist: Ich kann euch jetzt leider nicht mehr helfen, da müsst ihr wohl noch eine Weile aushalten. Sorry.«

Maxi schrie ihn jetzt mit hochrotem Kopf an. Harrys schlechtes Schauspiel war allerdings nicht seine Sorge.

»Du miese beschissene Ratte. Lass uns hier raus. Das wirst du uns büßen. Bringe Dich um. Du bist tot«, brüllte ihn Maxi mit hochrotem Kopf an.

Harry aber blieb ungerührt und tat so, als ob er friere. »Wird auch langsam kalt hier. Ich glaube, ich gehe mal lieber rein. Erkältet euch nicht, Jungs, die Seeluft kann ganz schön frisch werden.«

Die Frauen kreischten laut auf, aber ihr Zorn richtete sich gegen die Männer, mit denen sie eingeschlossen waren und nicht gegen Harry, der für sie unerreichbar war. Die sturzbetrunkenen Maxi, Chrissi und Sam versuchten vergeblich die Prostituierten von sich fernzuhalten, die nun mit den spitzen Krallen ihrer langen Fingernägel auf sie losgingen. Die Flüche der Männer gegen Harry waren dabei nicht mehr zu verstehen. Schmerzensschreie zerrissen das immer unartikuliertere Gelalle nun vollständig.

Harry zückte unterdessen sein Handy. »Ach, hätte ich fast vergessen. Ich wollte noch ein Erinnerungsfoto von diesem unvergesslichen Abend machen. Damit wir diese bezaubernde Stunde nicht vergessen und nur für den Fall, dass ihr den kleinen Scherz nicht verstehen solltet. Ich könnte die Bilder einfach auf die Seite hochladen, die wir anlässlich unseres Klassentreffens eingerichtet haben. Dann hätte auch deine Frau was davon, Chrissi. Und ich bin mir sicher, Maxi und Sam, dass sich auch eure Frauen über so schöne Pics von euch und eurer bezaubernden Begleitung freuen würden. Also, immer schön locker bleiben und nichts für ungut.«

Harry drehte sich um und ließ die fassungslose Gesellschaft am Pool hinter sich zurück.

NOCH EIN BESUCH
EINER ALTEN DAME

BJÖRN HÖGSDAL

Eine Tragödie in zwei Akten

1. Akt

»Deine Mutter kommt zu Besuch!«, empfängt mich meine Frau, als ich die Tür öffne und unsere Wohnung betrete. Ich versuche meine Frau zu unterstützen bei ihrem plumpen, aber charmanten Versuch jünger zu wirken durch den Gebrauch von Jugendsprache und antworte: »Deine Mudda kommt zu Besuch!«

Leider stellt sich heraus, dass meine Mutter angerufen hatte und wirklich zu Besuch kommt.

Zwei Wochen später. Wir haben das Haus von außen in einer anderen Farbe gestrichen, ein Tarnnetz darübergelegt, das Licht ausgemacht, die Luft angehalten und uns mucksmäuschenstill auf den Boden gelegt. Das Namensschild an der Klingel wurde ausgetauscht, genauso der Straßenname und das Ortsschild. Google Earth zeigt, dank eines befreundeten Hackers, an der Position unseres Hauses einen Bombenkrater in einem trockenen Flussbett bei Kundus.

Der Skinhead aus dem Erdgeschoss kennt meine Mutter dank Photoshop und meinem Hinweis auf eine eigens eingerichtete Website als Golda Rubinstein, jüdische Erzbolschewistin und zionistische Weltverschwörerin. Trotzdem öffnet sich, eine halbe Stunde vor ihrer angekündigten Ankunft, wie von selbst unsere Wohnungstür, und meine Mutter betritt den Raum mit einem Mann vom Schlüsseldienst.

»Junge«, sagt sie, »du siehst schlecht aus!« und schaut dabei tadelnd meine Frau an.
Dann schnippst sie mit den Fingern in Richtung Tür und blickt uns erwartungsvoll an. Den Koffer hat sie selbst in den vierten Stock getragen, jetzt aber steht er quer in der Tür und macht neben »schwer« den Eindruck, den allein gelassene Gepäckstücke nun einmal machen: bedrohlich.

Ich bezahle den Mann vom Hells Angels-Schlüsseldienst, da er ebenfalls schwer und bedrohlich wirkt, und schleppe den Koffer zu meiner Mutter, die plötzlich sehr gebrechlich wirkt. Als sie ihn öffnet, entweichen kreischend einige Geister und verdammte Seelen. Dann fängt sie an, Geschenke zu verteilen. Ich bekomme DJ Bobo-Bettwäsche.
Warum ich so missmutig schauen würde. Die hätte ich doch unbedingt haben wollen. Mit 14. Ach, und auf einmal nicht mehr? Das komme vom schlechten Einfluss meiner Frau, dass ich so undankbar geworden bin, sie habe mich so nicht erzogen. Dann schwenkt sie zu meiner Frau und schenkt ihr ein Lächeln, wie es der Kannibale von Rotenburg in der Bildzeitung trug: »Das hier ist eine Spülbürste. Man benutzt sie, um Geschirr zu reinigen. Ich kann dir nachher zeigen, wie sie funktioniert.«

Meine Frau geht schweigend in die Küche. Dann raschelt und klappert es an dem Schrank, in dem wir unser Rattengift aufbewahren.

*

2. Akt – Drei Wochen später

Es sieht nicht mehr nach einem Kurzbesuch aus. Meine Mutter hat sich so richtig bei uns eingerichtet. Auf die Frage, wie lange sie noch bleiben wolle, reagiert sie, indem sie demonstrativ ihre Hörgeräte abschaltet, in Kiel ein Studium aufnimmt und sich eine Grabstelle auf dem Südfriedhof reservieren lässt.

Aber es gibt auch Positives zu berichten. Seit sie heute zusammen einkaufen waren, sind sich meine Frau und meine Mutter endlich nähergekommen. Ich hatte noch Stubenarrest nachzuholen für eine Fünf in Mathe in der sechsten Klasse, durfte also nicht mit.

Als sie in der Abenddämmerung nach Hause kamen, haben sie beim Einparken den Skinhead aus dem Erdgeschoss totgefahren. Sie legen einen völlig neuen Teamgeist an den Tag, als sie die Leiche in unserer Badewanne zerteilen und später in der Kieler Förde entsorgen.

Mich nimmt die ganze Sache ziemlich mit, aber mein Vorschlag zur Polizei zu gehen, wird übergangen.

»Björn«, zischt meine Mutter. »Weißt du noch, wie du mit Sieben den Kratzer in Papas Mercedes gemacht hast? Damals haben wir auch alle dichtgehalten!«

Als ich am folgenden Morgen die Küche betrete, sitzen die beiden verschwörerisch beisammen, trinken Tee und flüstern. Die letzten Gesprächsfetzen bekomme ich gerade noch mit.

Meine Frau wispert gepresst: »Ich glaube nicht, dass er den Druck aushält.«

»So etwas konnte er schon früher nicht«, hält Mutter dagegen. Als sie mich bemerken, verstummen sie und sehen sich ernst an.

Aber bestimmt wird alles gut. Wir sind jetzt eine glückliche Familie. Heute machen wir einen Ausflug. Zur alten Kiesgrube. Lustiger Ort für einen Ausflug, sag ich noch.

»Aber wir wollen dort auch Schießübungen machen«, sagt meine Frau.

»Deshalb haben wir Opas Pistole aus Stalingrad mit dabei«, sagt Mama.

Sie hat mein Lieblingsessen gekocht, meine Frau trägt das Kleid, das ich so mag. Alle sind sehr nett zu mir.

Alles wird gut. Wir sind eine glückliche Familie.

SPÄTE ABRECHNUNG

KURT GEISLER

Was war das? Erschrocken fuhr Nils hoch, aber an diesem warmen Juniabend war nichts Ungewöhnliches zu entdecken. Noch eine gute halbe Stunde hatte er Zeit, bevor das Abschlussfeuerwerk der Kieler Woche begann. Er war von den Vorbereitungen müde, und so versank er schnell im Halbschlaf mit Gedanken an die Vergangenheit.

Sein Leben war in der Schulzeit ein völlig anderes gewesen, aber kein besseres. Ständig wurde er von seinen Lehrern und Mitschülern gehänselt, verspottet, gedemütigt und vorgeführt. Die Erinnerung an die Abschlussfeier mit seinem verhassten Rektor kroch wieder in ihm empor, dessen hämische Stimme jetzt in seinem Ohr hämmerte.

»Wir haben ein kleines Geschenk für dich, Nils: deinen Hauptschulabschluss. Eine 4,1 im Gesamtschnitt, das muss dir erst einmal einer nachmachen. Rechnerisch geht es ja kaum schlechter.«

In der karg geschmückten Sporthalle der Schule ging es daraufhin bei den Mitschülern hoch her. Gut, dass wenigstens seine Eltern den Spott nicht mitbekamen. Genau genommen seine Mutter, denn sein Vater hatte sich schon früh aus dem Staub gemacht, als die Alte das mit dem Alkohol nicht mehr in den Griff bekommen hatte. Zum Glück war sie auch bei der Abschlussfeier zugedröhnt.

Wie in Trance wankte Nils durch das Spalier der Schulkameraden nach vorne und nahm verdattert den Wisch vom Rektor entgegen. Unter tosendem Beifall musste er sich unter dem vollen Einsatz seiner Körperkräfte einen Weg zurück durch die johlenden Schüler und Eltern bahnen. Verunsichert taumelte er auf den Ausgang zu. Erst als er im Freien angelangt war, kam er langsam wieder zu Sinnen.

Dort atmete er tief durch. Eigentlich musste er zufrieden sein, denn mit seinem Hauptschulabschluss hatte er nicht mehr gerechnet. Diese Fünf in Rechnen, die stand unverrückbar seit Jahren auf all seinen Zeugnissen wie der monströse 100 Meter hohe Campanile auf dem Kieler Rathausplatz.

Warum auch sollte Nils im Zeitalter der Digitalisierung das große Einmaleins beherrschen, wo jeder noch so kleine Rechenchip das besser und schneller konnte? Wozu sollte er die grundlegenden Phänomene der Natur auswendig lernen, wenn heutzutage jedes blöde Smartphone erkennt, ob es hochkant oder quer steht, auf welchem Punkt der Erde es benutzt wird, welche Flugzeuge sich gerade über ihm befinden und wie das Sternenzelt darüber aussieht?

Verächtlich spuckte er zur Seite, zumal er manche Rechenaufgaben nicht verstand, weil oft vernünftige Fragestellungen in den veralteten Lehrbüchern fehlten. »Ein Käufer soll für sechs Eier auf dem Markt 1,50 Euro bezahlen. Er benötigt aber nur zwei.«

Was sollten solche Scheißaufgaben? Zwei Eier, die kaufte er nicht. Die klaute er einfach auf dem Markt.

Erschrocken fuhr Nils hoch, als er aus seinen Gedanken geweckt wurde, aber es war lediglich das Rattern eines

Mopeds, das ihn hochschreckte. Schnell beruhigte er sich, blieb aber nachdenklich, und die Vergangenheit holte ihn wieder ein. In seinem Abschlusszeugnis waren ansonsten durchgängig ausreichende Leistungen zu verzeichnen, und in den Bemerkungen wurde er sogar gelobt, dass er sich stets bemüht hatte.

Nils konnte sich gut erinnern, wie sich damals unerwartet sanft eine Hand auf seine Schulter legte. Zum Glück war es nur die seines Klassenlehrers.

»Dieses Mal hast du noch einmal Glück gehabt, Nils. Für deinen Abschluss habe ich allerdings hart mit dem Rektor ringen müssen. Ich mag unseren Chef auch nicht besonders, der ist noch vom alten Schlag. Gelernter Zahntechniker, dann Zweitstudium. Ein Schmalspurpädagoge.«

Nils nickte, aber so richtig verstanden hatte er die Worte nicht. Trotzig hielt er seinem Lehrer das Zeugnis entgegen.

»Schauen Sie, hier stehen überall ausreichende Zensuren auf dem Wisch. Bis auf die blöde Fünf in Rechnen. Dazu noch das dicke Lob in den Bemerkungen. Das soll kein gutes Zeugnis sein?«

Sein Klassenlehrer verdrehte die Augen. »Mensch, Nils. Mit dem Schnitt von 4,1 wirst du kaum eine Chance haben, einen Ausbildungsplatz zu finden. Und das Lob ist ein versteckter Hinweis für deinen zukünftigen Arbeitgeber, dass du dich zwar oft bemühst, es vermutlich aber nirgendwo packen wirst.«

So hatte Nils die Lage der Dinge bis jetzt noch nicht betrachtet. Sein Klassenlehrer, der war schon okay, dem konnte er vertrauen. Deswegen fragte er kleinlaut nach.

»Gibt es denn keine Möglichkeit für mich, einen Ausbildungsplatz zu bekommen?«

Seinem Klassenlehrer war anzumerken, dass er mit der Antwort rang. »Wenn ich bei deinem Zeugnis ehrlich bin, Nils, dann bleibt eigentlich nur die Landwirtschaft oder das Baugewerbe. Oder …«

Tränen schossen Nils in die Augen. Landwirtschaft? In der Walachei in Scheiße versinken? Oder Bau, in Dreck, Schmutz und Staub herumwühlen? Nein, das ging gar nicht.

Der Klassenlehrer führte ungerührt seinen letzten Satz fort. »… oder zur Bundeswehr gehen. Du bist ja schon fast 18 und könntest dich dort bewerben.«

Die Bundeswehr. Deutschland verteidigen und dafür auch noch Geld bekommen. Das wäre es. Dankbar ergriff Nils die Hand des Klassenlehrers, bis sich sein Blick ein letztes Mal auf den Wisch senkte.

»Aber auch mit diesem Schnitt von 4,1? Habe ich da überhaupt eine Chance?«

Sein Klassenlehrer wand sich geschickt aus dem Griff, ohne eine Antwort schuldig zu bleiben. »Zensuren scheinen bei der Bundeswehr keine allzu große Rolle zu spielen, Nils. Die schauen eher auf die Fehltage in der Schule. Ist ja immer blöd, wenn jemand bei einem Feindeinsatz auf der Couch liegen bleibt.«

Fehltage in der Schule. Dort schaute Nils erstmals genauer hin. 241 Stunden. Nun gut, das hörte sich zunächst gewaltig an, aber bei 365 Tagen im Jahr war das eine eher kleine Nummer. Zumal eine Schulstunde gerade eben mal 45 Minuten lang war, damit die Lehrer endlich wieder in der Kaffeeküche schmökern und schmutzige Witze reißen konnten. Aber sein Klassenlehrer legte unerwartet nach.

»In einem Abschlusszeugnis sind nur die Versäumnisse vom letzten Halbjahr aufgelistet. Zusammengerechnet sind das immerhin 40 Fehltage an 150 Schultagen. Dazu noch 18 Verspätungen. Und ganz unter uns, ich habe längst nicht jedes Fehlen von dir ins Klassenbuch eingetragen. In dieser Hinsicht musst du zukünftig unbedingt nachbessern.«

Von dieser Seite her hatte Nils die Sache noch nie betrachtet. Damals redeten viele auf ihn ein, was er besser machen sollte. Er begann, seinen Tagesablauf unabhängig von seiner oft zugedröhnten Mutter zu strukturieren. Er schrieb viele Bewerbungen und fühlte sich auf dem richtigen Weg. Schließlich klappte es auch mit der Bundeswehr.

Obwohl er immer dachte, dass beim Bund nur gesoffen wurde, war die Grundausbildung hart. Danach konnte er eine ruhigere Kugel in der Kaserne schieben, aber mit der Zeit wurde der Alltag eintönig. Er wollte aber unbedingt weiterkommen. Weg von seinem Zuhause mit der ständig zugedröhnten Alten, und so meldete er sich freiwillig zum Auslandseinsatz.

Kein halbes Jahr später schob er zum ersten Mal Wache in Afghanistan. Das Leben im Lager wurde jedoch auch hier schnell eintönig, zumal es zunächst keinen Ausgang gab. Da hätte er gleich in Deutschland in der Kaserne bleiben können.

Interessanter wurde es erst, als er zu Sicherungspatrouillen mit Spähpanzern in den Außengebieten von Kundus eingeteilt wurde. Nils bekam erst jetzt mit, wie grün und fruchtbar das nordafghanische Tal außerhalb des Lagers war. Allerdings war die Stadt auf allen Seiten von hohen Bergen eingekesselt, den Ausläufern des Hindukuschs. Dorthin wurden sie oft zu Kontrollfahrten entsendet.

Trotz der angespannten Lage wurde viel mit den Kameraden geflachst und gealbert, die aus allen Ecken Deutschlands kamen. Natürlich wurde bei Einsätzen öfter heimlich auf Ratten und Mäuse geballert.

Je weiter sie sich vom Lager entfernten, umso verrücktere Ideen hatten sie. So musste in den menschenleeren Bergregionen bisweilen die eine oder andere Bergziege daran glauben, und selbst einen Ochsen erlegte Nils aus sicherer Entfernung mit seinem Sturmgewehr. Dabei verspürte er zum ersten Mal die Macht, Herr über Leben und Tod spielen zu können. Lediglich ein kleines Ziehen am Abzughebel und zack: aus die Maus. Oder auch nicht. Das bestimmte alleine er.

Zurück im Lager konnten sie den Munitionsverbrauch problemlos mit Warnschüssen erklären, und auf dem Schießgelände war sowieso alles viel einfacher. Man konnte dort nach Herzenslust herumballern, allerdings nicht auf Lebewesen. Dort lernte Nils auch seine große Liebe kennen, die er jetzt zärtlich umfasste. Wobei es alles andere als einfach war, sie nach Deutschland zu schmuggeln.

Drei Alarmtöne seines Smartphones ließen ihn erneut hochschrecken. Keine fünf Minuten waren es mehr bis halb elf, dann würde das Abschlussfeuerwerk beginnen. Lange Zeit hatte er nach einer passenden Stelle gesucht, was nicht einfach war, denn zur Kieler Woche trieben sich Hunderttausende Feierlustige entlang der Förde herum.

Dort wären sie beide allerdings sofort aufgefallen, und so hatte er sich für eine kleine Anhöhe im Düsternbrooker Gehölz entschieden. Nun war es an der Zeit, seine geliebte SSG 3000 auf dem Zweibein auszurichten. Das war aber kein Problem bei dem Präzisionsgerät von einem Meter Länge und fünf Kilogramm Gewicht.

Dann peilte er durch das Visier die Terrasse an, die gut

500 Meter entfernt lag. Ein sanfter Wind streichelte dabei seinen Nacken. Das war ein gutes Zeichen, denn bei größeren Entfernungen spielten die Wetterbedingungen und der Schusswinkel eine wichtige Rolle, um die Zielgenauigkeit zu erhöhen. Sein heutiges Ziel würde er kaum verfehlen.

Bei Windstille hatte er mit seiner geliebten SSG 3000 in Afghanistan nie Probleme gehabt. Einmal hatte er sogar eine Bergziege aus mehr als einem Kilometer kaltgemacht. Kamen die Winde dagegen aus wechselnden Richtungen oder herrschte gar glühende Hitze, dann hatte er auch bei kleineren Entfernungen Probleme, die ballistische Abweichung zu berechnen. Immer wieder kam er durcheinander, wie weit er im Visier horizontal oder vertikal ausgleichen musste. Das ergab manchen Fehltreffer, der seinem Vorgesetzten, dem Oberst Mannheim, auf Dauer nicht verborgen blieb.

Bei seinem letzten Einsatz in Afghanistan hatte Nils zudem nach einer durchzechten Nacht aus Versehen einen Schutz suchenden Afghanen getroffen, den er im Wechsel von Licht und Schatten mit einer Bergziege verwechselt hatte. Nils war das ziemlich egal, denn eigentlich war alles, was im Norden Afghanistans kreuchte und fleuchte, nicht ganz ungefährlich. Eigentlich erwartete er sogar irgendwann einmal eine Beförderung dafür, dass er mit den wenigen ihm zur Verfügung stehenden Mitteln Deutschland am Hindukusch verteidigte.

Aber dieser Oberst Mannheim sah es anders und hetzte ihm den Staatsanwalt auf den Hals. Vor Gericht in Deutschland gab es dann ähnliche Belehrungen wie in der Schule.

»Sie haben Ihrem Vaterland keine Ehre erwiesen. Es gibt nach dem Wehrstrafgesetz kein Tontaubenschießen auf Zivilisten, auch nicht in Afghanistan. Sie haben das Leben eines unschuldigen Menschen auf dem Gewissen, damit ist Ihre Vorstellung bei der Bundeswehr beendet. Sie sind draußen, junger Mann.«

Draußen. Das hörte sich zunächst gut an, zumal es lediglich eine kurze Bewährungsstrafe gab. Weit weg von unsinnigen Befehlen, Anweisungen und Maßregelungen, die vermutlich direkt aus der heißen Luft von verstaubten Berliner Amtsstuben stammten. Dabei zielten die Briten und Amis in Afghanistan auf alles, was sich bewegte, und dafür wurden sie von ihren Vorgesetzten auch noch gelobt.

In der Folge fiel Nils allerdings durch das soziale Netz in Deutschland. Verurteilt, unehrenhaft aus der Armee entlassen, ungelernt. Dazu psychisch labil, so stand es auf dem Bewährungsgutachten. Unvermittelbar, bescheinigte ihm letztendlich das Jobcenter. Nun hatte er viel Zeit zum Nachdenken. Zu viel?

Nein. Heute war das alles kein Problem mehr, als sein Zielobjekt pünktlich um halb elf auf die Terrasse seiner Villa schritt, um das Feuerwerk zum Abschluss der Kieler Woche nicht zu verpassen. Nils erschrak nur kurz, als er seinen ehemaligen Vorgesetzten ins Visier nahm. Aus den 500 Metern Entfernung konnte er sogar die Segelohren von Oberst Mannheim gut erkennen. Fest umklammerte er beim Anvisieren seine SSG 3000.

Die 1.000 Euro, die er dafür auf dem Schwarzmarkt in Afghanistan hinblättern musste, die hatten ihm noch nie leidgetan. Dafür hatte er schon zu viel Spaß mit der Knarre gehabt. Einmal hatte er aus gut einem Kilometer unbemerkt auf die Hülle eines Heißluftballons geschossen, der daraufhin schnell zu sinken begann. Es war lustig anzusehen, wie der aufgeregte Ballonfahrer in größter Eile jede Menge Ballast abwerfen musste, um den unvermeidlichen Aufprall wenigstens etwas abzudämpfen.

Nicht geklappt hatte dagegen sein Schussversuch auf den alten Kugelgasbehälter beim Gaardener Volkspark, was bestimmt ein prächtiges Feuerwerk abgegeben hätte. Aber entweder war sein Geschoss nicht stark genug oder der Gastank leer gewesen.

Dafür klappte es immer wieder, aus sicherer Entfernung vom Dach des Uni-Hochhauses einen der vielen umzäunten kleinen Flüssiggastanks bei den verschiedenen Fakultäten und Instituten hochzujagen. Oft griffen die Flammen auf in der Nähe stehende Müllcontainer über, die stinkende schwarze Rauchsäulen als kleinen Gruß von ihm hoch in den Kieler Himmel schickten.

Heute würde Oberst Mannheim in seinem eigenen Blut ersticken. Leid tat es Nils lediglich um seine teure Munition, denn die knapp zwei Euro pro Schuss, die waren ihm sein ehemaliger Vorgesetzter bei Weitem nicht wert.

Pünktlich wie jedes Jahr wurde das Feuerwerk von einer Schute vor dem Kieler Ostufer gezündet, und die Aufmerksamkeit der zahlreichen Schaulustigen richtete sich augenblicklich dorthin. Auch Oberst Mannheim beugte sich nun über seine Terrassenbrüstung, um bei klarem Nachthimmel den prachtvollen Anblick der auseinanderjagenden bunten Kaskaden zu genießen.

Plötzlich frischte jedoch der Wind von der rechten Seite auf. Wie war das noch mit dem Vorhaltewinkel bei Winden in Afghanistan? Nils hatte es vergessen, und genau genommen hatte er die dafür vorzunehmenden Berechnungen nie so richtig verstanden. Er würde einfach auf die Mitte des Schädels halten, dann würde das Geschoss den Oberst schon irgendwie erwischen.

Als mehrere große Feuerkörper gleichzeitig gezündet wurden, zog Nils entschlossen zeitgleich mit dem verzögerten Schall am Abzugshebel. Das Schussgeräusch ging völlig unter im Lärm des Feuerwerks und der johlenden feiernden Menge. Im Visier konnte Nils beobachten, wie Blut aus dem Schädel von Mannheim spritzte. Der Oberst begann zu schwanken und sank langsam rückwärts zu Boden auf den Bereich der Terrasse, den Nils leider nicht einsehen konnte.

Hatte er Mannheim nun tödlich getroffen, oder war es nur ein Streifschuss? Am liebsten hätte Nils zur endgültigen Klärung noch eine Handgranate hinterhergeworfen, aber die Entfernung war viel zu groß. Er hatte auch keine. So war es an der Zeit, sich schnell aus dem Staub zu machen. Mit geübtem Griff baute er seine geliebte Waffe auseinander und verstaute sie in seinem Gitarrenkoffer. Dann machte er sich unverzüglich auf den Weg zu seinem an einen Baum geketteten Fahrrad.

Den ganzen Weg dorthin grübelte er nach über die Frage, ob der verhasste Oberst nun tot war oder nicht. Leise fluchend machte er sich beim Öffnen des Fahrradschlosses Vorwürfe.

Er hätte in der Schule beim Rechnen besser aufpassen sollen, dann hätte das mit dem Vorhaltewinkel des Scharfschützengewehrs vermutlich nicht nur am Hindukusch besser geklappt.

DIE PENSIONÄRE

JÖRG RÖNNAU

»Werner, schau mal. Der Typ mit der Baseballkappe, auf der ›Moin Kiel‹ steht, hat gerade dem Mann im grauen Anzug das Portemonnaie aus der Hosentasche geklaut«, kommentierte Jürgen Bollmann, was er gerade eben beobachtete.

Werner Schneekloth nippte an seinem Kaffee und nickte. Professionell schaute er nicht sofort zum Geschehen, sondern ließ nur langsam seine Augen dorthin wandern, ohne den Kopf in die Richtung zu drehen. »Dann würde ich sagen, beobachten wir den Kerl und schauen, ob er nicht zu einer Bande von Taschendieben gehört, mein lieber Jürgen.«

Die beiden rüstigen Senioren schauten sich verschworen an und grinsten. Endlich gab es mal wieder etwas zu tun. Seit ihrer Pensionierung vor über zehn Jahren trafen sie sich regelmäßig in einem Café im Sophienhof, Kiels größtem Shoppingcenter, um dort in nostalgischen Erinnerungen an ihre Dienstzeit zu schwelgen und sich vormittags die Zeit zu vertreiben.

Werner Schneekloth arbeitete mehrere Jahrzehnte bei der Kieler Mordkommission in der Blumenstraße. Alle seine Fälle klärte er auf. Jeder Mörder wurde gefasst, weshalb ihn die Kollegen ehrfurchtsvoll Maigret nannten. Jürgen Bollmann hingegen leitete lange ein Polizeirevier im Kieler Innenstadtbereich in der Nähe vom Alten Markt. Als junger Beamter spielte er sogar einmal als Statist in einer Folge der beliebten TV-Serie »Stahlnetz« mit, in den Fünfzigern und Sechzigern ein regelrechter Straßenfeger. Dort lernte Bollmann sogar den bekannten Regisseur Jürgen Roland kennen, und darauf war er mächtig stolz.

Die beiden Pensionäre taten so, als ob sie sich unterhielten, tranken weiter ihren Kaffee, bissen in die Zwiebelmettbrötchen und beobachteten den Dieb. Schneekloth zerknautschte langsam seine Baseballkappe mit der Aufschrift »Die Polizei, dein Freund und Helfer« und ließ sie in seiner Jacke verschwinden, denn sie wäre bei der bevorstehenden Observierung einer Zielperson eher hinderlich. Der Dieb wägte sich allerdings in Sicherheit. Lächelnd steckte er die Scheine aus der erbeuteten Geldbörse in die Hosentasche und entsorgte das Portemonnaie in einen Mülleimer. Niemals hätte der Langfinger gedacht, dass er gerade von zwei Profis beobachtet wurde, die dabei waren, ihn auf ihre Abschussliste zu setzen.

Langsam machte sich der Dieb auf den Weg zu einem Ausgang des Einkaufstempels. Die beiden Pensionäre folgten ihm, wobei Schneekloth schmerzvoll das Gesicht verzog und sich auf seinen Gehstock stützte.

»Mist! Diese verdammte Hüfte«, fluchte er. Aber das sollte sich bald ändern, in zwei Wochen würden die Chirurgen im Städtischen Krankenhaus ihm eine Hüftprothese verpassen. Danach drei Wochen zur Reha nach Damp an die Ostsee, und bald würde er wieder mit seinen beiden Enkeln Fußball im Hiroshimapark spielen.

Auch Bollmann plagten altersbedingte Wehwehchen. Seit einigen Jahren kniff und zog es in den Lendenwirbeln, die Gicht in den Händen wurde trotz Tabletten einfach nicht besser, und auch beim Pinkeln klappte es nicht mehr so gut. Es graute ihm allerdings vor einem Besuch beim Urologen. Altwerden ist nichts für Weicheier, sagten die beiden oft und lachten darüber, dass sie bei ihren wöchentlichen Treffen immer häufiger über Krankheiten philosophierten. Manchmal fühlten sie schon fast wie Hypochonder, aber sie nahmen es mit Humor. Was sollte man dem Alter auch sonst entgegensetzen?

Bollmann barg unauffällig die entsorgte Geldbörse aus dem Mülleimer, um später den Besitzer zu ermitteln. Der Taschendieb fuhr unterdessen mit der Rolltreppe ins Erdgeschoss und strebte einen Ausgang an, nur wenige Meter hinter sich die ehemaligen Polizeibeamten im Schlepptau. Dort rauchte der Dieb hastig eine Zigarette, um bald darauf in den Sophienhof zurückzukehren. Er beobachtete nur kurz die Kunden in der Filiale der Förde Sparkasse, um mit einer kaum wahrnehmbaren Bewegung aus einer Damenhandtasche erneut eine Geldbörse zu erbeuten. Diesmal steckte er sie in seinen Lederrucksack.

Bollmann und Schneekloth hätten gerne sofort eingegriffen, wollten aber abwarten, ob der Mann noch irgendwo Komplizen traf. Also verfolgten sie ihn weiter.

Es ging wieder die Rolltreppe hinauf und kreuz und quer durch den Sophienhof. Irgendwann verfolgten sie den Taschendieb über den Platz der Kieler Matrosen am Bahnhof vorbei zur Hörn, dem Ende der Kieler Förde. Sie überquerten die technisch aufwendig konstruierte Klappbrücke, welche die Kieler auch gerne Klappt-nix-Brücke nennen, weil sie in ihren Anfängen häufig nicht funktionierte. Auf dem Ostufer hielten sie inne, weil der Taschendieb sich am Germaniahafen auf eine Bank setzte.

Mittlerweile stand die Sonne fast im Zenit und brannte auf die Fördestadt hinunter. Dieser Sommer entpuppte sich als extrem heiß, und die beiden Oldies waren ordentlich ins Schwitzen geraten. So verschnauften die pensionierten Polizisten drei Bänke weiter. Die »Freya«, ein historischer Seitenschaufelraddampfer, lief gerade aus und passierte die Klappbrücke, wobei sie einige Signalstöße aus ihrem Nebelhorn stieß. Die Passagiere winkten fröhlich, und die beiden Pensionäre winkten schnell zurück, um nicht aufzufallen.

»Die verdammte Hitze in diesem Jahr bringt mich noch um. Ich glaube, das ist der heißeste Sommer, seit ich denken kann. Das ist nichts für so'n ollen Norddeutschen«, stöhnte Bollmann, und Schneekloth stimmte ihm zu. Beide wischten sich mit Stofftaschentüchern über die Stirn und nahmen sich vor, später noch irgendwo an der Förde mindestens ein bis zwei kühle Blonde zu zischen.

Der Dieb kramte unterdessen in seinem Rucksack herum. Um ihn dabei besser beobachten zu können, standen Bollmann und Schneekloth auf, stellten sich ans Geländer und taten so, als schauten sie über die Hörn, ihr »Opfer« aber immer im Blick. Plötzlich erhob sich der Dieb und eilte unerwartet auf sie zu. Direkt neben ihnen stolperte der Mann über eine erhöhte Gehwegplatte, rempelte Schneekloth an und entschuldigte sich überschwänglich für seine Ungeschicklichkeit. Schnellen Schrittes enteilte er zur Klappbrücke und steuerte wieder den Sophienhof an.

Auf dem Bahnhofsvorplatz fasste Schneekloth an seine Gesäßtasche, wurde blass und fluchte.

»Jürgen, dieser vermaledeite Kerl hat eben, als er mich anrempelte, mein Portemonnaie geklaut.«

»Nein!«

»Doch!«

»Scheiße!«

»Verdammt und zugenäht!«

»Ich rufe die Polizei!«

Beide schauten sich verwundert an.

»Nein, das machst du auf gar keinen Fall. Noch nicht! Erst mal schauen, ob er Komplizen hat. Wieso hast du auch nicht aufgepasst, du Hirni?«, fragte Bollmann genervt.

»Mann, Werner, das ist ja mehr als peinlich. Da stiehlt die Zielperson ihrem Beschatter das Geld. Was für eine Scheiße!«

Er klatschte sich dabei seine flache Hand gegen die Stirn.

»Du Döskopp hast doch auch nix mitbekommen«, empörte sich Schneekloth. »Vielleicht sind wir inzwischen zu alt und sollten diese Polizeispielchen lassen.«

»Blödsinn!«

Suchend blickten sie sich um. Fast wäre ihnen der Taschendieb entkommen, aber sie konnten ihm im Gedränge bis in den Sophienhof folgen. Dort marschierte der Dieb zu einem anderen Ausgang und fuhr mit der Rolltreppe zum Holstenplatz hinunter. Wenig später erreichte er über die triste Einkaufsstraße aus den Fünfzigern den Asmus-Bremer-Platz und setzte sich auf eine Bank. Neben ihm saß die lebensgroße Bronzefigur des ehemaligen Kieler Bürgermeisters, der dort bereits seit Jahrzehnten über die Innenstadt wachte. Der Langfinger sah sich um. Hatte er seine Verfolger etwa bemerkt?

Die Pensionäre waren inzwischen völlig aus der Puste, die Hitze und der lange Weg hatten ihnen gewaltig zugesetzt. Offenbar hatte die Zielperson davon aber nichts bemerkt, denn der Dieb setzte sich wieder in Bewegung und steuerte den gepflasterten Rathausplatz an. Vor dem ehrwürdigen Rathaus mit dem gewaltigen Campanile bückte er sich, um an seinem Schnürsenkel zu hantieren. Dabei schaute er zurück und musterte sie. Schneekloth und Bollmann konnten an seinem Gesicht ablesen, dass er sie als Verfolger erkannt hatte.

»Mist!«, entfuhr es Bollmann.

»Scheiße!«, kommentierte Schneekloth.

Langsam erhob sich der Taschendieb und streckte ihnen den Mittelfinger entgegen, um sich anschließend umzudrehen und zur Altstadt zu spurten. Schneekloth schimpfte wie ein Rohrspatz, während Bollmann umständlich sein Handy aus der Tasche kramte und die ehemaligen Kollegen vom 2. Polizeirevier in der Falckstraße benachrichtigte. Die beiden Pensionäre konnten trotz ihrer langsameren Gangart die Flucht des Diebes durch die Kehdenstraße gut verfolgen, und so konnte Bollmann den Kollegen genaue Hinweise zum Fluchtweg geben.

Kurz vor dem Alten Markt erkannte der Taschendieb plötzlich, dass ihn zwei Polizisten in Uniform ins Visier nahmen. Schnell drehte er sich um und rannte zurück, aber in seiner Panik musste er seine zivilen Verfolger vergessen haben, die sich schnell hinter der dicken Betonsäule einer Arkade versteckt hatten.

In dem Moment, als der Dieb an ihnen vorbeihechelte, schmiss Schneekloth ihm seinen Gehstock zwischen die Beine und der Flüchtende stürzte so unglücklich, dass er mit dem Kopf auf dem Pflaster aufschlug und benommen liegen blieb. Er blutete aus einer Kopfplatzwunde. Die beiden Uniformierten näherten sich in Windeseile, legten ihm Handschellen an und führten ihn aufs nahe liegende Revier ab.

Dort gab er kein Wort von sich, und so gaben Schneekloth und Bollmann ihre Zeugenaussage zu Protokoll, die für einiges Gelächter unter den Beamten sorgte. Im Rucksack des Taschendiebes wurden vier Geldbörsen, drei Armbanduhren, diverse Schmuckstücke, 400 Euro und 12.000 Norwegische Kronen gefunden. Der Revierleiter gratulierte seinem pensionierten Vorgänger und dessen Freund für diesen gelungenen Coup. Stolz verließen Schneekloth und Bollmann nach einer Stunde das Revier. Das Grinsen wollte dabei nicht aus ihren Gesichtern weichen.

Keine halbe Stunde später saßen sie auf der Terrasse eines Restaurants an der Kieler Förde und stießen mit einem kühlen Bier auf ihren Erfolg an, während eine der beiden riesigen Norwegenfähren den Kieler Hafen verließ und im gleißenden Sonnenlicht die Außenförde ansteuerte.

»Jürgen, wir sollten auch einmal mit der Fähre nach Oslo fahren. Nur so spaßeshalber«, meinte Schneekloth und schmunzelte unternehmungslustig.

»Gute Idee, Kollege Maigret«, antwortete Bollmann lachend, »und wenn wir an Bord sind, können wir ja ein wenig nach dem Rechten sehen. Halunken gibt es schließlich überall auf der Welt, legen wir ihnen das Handwerk.«

Beide erhoben das Glas, prosteten sich zu und bestellten die nächste Runde.

EPIDEMIE

HENNING SCHÖTTKE

Früher hatte sie die Kieler Woche geliebt. Marlene Thomsen ging über den Rasen auf die Buden zu, die sich entlang der Kiellinie in einer schier unendlichen Schlange aneinanderreihten. Der Wind trug die salzige Luft der Förde zu ihr her und wehte ihr die blonden Haare ins Gesicht. Kjakjakja schrien die Möwen.

Sie würde sich jetzt amüsieren wie alle anderen. Drei Millionen Besucher hatte die Kieler Woche im Jahr zuvor angelockt, und es wurden von Jahr zu Jahr mehr. Marlene passierte eine Baumgruppe, vor der es nach Urin stank, ging zwischen zwei Buden hindurch, betrat die gepflasterte Uferpromenade und tauchte in die dichte, drückende Menschenmenge ein. Sie würde eine Wurst, ein Eis und ein Fischbrötchen essen und dann vielleicht ein Bier trinken. Ganz normal, das war jetzt wichtig. Überlebenswichtig sogar.

Eine Gruppe laut lachender junger Männer drängte sich ihr entgegen. Schnell wich sie ihnen aus. Ein großer Kerl mit schwarzem T-Shirt und kaputten Zähnen grinste sie an. »Na, schöne Frau, alles okay?« Oder hatte er es gerade gedacht? Im Durcheinander ihrer Gefühle konnte sie es nicht unterscheiden.

Marlene wischte sich die schweißige Stirn. Dies war der wohl heißeste Juni, den Kiel je erlebt hatte. Das Thermometer auf ihrem Balkon hatte schon gegen Mittag 28 Grad angezeigt, und die heiße Luft lastete jetzt schwer und geradezu unheilschwanger auf ihr. Den Leuten hier aber, die meisten sicherlich Touristen, schien die sengende Hitze wenig auszumachen. Marlene drängelte sich zu einer Wurstbude durch und stellte sich in die Schlange. In der dichten Menge konnte sie kaum weiter als drei Meter sehen. Sie drehte sich um und blickte umher, nicht verstohlen aus den Augenwinkeln, sondern auch das ganz normal, so als würde sie irgendwo zwischen all den Leuten einen Bekannten entdecken wollen.

Marlene erinnerte sich einfach nicht mehr, wie der Mann aussehen sollte. Nachdem sie von zu Hause losgegangen war und unten den alten Korzec getroffen hatte, war sie so aufgeregt gewesen. Sie sollte den Mann etwas fragen. Etwas über Musik. Ihr Herz klopfte heftig. Sie schob beide Hände tief in die Taschen ihrer Jacke. Irgendwo musste dieser verdammte Zettel doch sein. Sie schüttelte die Haare aus dem Gesicht und griff mit einer automatischen Bewegung in die Tasche ihrer Jeans, fischte ein Haargummi heraus und band die Haare hinter ihrem Kopf zu einem Pferdeschwanz. Hatte sie den Zettel vorhin zusammen mit der Busfahrkarte weggeworfen? Sie musste sich zusammenreißen. Eine weitere Chance würde es nicht geben, Tausend und Abertausend Menschen vor einem grausigen Tod zu retten.

Die Angreifer würden über das Meer kommen, so viel wusste sie. Und dass der Mann, den sie am Seehundbecken treffen sollte, groß war, ungewöhnlich groß sogar. Marlene trat einen Schritt zur Seite, um in den Schatten vom Vordach der Bratwurstbude zu kommen. Sie schloss für einen Moment die Augen und konzentrierte sich. Niemand schien sie zu beobachten. Trotzdem sollte sie unbedingt vorsichtig bleiben.

Der scharfe Geruch der bratenden Würste, vermischt mit dem ekelhaften Schweißgeruch, der von allen Seiten auf sie einströmte, verursachte ihr Übelkeit. Eine dicke Frau mit Sonnenbrille und ein großer dünner Mann, beide mittleren Alters, standen vor ihr und wurden gerade bedient. *Noch eine Wurst,* dachte die Frau, *dann ist Schluss! Und höchstens noch ein oder zwei Bier. Ich hab keine Lust, heute Nacht wieder deine Kotze aufzuwischen.* Da fiel es Marlene wieder ein: Auch der Mann, dem sie die Nachricht überbringen sollte, würde eine Sonnenbrille tragen.

Sie zog ihr Handy aus der Tasche und sah auf die Uhr. Der alte Walter Korzec war inzwischen bestimmt tot. Und obwohl sie bei dieser Erkenntnis das Gefühl hatte, jemand würde ihr von hinten mit aller Kraft den Hals zudrücken, schaffte sie es zu lächeln. Sie atmete gleichmäßig aus und ein. Niemand würde ihr die Trauer ansehen.

Marlene erinnerte sich an ein Dominospiel mit Schlumpf-karten, und das ließ für Sekunden Melancholie in ihr aufsteigen. Dieses Spiel hatte ihr Opa Korzec, seit jeher ihr Nachbar aus dem zweiten Stock, zu ihrem sechsten Geburtstag geschenkt. Einer der Schlümpfe hatte einen riesigen Silvesterböller hochgehalten, das wusste sie noch, und sie und Opa Korzec hatten sich oft den Spaß gemacht, diese Karte in eine andere Ecke seines Wohnzimmers zu werfen und sich dann zu ducken und die Ohren zuzuhalten, als würde die Karte gleich explodieren und in Tausend Stücke zerfetzen. Und nun war er tot, und die Menschheit stand kurz vor ihrem Untergang.

War es das wert, Opa Korzec? Nur um mich zu schützen?

Während die dicke Frau die Wurst bezahlte, fing der Mann an zu essen, und Marlene konnte den Geschmack auf der Zunge spüren. Ihre Übelkeit wurde stärker, und Marlene trat aus der Schlange heraus. Wenn schon der übertragene Geschmack ihr solche Übelkeit verursachte, würde sie von der Wurst keinen einzigen Bissen runterkriegen. Dann lieber ein Eis.

Das Gedränge wurde von Minute zu Minute schlimmer. Für die Kieler Woche völlig unüblich war der Himmel fast wolkenlos. Sie schirmte die Augen mit der Hand ab und sah in die Menge. Es wäre besser gewesen, ihre Basecap schon zu Hause aufzusetzen. Sie war einfach zu schnell aufgebrochen, hatte in ihrem Auto die Angaben des alten Mannes auf dem Zettel notiert und war zum Bus gerannt.

Marlene trat hinter den Wurststand und dort auf den Rasen, streifte ihren Rucksack ab und zog sich die Jacke aus. Auch wenn die Jacke leicht war und sie fürchtete, die Sonne könnte ihre unbedeckten Arme verbrennen, diese gnadenlose Hitze war einfach nicht auszuhalten. *In ein paar Stunden bin ich wahrscheinlich ohnehin tot,* dachte sie, durchsuchte noch einmal sorgfältig die Jackentaschen nach dem Zettel, faltete die Jacke zusammen, zog die Basecap aus dem Rucksack und da, endlich – da war er, der verdammte Zettel, zusammengeknüllt in der hintersten Ecke neben ihrem Portemonnaie, aus dem sie den Busfahrschein bezahlt hatte.

Als Marlene eine Dreiviertelstunde zuvor das Haus in der Waitzstraße verließ, hatte sie Opa Korzec auf der anderen Straßenseite gesehen. Er stand an der offenen Beifahrertür seines Volvos und hob gerade Einkaufskörbe heraus. Er hatte ihr zugewinkt. »Marlene. Kannst du mir ein paar Körbe zum Hauseingang tragen?«

»Klar.«

Sie war zu ihm gegangen und hatte schon auf wenige Meter Entfernung die Anwesenheit von etwas Fremdem gespürt, von etwas grotesk Unheimlichem, das sie nicht genau bestimmen konnte. Es war *in* ihm. Es war in Opa Korzecs Gehirn.

Ich bin tot, hatte er gedacht, als sie neben ihm stand, aber sein Lächeln beibehalten.

Was?

Lass dir nichts anmerken, hatte er gedacht. »Was macht das Mathestudium?« Er lehnte sich gegen den Wagen. *Es ist leider passiert: Ein winziger Moment der Unaufmerksamkeit, und jetzt ist eines von den verdammten Dingern in mich eingedrungen und fängt schon an, mich zu übernehmen.*

Marlenes Finger begannen, wie verrückt zu zittern. Aber gleich schaffte sie es wieder, sich zu beherrschen. »Ich schreib gerade eine Hausarbeit …« *Tot? Wieso?*

»Du solltest mal 'ne Pause machen. Mal auf die Kieler Woche gehen.« *Ich hab die Kapsel geschluckt.*

Sie griff verwirrt nach den Körben.

»Glaub mir, du lernst zu viel.« Er legte ihr eine Hand auf den Unterarm. *In diesem Moment schickt dich der Himmel.*

Sie trottete mit den Körben zum Eingang und hielt den Kopf gesenkt. Falls man sie beobachtete, sollte man nicht sehen, dass ihr Tränen in die Augen traten.

»Stell die Körbe in den Schatten«, rief er ihr nach.

Auch aus dieser Entfernung konnte sie die Gedanken des alten Mannes noch gut empfangen. Es war alles so viel ernster, als sie befürchtet hatte.

Für lange Erklärungen ist keine Zeit. Benutz kein Handy. Das ist alles nicht sicher. Ich sage dir einen Code: H8700CL19115 – Kannst du dir den merken?

Natürlich, mit Zeichenfolgen hatte sie noch nie Probleme gehabt. Sie stellte die Körbe neben die Stufen und ging über die Straße zu Opa Korzec zurück. Er öffnete den Kofferraum.

Du gehst sofort zur Kieler Woche. Auf die Kiellinie.

Jetzt konnte sie deutlich spüren, wie die fremde Wesenheit sich durch das Gehirn des alten Mannes wand.

Dort triffst du einen Mann Ende 40. Sehr groß, Sonnenbrille, Glatze und Wacken-T-Shirt. Sein Name tut nichts zur Sache. Je weniger du weißt, umso besser für dich.

Er bückte sich in den Kofferraum und wandte ihr den Rücken zu. Marlene konnte nichts anderes als Bewunderung für den alten Mann empfinden. Für seine Kaltblütigkeit, für sein Heldentum.

Und wo soll ich ihn treffen? Die Kieler Woche ist doch riesig.

In der Nähe des Seehundbeckens. In etwa einer Dreiviertelstunde erwartet er mich dort. Vielleicht auch etwas später. Du fragst ihn: Wo tritt Falmar auf? Und er sagt dann: Im RSH-Zelt. Verstanden?

Marlene spürte, wie die fremde Wesenheit sich in der unbekannten Umgebung von Opa Korzecs Gehirn zu orientieren versuchte. Wie sie bösartig umhertastete. Wie sie sich bösartig schlängelte.

Falmar?, dachte sie. *Was ist das?*

Er begann zu husten und rang einen Moment lang nach Luft. *Tut nichts zur Sache. Ein Gesangsduo aus Hamburg. Dann sagst du ihm den Code. Verstanden? Er wird wissen, was zu tun ist.*

»Kieler Woche«, sagte sie. »Du hast recht. Ist wahrscheinlich 'ne gute Idee. Mal 'ne Pause einlegen.« *Ich werde dich nie wiedersehen?* »Die Seehunde mag ich. Die sind echt süß.«

»Viel Spaß, junge Dame.« *Nein, Marlene ... wirst du nicht. Ich hab dich immer gern gehabt.* Er räusperte sich. *Und auf keinen Fall telefonieren. Sie hören alles ab.*

Sie presste die Lippen aufeinander, winkte ihm zu, zum letzten Mal, und wandte sich schnell ab. 30 Meter weiter stand ihr eigenes Auto. Sie setzte sich hinein, und erst da ließ sie es zu, und Tränen schossen ihr in die Augen. Schluchzend suchte sie einen Zettel aus dem Handschuhfach und einen Kuli und notierte alles bis auf den Code. Den hatte sie im Kopf.

Sie wollte aussteigen, da sah sie im Rückspiegel auf der anderen Straßenseite einen Mann auf ihren Hauseingang zugehen. Er trug ein strahlend weißes Hemd, dessen Ärmel hochgekrempelt waren, und hatte einen anthrazitfarbenen Koffer bei sich. Sie hatte den Mann bereits einige Male gesehen. Das war sicher. Verfolgte er Opa Korzec? Oder etwa schon sie selbst?

Für Autos war während der Kieler Woche der Bereich um die Förde weiträumig abgesperrt. Marlene hatte sich die Tränen aus den Augen gewischt und noch ein paar Minuten gewartet. Dann war sie ausgestiegen und zur 100 Meter entfernten Bushaltestelle gegangen.

Jetzt kaufte sie sich ein Softeis mit Schokostreuseln, bei dieser verrückten Hitze genau das Richtige. Sie zog ihre Basecap tiefer in die Augen und ließ sich mit der träge fließenden Menge in Richtung des Seehundbeckens treiben.

Mist, dachte sie.

Mit dem Rücken ans Geländer des Beckens gelehnt, stand dort ein dünnes, schwarz gelocktes Mädchen mit einem tief ausgeschnittenen blauen Top. Laura, eine Kommilitonin. Sie hatte Marlene schon entdeckt und winkte ihr, eine Hand wild in der Luft wedelnd, zu. Marlene blieb nichts anderes übrig, als zu ihr zu gehen. Sie begrüßten einander mit einer Umarmung. Marlene leckte die letzten Schokostreusel von ihrem Eis, ließ einen Schwall von Belanglosigkeiten aus dem Matheseminar über sich hinwegfließen und überlegte, dass sie Laura irgendwie abwimmeln musste. Zugleich sah sie auf der Suche nach ihrem Kontaktmann umher. Kjakjakja kreischten die Möwen. Die Masten der in der Förde liegenden Boote schwankten. Fahnen flatterten hektisch im Wind.

Da bemerkte sie den ersten. Die Wucht der Andersartigkeit seiner Gedanken war so groß, dass Marlene sie geradezu körperlich spürte. Weitaus stärker, als sie es bei Opa Korzec wahrgenommen hatte. Dieser große, schwere, etwa 40-jährige Mann war schon so sehr von einem der fremden Wesen übernommen, dass er nur noch eine Hülle war. Seine Unterarme waren tätowiert, die schwarz glänzenden Haare zu einem kleinen Zopf gebunden, und er schleppte einen riesigen Bierbauch vor sich her. Im Inneren hatte er nichts mehr Menschliches an sich.

»Viel Spaß noch«, rief sie Laura zu.

Einem plötzlichen Impuls folgend, ging sie dem Mann nach. Sie sah auf die Uhr. Ihr Kontaktmann schien sich ohnehin zu verspäten. Menschenmassen strömten ihr entgegen, und sie verlor den großen Mann aus den Augen, fand ihn aber gleich wieder. Er blieb vor einem Stand mit Fischbrötchen stehen. Marlene trat neben ihn und tat, als würde sie die Speisekarte studieren.

Krakann, jakjak … prrr … schsch. Das war alles, was sie untermalt von seltsamem Rauschen in seinen Gedanken fand. Marlene hatte zeitlebens nicht nur die Gedanken von Menschen gelesen, sondern dies auch immer wieder an Tieren probiert. Nur selten mit Erfolg. Fast nie waren deren Gedanken so, dass Marlene sie hätte in Worte fassen können. Es waren eher Gefühle, in denen manchmal ein konkreter Begriff wie *Tür* oder *Futternapf* schwamm. Dass sie darin einen klaren Gedanken wie *Ich mag dich* oder *Geh mit mir spazieren* fand, das war die absolute Ausnahme.

»Junge Frau?« Eine dicke Frau mit einer blauen Strähne in den grauen Haaren, die an dem Stand bediente, sprach Marlene an. *Träum nicht, Mädchen*, dachte sie, *wir haben hier nicht den ganzen Tag Zeit.*

»Oh, bin ich schon dran?« Marlene sah auf. »Entschuldigung. Dann hätte ich gern ein Brötchen mit einem Bismarckhering.«

Sie bekam das Brötchen in die Hand gedrückt, zahlte und sah sich um. Der tätowierte Mann drängelte sich durch die Menge in Richtung der Boote. Marlene ging ihm nach. Er setzte sich breitbeinig und schwer auf den kniehohen Rand aus Beton, der die Promenade zum Wasser hin absicherte, und sie setzte sich drei Schritte entfernt neben ihn. Sie biss in ihr Brötchen und sah in die andere Richtung. Aber sie spürte seine andersartigen Gedanken. *Kjack prrr… schsch… klakla.*

Opa Korzec war einer der wenigen Menschen gewesen, die von ihren telepathischen Fähigkeiten wussten. Und er hatte irgendwann sogar gelernt zu spüren, wenn sie zurücksendete. Im Beisein Dritter hatte Marlene gelegentlich alberne Bemerkungen gemacht, und dann amüsierten sie sich zusammen darüber wie Schulkinder. Manchmal hatte sie sich nicht mehr halten können und losgeprustet. Opa Korzec dagegen hatte sich immer beherrschen können, und nur ein winziges Lächeln in seinen Augenwinkeln hatte verraten, wie sehr er sich amüsierte.

Vor Jahren hatte er ihr angedeutet, er sei bis zu seiner Pensionierung für den Militärischen Abschirmdienst tätig gewesen. Dass er jetzt wieder in eine gefährliche Sache verwickelt war, hatte sie ja schon lange gewusst. Aber nicht, *wie* gefährlich sie war. Er hatte versucht sie aus der Sache rauszuhalten und seine Gedanken in ihrer Gegenwart, so gut ihm dies denn möglich war, gegen ihr Eindringen abgeschirmt.

Zusätzlich zu dem, was sie wusste, hatte sich Marlene darum einiges zusammengereimt. Die fremden Wesen konnten andere intelligente Rassen unterwerfen, aber wie dies genau geschah, hatte sie Opa Korzecs Gedanken noch nicht entnehmen können. Es geschah durch Gedankenübertragung, doch sie vermutete, dass für eine Übernahme auch ein zumindest kurzer Körperkontakt nötig war.

Dies ist vielleicht das letzte Heringsbrötchen meines Lebens, wurde ihr jetzt plötzlich bewusst. Früher hatte sie die Kieler Woche geliebt, doch mit den Jahren war das Volksfest mehr und mehr zu einer Kommerzveranstaltung verkommen. Von irgendwoher wehte Musik herüber. Marlene atmete den Geruch von Sonnencreme, Bier, Schweiß und Pommesfett ein und sah über die Masse von Menschen, die an ihr vorbeidrängte: dicke keifende Mütter, Großväter, die ihr Hemd über der Hose trugen, quengelnde Kinder und junge Frauen ihres Alters, die ständig Leute anrempelten, weil sie den Blick nicht vom Handy lassen konnten. Sie alle wussten nicht, dass sie vielleicht schon in wenigen Minuten tot sein würden.

Als ein Mädchen mit iPod vor ihr vorbeischlenderte, so nah, dass es ihr fast auf die Füße trat, fiel ihr plötzlich das alte Radio ihrer Tante Rita ein. Das hatte sie als Kind immer bestaunt wie ein Relikt aus der Urzeit, das mit einer Zeitmaschine ins dunkle Wohnzimmer ihrer Tante befördert worden war. Bei diesem Radio hatte es eine beleuchtete Skala gegeben und daneben einen klobigen Dreher, mit dem Tante Rita die verschiedenen Sender einstellen konnte. Und immer, wenn sie danach suchte, hatte es seltsam gerauscht, und in dem Rauschen waren fremdartige Stimmen zu hören gewesen.

Vielleicht musste sie ihr Gehirn auf das Gehirn des fremden Wesens einstellen. Kaum begann sie sich darauf zu kon-

zentrieren, da erspürte sie, dass unter dem *Prrr … schsch …
kjackklack* noch etwas anderes war, was schnell deutlich
hervortrat.

*Hier in der Nähe ist ein besonderes Menschending, das
müssen wir unbedingt finden.*

Aber diese Gedanken kamen nicht von dem bierbäuchi-
gen Wesen, das mal ein Mann gewesen war, sondern von
irgendwoher aus der Menge. Sie waren so klar, dass Marlene vor Schreck ihr halbes Bismarckbrötchen aus der Hand
und auf die Oberschenkel fiel.

Soll ich nicht mit weiteren Übernahmen beginnen?, sen-
dete das fremde Wesen zurück.

*Nein. Das Menschending ist gefährlich. Seine Ausschal-
tung hat höchste Priorität.*

Marlene hielt den Atem an und kaute auf ihrem Fischbrötchen. Mit einem Mal schmeckte es fade und alt, ja fast
verdorben. Eine Möwe landete auf einem Poller neben ihr
und kreischte. Kjakja – hüpfte mit einem Satz auf den Boden,
pickte einen Brötchenkrümel auf und flog davon.

Marlene erhob sich mit einem Satz. Sie musste schnell
zurück zum Seehundbecken. Dem Fremdwesen im Körper eines Mannes hätte sie auf keinen Fall folgen dürfen.
Sie musste ihrem Kontaktmann den Code übergeben, nur
darauf kam es an. Am liebsten hätte sie ihr Brötchen weggeworfen, fürchtete aber, auch damit Aufsehen zu erregen.
So kaute sie weiter und drängte durch die Menge zum Seehundbecken zurück.

Die Menge drückte ihr entgegen wie ein wilder, reißen-
der Strom. Sie musste sich weiter rechts halten, wo die Menschen in die Gegenrichtung drängten. Auf der linken Seite
war es aussichtslos. Sie schob verzweifelt nach rechts und
kämpfte sich schließlich durch.

Immer wieder hatte sie Opa Korzec ihre Gedanken gesandt. *Lass mich euch helfen,* hatte sie gedacht. Wenn ein Angriff auf die Menschheit drohte, der mittels Gedankenübertragung ausgeführt werden würde, wer sollte besser zur Verteidigung geeignet sein als eine Telepathin? Einmal hatte sie ihn sogar direkt darauf angesprochen, aber er hatte nur die Stirn gerunzelt und gesagt, sie solle nicht wieder mit ihren Spinnereien anfangen.

Hier und da schaffte sie es, Leute zu überholen, und konnte so ein paar Meter gewinnen. *Und das ist jetzt dabei rausgekommen?,* dachte sie und stopfte den ekelhaft schmeckenden Rest des Brötchens in sich hinein. Sie hielt eine Hand über die Augen, denn diesmal kamen ihr wirklich die Tränen. *Und das hast du nun davon, Opa Korzec,* dachte sie. *Was hat es denn gebracht, mich zu schützen? Um die Menschheit zu retten, hätte ich doch unter allen Umständen mein Leben riskiert.*

Aber wahrscheinlich hatte Opa Korzec recht gehabt, sie nicht in die Details der Invasion einzuweihen. Sie hätte wahrscheinlich die gesamte Gegenoperation gefährdet. Sie war ja nicht mal in der Lage einer einfachen Anweisung zu folgen: Bring den Code zu unserem Kontaktmann.

Wenn dies nicht schon zu spät war. Denn mehr und mehr Menschen waren mittlerweile übernommen worden. Marlene spürte all diese Übernahmen – anders hätte sie es nicht beschreiben können – als kleine rote Blitze in sich, die umso größer waren, je näher sie stattfanden. Die meisten waren wohl noch weiter als 50 Meter entfernt, aber ihre Anzahl wuchs und wuchs mit jeder Minute.

Marlene wischte sich die Tränen von den Wangen und schluchzte. *Oh Gott, Mädchen,* dachte eine kleine alte Frau, die gerade auf sie zukam. *Was ist mit dir?* Die Frau überlegte kurz, ob sie Marlene ansprechen sollte. Aber ihr Begleiter, ein gebückt gehender Mann mit Hut und blauem Hemd, rief nach ihr, und sie ging weiter.

Du musst dich zusammenreißen, dachte Marlene und biss sich so sehr auf die Lippen, dass es schmerzte. *Wenn du dich weiterhin so auffällig verhältst, kannst du auch gleich auf eine Bude klettern und schreien: Hallo, ihr Außerirdischen, ich soll die Menschheit vor euch retten. Also bringt ihr mich am besten um!*

Opa Korzecs Gedanken hatte sie entnommen, dass weder die CIA noch die GRU, der Mossad oder irgendein anderer Geheimdienst herausgefunden hatten, *wo genau* die Invasion der fremden Wesen beginnen würde. Aber es gab auch etwas, das zu einem winzigen Fünkchen Hoffnung berechtigte: Die unterseeische Streitmacht der Fremdwesen war so klein, dass gleich ihr erster Angriff zum Erfolg führen musste. In geheimen Programmen hatte man deswegen weltweit begonnen, spezielle auf die Kampfkraft der Fremdlinge ausgerichtete U-Boote zu entwickeln. Unter anderem auch in der Kieler Werft.

Da sah sie neben einem Hot-Dog-Stand schräg vor sich mit einem Mal den Mann im weißen Hemd mit dem anthrazitfarbenen Koffer stehen. Er sprach mit Laura. Sie hielten ihre Handys in der Hand. Die Menge würde sie im Abstand von nur zwei Metern an den beiden vorbeitreiben. Noch hatten sie Marlene nicht entdeckt. Sie versuchte die beiden in einem möglichst großen Bogen zu umrunden und drängelte gegen die schiebende Menge zur Seite, doch es war sinnlos.

Marlene spürte rote Blitze in sich. Kjakjakja schrien die Möwen. Sie schienen jetzt mehr zu werden und mehr. *Was ist mir mir?*, dachte ein großer Mann, der direkt vor ihr ging. Er rieb sich mit der Hand über den Nacken. *Mir ist irgend-*

wie komisch. Marlene ging schneller und dann neben ihm, um von seinem Körper verdeckt zu werden, und nun konnte sie unter seinen Gedanken ein leises Rauschen untermalt von einem fast unmerklichen *Krackjaaah* ... ausmachen. Und ihr war mit absoluter Sicherheit klar: Dieser Mann war gerade eben übernommen worden.

Jetzt war sie an Laura und dem Koffermann vorbei. Sie traute sich nicht, zu ihnen hinzusehen, hatte aber das Gefühl, ihre Blicke im Nacken zu spüren. Ein kleiner Junge sah zu ihr auf und dachte verwirrt: *Was passiert mit mir? Kschsch* ...

Kjakjakja. Diese Schreie kamen nicht vom Himmel, sondern irgendwoher aus der Höhe der Köpfe. Und Marlene erkannte: Es war ebenso einfach wie genial. Das fortwährende Kjakja stammte nicht allein von den Möwen. Ein Teil davon kam von den fremden Wesen. Auf diese Weise maskierten sie ihre Rufe, mit denen sie sich über größere Entfernungen verständigten. Sie waren schon so viel näher und vor allem schon so viel mehr, als Marlene gedacht hatte.

Die Blitze in ihr wurden jetzt größer und zahlreicher. Sie drängte auf das Seehundbecken zu, während die Hitze um sie herum zu vibrieren schien. *Krakaah ... prrr ... schsch* kam es von allen Seiten.

Da sah sie halb von hinten einen glatzköpfigen, riesenhaften Mann mit schwarzem T-Shirt und Sonnenbrille. Seine beiden großen Hände lagen auf dem Geländer des Beckens. Marlene stieß rücksichtslos und mit verzweifelter Kraft alle im Weg Stehenden beiseite, achtete nicht auf deren empörte Ausrufe und legte dem großen Mann von hinten eine Hand auf die Schulter.

»Wo tritt Falmar auf?«, schrie sie.

Der Mann drehte sich um, sie konnte seinen Gesichtsausdruck wegen der Sonnenbrille nicht genau erkennen. Was sie aber sah, war, dass sein T-Shirt keinen Aufdruck von Wacken trug.

»Wie bitte?«

Ein kleines Mädchen drückte sich an seine Beine. »Papa, was will die Frau von dir?«

Marlene warf einen gehetzten Blick über die Schulter. Ihre Kommilitonin kam, weniger als zehn Schritte entfernt, auf sie zu.

Da ist Marlene, dachte Laura. *Da steht das Menschending!*

Marlene drängelte sich mit wild pochendem Herzen am Rand des Seehundbeckens zwischen den Leuten hindurch und vorbei am Aquarium. Die Blitze in ihr zuckten nun riesig und blutrot. Und zahlreich wie ein schauriges Freudenfeuerwerk zu Ehren einer bösen anderen Welt. *Da läuft das Menschending!*

Sie rannte über die einigermaßen freie Rasenfläche auf einen dort stehenden Toilettenwagen zu. Alle Menschen um sie herum waren nur noch Hüllen. *Schsch ... kjack!* Sie wollte schneller laufen, aber wie in einem Albtraum wurden ihre Beine schwerer und schwerer. Nach Luft schnappend, blieb sie neben dem Toilettenwagen stehen und wischte sich den Schweiß aus dem Gesicht.

»Hallo«, sagte jemand. »Da bist du ja.«

Sie drehte sich um. Laura stand drei Schritte hinter ihr und zeigte das freundlichste und harmloseste Lächeln, das Marlene je bei ihr gesehen hatte. Dieses Lächeln beibehaltend, streckte sie eine Hand aus und legte sie auf Marlenes Unterarm. Marlene begann zu zittern. Sie spürte, wie ihr Körper von unkontrollierbaren Zuckungen geschüttelt wurde, die wilder und wilder wurden. Sie brach zusammen.

Marlenes Onkel Harald Metzner, Doktor der Neurologie, beugte sich über sie. Sein anthrazitfarbener Arztkoffer stand geöffnet neben ihm. Der Blutdruck seiner Nichte lag bei 160 zu 100, das war hoch, aber nach einer psychotischen Episode den Umständen entsprechend. Ihre Basecap lag unter ihrem zerzausten Pferdeschwanz. Sie starrte ihn mit ausdruckslosen Augen an und schien ihn erst nach und nach zu erkennen. Ihre Lippen zitterten.

Marlenes Kommilitonin stand mit leichenblasser Miene neben dem Toilettenwagen. »Ich hab wirklich nichts gemacht. Hab sie nur kurz angefasst, und da hat sie wie eine Verrückte gezuckt und ist zusammengebrochen.«

Metzner löste den Klettverschluss der Manschette an Marlenes Oberarm und warf der jungen Frau einen Blick zu. »Mach dir keine Gedanken. Wichtig ist, dass du mich gleich angerufen hast.«

Marlenes Puls lag bei 110. Metzner nickte.

»Sie hat schon seit einer Woche ihre Medikamente nicht mehr genommen«, erklärte er. »Ich gebe ihr jetzt erst mal ein Beruhigungsmittel.«

Es war reines Glück, dass er ihren Nachbarn, den alten Mann aus dem zweiten Stock, getroffen hatte. Und noch mehr Glück, dass dieser gewusst hatte, wo Marlene vermutlich zu finden war. Dr. Metzner pumpte die Oberarmmanschette wieder auf, knackte eine Ampulle und zog zehn Milligramm vom Beruhigungsmittel Haldol auf eine Spritze.

DIE BESSERE SCHWESTER

NADINE SORGENFREI

Ganz allein ist sie hier oben. Unruhig rutscht sie auf dem kalten und harten stählernen Geländer des Bülker Leuchtturms hin und her. Wie treffend, denkt sie. Würden nicht andere Menschen genauso ihr Wesen beschreiben?

Kalt und hart, ganz das Gegenteil von ihrer warmherzigen Schwester. Sie waren eineiige Zwillinge, aber sie selbst schien das faule Ei zu sein. In allem war Isabella ihr voraus. Obwohl beide gleich aussahen, war Isabellas Haar schon immer glänzender und ihr Lächeln bezaubernder gewesen. Und natürlich bekam sie die besseren Schulnoten, hatte mehr Freunde und brachte ständig Reitpokale mit nach Hause, das ganze Klischee. Alle nannten sie nur »Bella«, die Schöne, während sich Raffaelas Name zu einem hässlichen »Raffa« verkürzte – wie der Laut eines aggressiven Hundes. War es da ein Wunder, dass sie ihren Mitmenschen mürrisch und feindselig entgegentrat?

Die Gegensätzlichkeit der beiden war mit den Jahren immer deutlicher geworden. Bella heiratete den charmanten Schnösel mit dem Einfamilienhaus. Sie gab ihren ach so tollen Job bei der Bank auf und widmete sich ganz den Kindern, dem Garten und ihrer Frisur. Raffaela dagegen war mit Anfang 30 noch auf die finanzielle Hilfe ihrer Eltern für das nächste anstehende Praktikum angewiesen. Nebenbei ging sie flüchtige Affären mit Männern ein, die andere für nutzlose Spinner hielten.

Hass und Neid wuchsen über die Jahre in Raffa wie ein übel riechendes Unkraut, das seine Wurzeln unterirdisch in alle Richtungen ausbreitet. Immer öfter fühlte sie sich wertlos. Aber hätte sie die Rollen tauschen mögen? Nein, ganz bestimmt nicht. So ein Spießerdasein! Welche Frau mit intellektuellem Anspruch würde sich damit schon zufriedengeben? Andererseits …

Raffaela war verunsichert. War es normal, dass Zwillinge sich stets miteinander verglichen? Musste es immer eine Bessere und eine Schlechtere geben? Machte nur äußerlicher Erfolg das Leben lebenswert?

Wie oft träumte sie davon, ihr eigener Maßstab zu sein und nicht mehr im Schatten der anderen zu stehen. Mit 20 versuchte sie, den Kontakt zu Bella abzubrechen, ihr eigenes Leben zu leben, ohne Anhang. Sie schaffte es nicht, denn insgeheim war sie ihrer Schwester genauso verfallen wie alle anderen auch. Sie fand eine Geborgenheit und Vertrautheit bei ihr, die ihr sonst niemand geben konnte. Auch wenn sie von Bella kritisiert, gepiesackt oder beschimpft wurde, konnte sie sich immer wieder in dem Glanz der Schwester sonnen.

Raffaela nahm einen Schluck aus dem Whiskyglas, das sie unbemerkt von dem Restaurant am Fuße des pittoresken Bülker Leuchtturms in die luftigen Höhen befördert hatte. Sie genoss den fantastischen Ausblick über die Kieler Förde, auf der sich der Glanz der Nachmittagssonne spiegelte. Warum konnte in einem solchen Moment die Welt nicht einfach stillstehen?

Wie damals bei Isabella. Bis sich plötzlich alles änderte: erst der Knoten in der Brust, dann die Chemo, und bald darauf die Beerdigung. Heulende Kinder, ein verzweifelter Ehemann, ein weinender Himmel und die Kirche natürlich voll.

Raffaela war unerwartet von allen Zwängen befreit. Nie hätte sie es laut ausgesprochen, natürlich nicht. Aber jetzt konnte sie tief durchatmen, den Kopf aufrecht tragen und endlich selbst die Rolle der schönen und erfolgreichen Schwester übernehmen.

»Ich werde sie so vermissen«, heuchelte sie jedem vor, der es hören wollte oder auch nicht. Innerlich konnte sie es aber kaum erwarten, endlich ihr neues, selbstbestimmtes Leben zu beginnen. Ein Leben ohne Vergleiche, nie mehr die unscheinbare, unbeliebte und erfolglose Zwillingsschwester. Raffaela startete in eine bessere Zukunft, bewarb sich auf tolle Jobs und flirtete mit erfolgreichen Männern.

Wie naiv ich nur war, denkt sie jetzt auf dem harten Geländer in der luftigen Höhe. Ihr Blick senkt sich auf die bewegte Ostsee tief unter ihr, die immer wieder Wellen auf den Strand wirft. Natürlich hatte sich ihr Leben nicht geändert, jedenfalls nicht zum Besseren. Sie war nicht mehr die Hässlichere, sie war nur noch hässlich. Bei den wenigen Vorstellungsgesprächen, zu denen sie eingeladen wurde, bekam sie kaum ein Wort heraus. Die Männer, die sie erst so toll fanden, ließen sie nach wenigen Nächten fallen.

Wie bequem es doch gewesen war, im Schatten der schönen Schwester zu stehen. Da konnte Raffa nichts dafür, dass sie immer überstrahlt wurde. Jetzt war sie zwar die eigenständige Person, die sie immer sein wollte, bekam aber nichts so richtig auf die Reihe. Sie hatte versagt, und das Schlimmste war, dass sie es ganz alleine versaut hatte.

Sie nimmt noch einen letzten Schluck aus dem Whiskyglas. Sie hätte den teuersten bestellen sollen. Oberflächliche

Werte zählen eben doch, denkt sie und verlagert vorsichtig ihr Gewicht über das Geländer.

Dann lässt sie endgültig los. Das entsetzte Schreien der Besucher auf der Terrasse des Restaurants dringt immer lauter in ihre Ohren, bis sie endlich von der großen Stille eingeholt wird.

LETZTE WORTE

SYLVIA GRUCHOT

Es war Pauls 70. Geburtstag. Seine Martha und er hatten viele Verwandte und Freunde in ihr Haus an der Kieler Förde eingeladen, schließlich war es eine besondere Zahl. Er war heilfroh, dass er an seinem Ehrentag noch bei guter Gesundheit war. Früher war er ein bedeutender Anwalt gewesen, ein anstrengender Beruf.

Früher – das lag gerade mal fünf Jahre zurück. Manchmal fühlt sich eben eine kleine Zeitspanne wie eine Ewigkeit an, manchmal wie ein ganzes Leben.

Zwei Stunden saß er nun schon auf seinem Ehrenplatz am Kopfende der Tafel mit Blick über den Tirpitzhafen und auf die Gorch Fock und ließ geduldig all die gut gemeinten Worte über sich ergehen. Martha schaute bisweilen besorgt zu ihm herüber. Sie wusste genau, dass er im Grunde nicht mit einer solch großen offiziellen Feier einverstanden war. Mit Partyservice sogar. Aber sie hatte ihn dazu überredet.

»Du hast eine Verpflichtung deinen Freunden gegenüber, Paul. Schließlich waren wir auch bei Ernst und Hans zu den Jubiläen eingeladen. Und Peter hat letztes Jahr auf einem gecharterten Schiff gefeiert.«

Ja, er wusste, dass er sich nicht vor der Feier drücken konnte. Aber er hatte es mehr als satt, sich über Belanglosigkeiten auszutauschen. Worte, die er sein halbes Leben lang herausgespuckt hatte, um zu verletzen, zu beeinflussen, anzuklagen und zu verteidigen, sie kamen ihm in letzter Zeit so mühsam über die Lippen. Welch eine Verschwendung, dachte er immer, wenn er sich über das Wetter mit seinem Nachbarn unterhalten musste. Was für eine Vergeudung all der Worte, die heute über ihn ausgeschüttet wurden wie lauwarmer, zuckriger Schleim. Er hielt die Lobpreisungen und falschen Erinnerungen nicht mehr aus.

»Ich werde euch jetzt meinen besten Wein aus dem Keller holen.«

Paul stand auf und ging bedächtigen Schrittes zum Keller. Das laute Gemurmel aus dem Esszimmer, welches eher einem kleinen Saal glich, wurde leiser und verstummte endlich, als er die Kellertür fest hinter sich schloss. Mit geübtem Griff fand er den Lichtschalter. Vorsichtig stieg er die steile Holztreppe hinab und schlurfte zum Ende des kleinen, wohltemperierten Kellerraumes. Er setzte sich auf einen alten Holzstuhl, den er sich vor einiger Zeit hierhergestellt hatte, weil er sich nicht mehr so gut bücken konnte. Dann griff er in das unterste Regal und zog eine verstaubte, uralte Flasche heraus, entkorkte sie geübt und goss sich ein schweres Rotweinglas halb voll. Gekonnt nahm er es zwischen Daumen und Zeigefinger und wärmte es ein wenig mit seiner Handfläche. Dabei ließ er den edlen Rotwein einige Male vorsichtig im Glas kreisen, bevor er das Aroma einatmete. Genüsslich schloss er die Augen.

»Ja, im Wein liegt die Wahrheit«, flüsterte er in den Raum. »Ein edler Tropfen kann mehr sagen als Tausend Worte.«

»Vergeudung? Recht hast du. Zumal dir nicht einmal mehr Tausend Worte verbleiben.«

Erschrocken blickte sich Paul im Halbdunkel um, aber niemand war zu sehen. »Wer ist da?«

Nichts rührte sich. Jene leicht säuselnde Stimme hatte ihm Angst gemacht. Nicht, dass sie zum Fürchten gewesen wäre. Es war eine eher angenehme Stimme gewesen, aber sie hatte etwas Grausames – nein, besser: Endgültiges im Unterton, das ihn erschauern ließ.

Angespannt horchend, spähte er in die Dunkelheit, die sich undurchdringlich außerhalb des trüben Lichtkegels in den Ecken versteckte. Paul fühlte sich unwohl, und so nahm er einen weiteren Schluck. Nachdem der Rebensaft seine Kehle hinuntergelaufen war, besserte sich sein Wohlbefinden. Plötzlich brach jedoch ein helles Rechteck in sein Refugium.

»Paul! Kommst du bitte? Deine Gäste vermissen dich!«

Es war Marthas Stimme. Sie hatte die Kellertür geöffnet und starrte in das Halbdunkel. Erkennen konnte sie vermutlich nichts. Schnell verkorkte er die Flasche und legte sie zurück an ihren Platz. Behände ergriff er zwei Flaschen aus einem höheren Regal und machte sich auf den Weg nach oben ans Licht.

Am späten Abend, nachdem alle Gäste gegangen waren und der Partyservice abgeräumt hatte, ging Paul nachdenklich zur Abendtoilette. Im Bett wartete Martha bereits auf ihn. Sie hatte ihre Nachttischlampe eingeschaltet und beobachtete ihn dabei, wie er die Bettdecke zurückschlug und sich langsam auf die Bettkante setzte, sich die Pantoffeln abstreifte und dann behutsam ins Kissen sinken ließ.

»Du warst heute sehr schweigsam, Paul.«

Sie kannten sich fast 40 Jahre. Deshalb konnte er schon an der winzig erhöhten Tonlage erkennen, dass dieses eine Frage war, gewürzt mit einer Prise Vorwurf.

»Es hat mich angestrengt, Martha.«

Er seufzte. Wieder hatte er fünf Worte verbraucht. Wie viele blieben ihm noch? Was würde geschehen, wenn sein letztes gesprochen war? Oder hatte er Gespenster reden hören, war die Fantasie mit ihm durchgegangen? Diese Gedanken schossen ihm durch den Kopf, während Martha auf ihn einredete.

»Sicher hat es dich angestrengt, aber du hast kaum geantwortet. Peter wird sich vor den Kopf gestoßen fühlen. Ich habe ihm das angesehen.«

»Martha, jetzt bin ich müde. Lass uns morgen beim Frühstück darüber reden, ja?«

Martha zog die Mundwinkel herab, löschte das Licht und drehte sich auf die Seite. Trotz der Dunkelheit konnte er die Umrisse ihres Rückens sehen, der sich nach einiger Zeit gleichmäßig hob und senkte. Auch er versuchte zu schlafen, aber es gelang ihm nicht. Die Stimme aus dem Keller ging ihm nicht mehr aus dem Kopf.

Vorsichtig richtete er sich auf, schlüpfte in seine Pantoffeln und tastete sich leise zur Tür. Eigentlich hatte er nur vorgehabt, sich in der Küche noch ein Glas Milch zu erwärmen. Das half ihm meistens einzuschlafen. Doch dann zog ihn die Kellertür magisch an. Vorsichtig öffnete er sie, schaltete das Licht ein und schlich die Treppe hinunter. Die vorletzte Stufe knarrte laut unter seinem Schritt, aber die Kellertür hatte er vorsichtshalber geschlossen.

Im Keller war es kühl. Er zog seine Pyjamajacke enger um sich und steuerte geradewegs auf das Weinregal zu. Wieder setzte er sich auf den kalten Holzstuhl und wartete. Absolute Stille umgab ihn. Er atmete ganz flach, und sein pochendes Herz schlug mit aller Macht gegen seine Brust.

Aber nichts geschah.

So erhob er sich nach einer Weile ächzend wieder. Er musste sich mit den Händen auf den Knien abstützen, denn er war ganz ausgekühlt. Fröstelnd schlurfte er zur Treppe, schaute sich noch einmal um und stieg Stufe für Stufe langsam wieder hinauf. War er ein alter Mann, der langsam den Sinn für die Wirklichkeit verlor?

In der Küche erwärmte er ein Glas Milch, würzte es mit einem Löffel Honig und schlurfte zum Wohnzimmer. Er machte kein Licht an, denn der Mond schien durch die großen Fenster herein, und setzte sich in seinen Sessel. Allmählich erwärmte sein alter Körper sich wieder. Er war einer dieser drahtigen Männer, die kein Fett ansetzen. Seine Haut war zwar erschlafft, aber darunter konnte man noch immer seine Muskeln erkennen.

Früher, als er ein junger Mann war, hatte er viel Sport getrieben: Tennis, Segeln und Ski. Später hatte er Golf gespielt. Doch seit er im Ruhestand war, hatte er die Lust daran verloren. Er mochte sich nicht mehr beim Sport unterhalten. Aber gerade das tat man beim Golf. Reden über die Aktienkurse, das neue Auto, die Segeljacht, die Politik und den letzten Fall. Schnell stellte er fest, dass ihm die Kraft für die vielen vergeudeten Worte fehlte.

Paul gähnte. Er war müde geworden.

»Du fühlst es.«

Erschrocken fuhr Paul zusammen. Das war die leicht säuselnde Stimme aus dem Keller. Genau hinter ihm. Schnell drehte er sich um, doch in der Dunkelheit war nichts zu erkennen.

»Wer sind Sie?«

Angespannt lauschte Paul in die Stille. Aber alles, was er hörte, war sein eigener Atem. Er setzte sein Glas ab und stand auf. Er versuchte das Dunkel mit seinen Augen zu durchdringen, doch er nahm nur die vertrauten Schemen des Kamins und der Anrichte neben der Tür wahr.

Er musste geträumt haben. Zeit, ins Bett zu gehen. Den Keller würde er in den nächsten Tagen meiden. Tastend bahnte er sich seinen Weg zurück in die Diele und stieg die Treppe hinauf in den ersten Stock. Erschöpft legte er sich in sein Bett und schlief fast augenblicklich ein.

In den nächsten Tagen wurde es kühler. Der Herbst hatte begonnen, den Sommer zu verdrängen, und die ersten Bäume warfen bereits ihre bunten Blätter ab. Nachdenklich harkte Paul das Laub von der Wiese. Martha hatte am Morgen nach seinem Geburtstag noch einmal mit ihm geredet. Nur mit Mühe konnte er sie beruhigen.

»Ich bin alt geworden, Martha. Das musst du langsam einsehen.«

Ihre Antwort war bemerkenswert. »Du wirst niemals alt, Paul. Für mich bleibst du immer 30.«

Darüber dachte er nach, während er das Laub zu kleinen Haufen zusammenharkte. Auch für ihn wurde sie nicht älter. Trotz ihrer Falten und der weißen Haare. Er sah sie immer noch als Endzwanzigerin. In ihrem roten Kleid und den hohen Schuhen, die blonden Haare zu einem Zopf gebunden mit dem schönsten Lächeln im Gesicht, das er je gesehen hatte.

Nachdem er die vielen Blätter zusammengeharkt hatte, suchte er nach dem Weidenkorb, den er normalerweise benutzte, um das zusammengefegte Laub zum Komposthaufen zu tragen. Dann fiel ihm ein, dass er ihn letztes Jahr zum Überwintern in den Keller gebracht hatte. Etwas steif richtete er sich auf und steuerte die Treppe an, die von außen in den Keller führte. Er machte Licht und fand den Korb auf

Anhieb in der kleinen Kammer neben dem Weinkeller, in der sie ihre Gartengeräte lagerten.

»Keine 950 mehr. Du musst sparsamer mit deinen Worten sein, Paul.«

Erschrocken fuhr er herum. Hinter dem Regal mit den gelagerten Äpfeln nahm er eine Bewegung wahr. Er machte zwei Schritte darauf zu und spähte durch das Regal hindurch. Dort stand ein Schatten einer Gestalt, die ihm zugewandt war. Sofort griff Paul nach einer Hacke, die an der Wand lehnte, aber der Schatten verschwand blitzschnell.

»Wer wird denn einen Freund verletzen?« Jetzt kam die säuselnde Stimme von links.

»Wer bist du?«

»Ist das wichtig, Paul?«

»Ja, verdammt noch einmal. Du spukst in meinem Keller herum und jagst mir eine verdammte Angst ein!«

»Das ist gut, Paul. Diejenigen, denen ich Angst eingejagt habe, lebten länger. Aber die meisten Menschen hören mich gar nicht. Ich bin deine innere Stimme, dein Instinkt. Vielleicht bin ich sogar dein Gott.«

Paul hatte wenig Lust, sich mit der undurchsichtigen Gestalt weiter auseinanderzusetzen. »Das ist lächerlich!«

Die säuselnde Stimme begann nun, ihn zu belehren. »Lächerlich ist die Tatsache, dass du von deinen 25.550.000 Worten 2.576.921 vergeudet hast. Das sind genau 100 Tage, vier Stunden, 23 Minuten und 45 Sekunden. Aber du lernst. In den letzten vier Tagen hast du nur noch 53 Worte vergeudet.«

Paul wurde ganz schwindelig. Was tat er hier? Er stand im Gerätekeller und sprach mit seinem eigenen Schatten. Er musste zum Arzt, irgendetwas konnte mit ihm nicht stimmen.

Benommen tastete er sich in den Garten zurück, ohne den Korb mitgenommen zu haben. Er fühlte sich müde und erschöpft, ähnlich wie an seinem Geburtstag. Zerstreut lehnte er die Harke gegen den alten Apfelbaum und schlurfte geradewegs in den ersten Stock. Er streifte seine Arbeitskleidung ab. Ohne sich zu waschen, legte er sich ins Bett und fiel in einen tiefen Schlaf.

Martha weckte ihn zum Abendessen. Das Anziehen fiel ihm schwer. Dann trottete er träge ins Erdgeschoss und ließ sich kraftlos auf seinen Stuhl fallen.

»Geht es dir nicht gut, Paul?«

Besorgt schaute ihn Martha an, aber er antwortete nicht. Sparsam sein mit den Worten, sagte er sich. Auch ihr »Guten Appetit« entgegnete er nicht, sondern nickte nur leicht. Eine Unterhaltung blieb unmöglich, da er sich jedes einzelne Wort überlegte und abwog, ob es notwendig oder überflüssig war. Als er gesättigt war, räumte er ohne Worte die Teller ab und brachte sie in die Küche.

Martha sah ihn mit Befremden an. »Paul, was ist nur los mit dir?«

»Ach, nichts, mein Schatz.«

Sogleich rechnete Paul diese Worte von seinem Wortkonto, wie er es nannte, ab. Waren das notwendige Worte? Hätte er nicht das »mein Schatz« weglassen können? Zählte das »Ach« nicht auch als Wort? Er musste besser aufpassen.

Am nächsten Tag rief er seinen Hausarzt an. Es machte ihn ganz krank zu sehen, wie viele Wörter er dafür verschwenden musste. Einen Termin bekam er aber erst für Ende der Woche. Martha sagte er vorsichtshalber nichts.

Freitagnachmittag saß er als letzter Patient seinem Hausarzt gegenüber, der ihn seit 40 Jahren betreute. Sie waren in dieser Zeit Freunde geworden. So machte Paul aus seinem Herzen keine Mördergrube, aber er fasste sich kurz.

»Ich höre eine Stimme, die mir sagt, dass ich nicht mehr lange zu leben habe.«

Sein Freund sah ihn prüfend an. »Was genau sagt dir diese Stimme, Paul?«

»Dass ich nicht meine Worte verschwenden soll, weil ich bei meinem letzten sterben werde. Ich habe nur noch 822 übrig.«

Der Arzt lächelte. »Paul. Das ist die Angst vor dem Altern. Du bist 70 geworden, da macht man sich so seine Gedanken. Mach dir keine Sorgen. Vielleicht hast du einen Tumor im Kopf. Ich kann dich ja durchchecken.«

Paul überlegte eine Weile und stellte sich die vielen Fragen vor, die ihm gestellt werden würden. Im Geiste überschlug er, wie viele Wörter ihn das kosten würde. So winkte er ab. »Nein. Es ist wohl das Alter.«

Paul fuhr nach Hause, schnappte sich eines seiner zahlreichen Bücher und vertiefte sich in dessen Welt. Zu lesen war eine einfache Art, Gesprächen zu entgehen. Aber spätestens beim Abendessen wurde er von seinem schlechten Gewissen geplagt, weil er Martha schändlich vernachlässigte. Er bemerkte, wie sehr sie sein Schweigen verletzte. Aber ihn trieb die Angst, unnütze Worte an sie zu verschwenden.

So vergingen die nächsten Tage und Wochen. Zu zwei gesellschaftlichen Anlässen, zu welchen sie beide schon lange eingeladen waren, schickte er Martha allein unter dem Vorwand, dass es ihm nicht gut ginge. Martha nahm zwar wahr, dass Paul sich verändert hatte, doch sie konnte diese Veränderung nicht begreifen und schwieg daher. Bald gingen sie dazu über, die gemeinsamen Mahlzeiten zu meiden, weil beide sie nicht mehr ertrugen.

Martha aß zu den gewohnten Zeiten allein in der Küche. Paul, der sich angewöhnt hatte, viel zu schlafen und zu lesen, nahm die Mahlzeiten später ein. Das Abendessen ließ er sich auf sein Zimmer bringen, in das er gezogen war. Doch obwohl er sparsam mit Worten umging, stand sein Wortkonto nach einem guten Vierteljahr nur noch bei 250.

In dieser Zeit gingen Martha und Paul fast nur noch getrennte Wege. Alle Versuche, ihre unerträgliche Situation mit ihm zu ergründen, blockte er rigoros ab. Er liebte Martha noch immer wie in den ersten Tagen und fühlte sich schlecht bei dem jämmerlichen Anblick, den sie bot. Er konnte ihre Verlassenheit körperlich nachempfinden, denn auch er fühlte sich einsam, aus seinem vorigen Leben ausgeschlossen. Aber er wollte leben, also musste er schweigen.

Auch seine langen Spaziergänge stellte er ein. Zu häufig fühlte er sich von Entgegenkommenden zu einem Gruß genötigt, sodass er keine Freude mehr an der frischen Luft empfand. Richtig sicher fühlte er sich nur noch in seinem Bett. Selbst Martha vermied es, ihn in seinem Zimmer zu besuchen.

Weitere drei Monate hielt er so aus, aber es ging ihm immer schlechter. Er vermisste sein Leben, seine Freunde, Aktivitäten und vor allem seine Frau. Seit jenem Tag, als er die Stimme das letzte Mal gehört hatte, war er nicht mehr in den Keller gegangen. Es musste sich etwas ändern, er wollte Gewissheit haben. Entschlossen verließ er sein Bett, zog sich vollständig an und machte sich auf den Weg in den Keller. Martha war nicht da, vermutlich war sie einkaufen. Es war helllichter Tag, und der Frühling hatte Einzug gehalten. Plötzlich fühlte er wieder Kraft und Mut in sich.

Hatte er sich die Stimme womöglich eingebildet und seine geliebte Frau ein halbes Jahr umsonst gequält? Als er das junge Leben im Garten sah, war er sich sicher, seine Krise überwunden zu haben. Plötzlich wusste er, was zu tun war. Er würde zum Blumenladen gehen, um rote Rosen zu kaufen, Kerzen anzünden und seinen besten Wein aus dem Keller holen. Dann würde er sich mit vielen Worten bei Martha entschuldigen für den Kummer, den er ihr in letzter Zeit bereitet hatte. Er würde ihr seine ganze Liebe zeigen.

Fröhlich vor sich hin pfeifend, machte er sich auf den kurzen Weg zum Blumenhändler an der Ecke und grüßte freundlich seinen Nachbarn, der im Vorgarten Blumenzwiebeln setzte. Dann hielt er einen kurzen Plausch mit der Blumenverkäuferin. Er erstand 25 langstielige rote Rosen, die er in eine kristallene Vase stellte und ausgiebig wässerte. Im Wohnzimmerschrank fand er zwei Silberleuchter, die er in die Mitte des Esszimmertisches zu den Rosen stellte. Dann stellte er klassische Musik an: Mozart, eine kleine Nachtmusik.

In diesem Moment hörte er die Wohnungstür aufgehen. Das musste Martha sein, er würde sie überraschen. Schnell huschte er zur Kellertür, öffnete sie leise und schlich hinunter in den Weinkeller. Rasch ging er auf das Weinregal zu und griff seinen Lieblingswein heraus. Damit stürmte er zur Kellertreppe.

»Drei.« Die unheimliche Stimme säuselte nicht mehr, sie war durchdringend.

Paul erstarrte mitten in der Bewegung.

Die Stimme meldete sich wieder. »Ja, du hast richtig gehört. Durch deine heutige Verschwendungssucht sind dir noch ganze drei Worte geblieben. Dabei hattest du so gut durchgehalten. Schade, schade.«

Vernahm Paul etwa ein Grinsen aus den letzten Worten? Langsam drehte er sich um. Auf dem Stuhl vor dem Weinregal saß eine dunkle Gestalt. Er konnte das Antlitz nicht erkennen, da es im Dunkeln lag, obwohl die trübe Glühbirne ihr Licht genau darauf warf.

»Ja, Paul. Du kannst mich zwar sehen, aber du wirst mich nicht erkennen. Ich habe keine Figur, kein Gesicht.«

Mit aufgerissenen Augen starrte Paul das Ding an, das ihn zweifelsfrei ansah, auch wenn Paul keine Augen ausfindig machen konnte. Er wollte etwas fragen, aber ihm blieben die Worte im Halse stecken.

»Sag lieber nichts, Paul. Drei Worte sind nicht gut dazu geeignet, großartig Konversation zu betreiben, habe ich recht? Natürlich habe ich recht. Ich habe immer recht gehabt. Wieso hast du an mir gezweifelt? Los, geh nach oben und trinke den Wein mit deiner Frau. Sag ihr die drei berühmten Worte. Das wäre ein toller Abgang, oder?«

Ein gruseliges Lachen folgte diesen Worten, dann löste sich der Schatten auf. Es dauerte eine ganze Weile, bis Paul sich wieder bewegen konnte. Mit zittrigen Knien und eiskalten Händen machte er sich auf seinen letzten Gang. Oben stand Martha im Esszimmer und starrte die Rosen auf dem Tisch an. Als sie ihn hinter sich eintreten hörte, drehte sie sich um. Tränen der Freude standen in ihren Augen.

»Paul, was hat das zu bedeuten? Oh, du hast den guten Wein heraufgebracht. Warte, ich hole Gläser.«

Beflissen eilte sie zur Vitrine, während er mit zittrigen Fingern die Musik lauter stellte. Er war voller Furcht vor dem, was ihn erwartete. Am liebsten wäre er in sein Zimmer geflüchtet, zurück ins Bett. Dann aber rief er sich das letzte halbe Jahr ins Gedächtnis. Wollte er wirklich zurück in seine stumme Einsamkeit? Wie lange wollte er Martha noch quälen? Wütend wünschte er sich, die grausame Stimme nie gehört zu haben.

»Schenk uns ein«, forderte Martha ihn leise auf.

Paul hatte sie nicht bemerkt. Vorsichtig zog er mit dem Weinheber den Korken aus der Flasche, füllte die Gläser und entzündete die Kerzen. Dann führte er seine Frau zum Sofa. Eine ganze Weile saßen sie schweigend Arm in Arm. Das Gefühl von Ruhe und Gewissheit kehrte wieder bei ihm ein. Bei Martha fühlte er sich geborgen. Liebevoll streichelte er ihre Wange und küsste ihren Mund. Dann zog er sie in seine Arme. Ihr Kopf lag an seiner Brust.

»Ich liebe dich.«

Noch eine ganze Weile lag Martha so mit ihrem Kopf an seiner Brust, bis sie endlich bemerkte, dass sein Herz nicht mehr schlug.

ICH BIN KLEIN,
MEIN HERZ IST REIN

HENNING SCHÖTTKE

Als die Geschichte mit dem Einbruch passierte, war Ben gerade fünf. Das war in diesen Osterferien, wo die Familie eigentlich zum ersten Mal seit Langem wieder einen Urlaub in ihrem Haus auf Sylt verbringen wollte. Genauer gesagt, in Hörnum. Alle sechs zusammen. Bens Papa, seine Mama, er selbst natürlich und seine zweieinhalb Jahre alte Schwester Friederike. Außerdem seine beiden nervigen älteren Brüder, die Zwillinge Lukas und Finn, mit denen er sich dauernd zoffte, die er aber insgeheim über alle Maßen bewunderte. Richtig erholsam sollte dieser Urlaub werden.

Aber daraus wurde dann ja nichts.

Wenn der kleine Junge, in sein Spiel vertieft, durch das große Wohnzimmer rannte, flogen seine schulterlangen blonden Haare hinter ihm her. Auf seinem Gesicht war dann dieser leere Ausdruck eines Schlafwandlers, in dem die Außenwelt nur noch Kulisse war für die fantastischen Welten, die sich in seinem Inneren abspielten. Und dazu ahmte er die Geräusche bizarrer Maschinen nach oder die irgendwelcher monströser Schießgeräte. »Krrr, krmmm …« und »Dsch … dsch … psch …«

Zur Zeit des Einbruchs war er meistens Kapitän Ben, und das Haus mit dem riesigen offenen Wohnzimmer war seine Insel. Dort gab es gruselige Fledermäuse, die musste

er bekämpfen. Oder zähmen, damit er an ihren Schatz ran-
kommen konnte. Dann rannte er an dem gläsernen Couchtisch vorbei und legte darauf die Flammenwerfer, Pfeile und
Lassos bereit. Aber da kamen die todbringenden Fledermäuse mit ihren spitzen Zähnen schon angeflattert. Kapitän Ben duckte sich zwischen Tisch und Couch und hob
den Flammenwerfer.

»Dsch ... dsch ...«

Sie flatterten um ihn rum, und er schlug sie mit den Händen weg. Dann hatte er gewonnen. Ben setzte sich auf die
Couch und überlegte. Immer wenn er einen der Schätze von
den Fledermäusen fand, bekam er mehr Lebenspunkte. Die
Reiswaffeln im Küchenschrank fielen ihm ein. Die konnten doch sein Schatz sein. Das hatte er schon lange machen
wollen, und jetzt, wo Mama und Papa weg waren, war eine
gute Gelegenheit dazu. Dann konnte er echte Süßigkeiten
finden und musste sie sich nicht nur ausdenken. Er rutschte
von der Couch runter und rannte in die Küche.

Reiswaffeln liebte er über alles. Ihm fiel keine Süßigkeit ein, die er lieber mochte. Die Packung war zusammen
mit anderem Naschkram in einem Hängeschrank, aber da
brauchte er nur einen Stuhl ranzuschieben. Er kletterte rauf
und machte den Schrank auf. Als er sich vorbeugte, um die
Waffeln rauszunehmen, rutschte der Stuhl mit einem fiesen
Schabegeräusch über die Küchenfliesen nach hinten weg,
und er konnte gerade eben noch runterspringen.

»Oh«, sagte er und machte große Augen.

Der Stuhl war nicht mal umgefallen, aber trotzdem
klopfte Bens Herz heftig, während er anfing, die Reiswaffeln auf seiner ganzen Insel zu verteilen. Zuerst lief er vom
Flurbereich des Wohnzimmers durch die Waschküche. Von
dort gab es eine Tür zur Garage. Da legte Kapitän Ben eine

Waffel auf den Sitz von Mamas Motorrad und beim Zurücklaufen eine auf den Wäschetrockner. Dann eine ins Wohnzimmer neben den Kamin und eine in die Küche, und weil er gerade so in Fahrt war, lief er runter in Papas Tonstudio, legte einen Reiswaffelschatz auf das Mischpult und einen im Aufnahmeraum auf den Hocker, auf dem meist die Sänger oder Gitarristen saßen.

Es folgten Waffeln in beide Bäder unten und oben. Neben dem Ausgang der Treppe gab es oben im Flur einen durch ein Geländer gesicherten Absatz, von dem aus konnte man nach unten ins Wohnzimmer sehen. Dort stand eine Pflanze mit großen, dichten Blättern. Ben legte eine Waffel auf den Rand des Blumentopfes.

Im Schlafzimmer von Mama und Papa ging er zuerst an Mamas Schmuckschatulle, die vor ihrem Schminkspiegel stand und aussah wie eine kleine Piratenschatztruhe. Da sollte er auf keinen Fall rangehen, der Schmuck war zu wertvoll. So versteckte er lieber keine Waffel darin. Stattdessen legte er sie auf den Nachtschrank, der neben Mamas Bett stand.

Kapitän Ben lief in sein Kinderzimmer – das war die gefährliche Höhle, aus der er schon oft die Mondprinzessin Friederike befreit hatte. Er setzte sich auf Friederikes Bett und legte einen Reiswaffelschatz neben sich auf die karierte Tagesdecke. Ihm fiel ein, wie sie am Abend zuvor gebetet hatten. Das machte ihre Mama jeden Abend mit ihnen beiden, und auch wenn Ben es gern mochte, fand er eigentlich, dass er schon zu groß dazu war. Schließlich würde er Ende des Sommers in die Schule kommen. Er konnte schon alle Buchstaben lesen. Doch Friederike liebte das abendliche Beten. Selbst dann, wenn der Papa mit Vorlesen dran gewesen war.

Wenn sie bei »Oh, wie schön ist Panama« oder »Pu der Bär« nicht eingeschlafen war, rief sie: »Mama, kommst du noch zum Beten?«

Na gut, wenn seine kleine Schwester es denn so sehr mochte. Dann faltete er die Hände, schloss die Augen und sprach leise mit: »Ich bin klein, mein Herz ist rein, soll niemand drin wohnen als Jesus allein – Amen.«

Kapitän Ben ging wieder nach unten. Auch wenn er schon fünf Jahre alt war, erst jetzt, nach etwa anderthalb Stunden, begann ihm nach und nach zu dämmern, dass seine Eltern ihn zu Hause vergessen hatten.

Zurück im Wohnzimmer, bereitete er den Flug seines Versorgungsshuttles zum Mond vor. Auf Schrottplätzen hatte er dafür heimlich das Eisen stibitzt und es sich selbst gebaut. Das war eine Rakete, wo unten so fünf Düsen waren.

Er sah auf die Uhr, die auf dem Kamin stand. Wieso kamen weder seine Mama noch sein Papa zurück? Er konnte die Uhr noch nicht richtig ablesen, aber er wusste, dass der kurze Zeiger auf drei gestanden hatte, als sein Papa mit den Geschwistern zum Großmarkt gefahren war und seine Mama zum Juwelier. Und jetzt stand der Zeiger zwischen der vier und der fünf.

Er kämpfte noch ein Weilchen mit den Fledermäusen. Verfolgte sie mit dem Lasergewehr in die Waschküche, »Dsch … dsch …« und aß den Waffelschatz, den er auf dem Trockner fand. Dann aber verlor er die Lust dazu.

Bestimmt würden Mama und Papa wieder ihm die Schuld geben. Für was auch immer. Das Festnetztelefon stand auf einem kleinen Tischchen am Fuß der Treppe, die nach oben führte. Aber damit konnte er nur umgehen, wenn er einen Zettel mit Telefonnummern daneben hatte. Er schaute umher, ob vielleicht irgendwo ein Zettel mit den Handynummern von Mama oder Papa war, fand aber keinen. Er könnte die Polizei anrufen. 110 – das wusste er. Aber nein, das war Unsinn. Wahrscheinlich verspäteten sie sich nur. Passierte ja oft.

Auf dem kniehohen Bord unter dem Fernseher lag Papas einfache Ukulele, auf der auch die Kinder spielen durften. Ben schaltete den Fernseher an. Mit der Fernbedienung kannte er sich schon aus. Und er wusste auch, wie er YouTube finden konnte und dort das Video von »Kiss«. Eine Minute später lief es. Ben hatte sich Papas Ukulele geschnappt, sprang damit auf der Couch rum und sang aus vollem Hals: »Eiwas bana laffaju, Bebi, juwas mefa laffami!«

Dann musste er Pipi machen. Wenn er allein zu Hause war, ließ er normalerweise die Klotür offen, weil es dann weniger unheimlich war. Aber vor einer Woche hatte er etwas entdeckt: Wenn er bei geschlossener Tür auf der Toilette saß und sich ein bisschen nach links beugte, konnte er durch das Schlüsselloch quer durch den Flurbereich des Wohnzimmers bis in die Küche sehen und dort das rote Handtuch sehen, das am Kühlschrank hing. Natürlich nicht das ganze Handtuch, sondern nur einen roten Fleck davon. Dann stellte er sich vor, dass seine Roboter ihm von dem anderen Teil der Insel mit Signalflaggen Nachrichten schickten. Er beugte sich noch mehr zur Seite und sah das Weiß vom Kühlschrank, bewegte den Kopf zurück und sah wieder den roten Fleck.

Er hatte noch keine Angst. Keine besondere jedenfalls. So was war seinen Eltern tatsächlich schon mal passiert. Da hatten sie seine Brüder Lukas und Finn im Fußballverein vergessen. Vor allem sein Papa war eben etwas schusselig.

»Ein typischer Künstler«, sagte seine Mama oft. »Immer den Kopf in den Wolken.«

Er putzte sich ab, spülte und zog die Hose hoch. Sollte er die Alarmanlage anschalten? Falls irgendwelche bösen Menschen ins Haus kommen wollten? Er lief zu dem Schaltkasten, der neben der Eingangstür hing, und starrte darauf. Davon wusste er noch weniger als vom Festnetztelefon. Aber wenn er mal rausging, konnte er dann vielleicht nicht wieder rein. Er lief zur Terrassentür, die hatte eine Kindersicherung. Man musste einen kleinen Knopf reindrücken und gleichzeitig den Türgriff bewegen. Aber das kriegte er nur selten hin, weil da was klemmte. Selbst seine Mama hatte manchmal Schwierigkeiten damit. Er probierte es aus, rüttelte vergebens daran und sah in den Garten. Auf die riesige Terrasse, das Vogelhäuschen, das Trampolin und ganz hinten den Swimmingpool. Es war sowieso besser, im Haus zu bleiben.

Er holte sich ein Glas Wasser, setzte sich auf einen Sessel und guckte ein paar Kinderfilme auf YouTube. Ein seltsames Gefühl beschlich ihn. Als ob das Haus um ihn herum immer enger wurde, als ob es sich langsam zuschnürte. Die leere Packung Reiswaffeln lag vor ihm auf dem Glastisch. Im ganzen Haus lagen ja noch überall nicht gegessene Waffelschätze. Aber die mochte er jetzt nicht holen. Das war ihm zu unheimlich.

Dann musste er wieder auf die Toilette. Er lehnte sich zur Seite und sah durch das Schlüsselloch den roten Fleck. Er spürte, dass er auch Kacka machen musste. Während er drückte, dachte er, dass er eigentlich keine Lust mehr auf YouTube hatte. Vielleicht sollte er noch mal mit seinem Roboter zum Mond fliegen und wertvolle Wasserkristalle sammeln oder Meteoriten sprengen. Von den fünf Düsen seiner Rakete war eine zum Fliegen und noch vier zum Lenken. Eine oben, eine unten, eine links, eine rechts. Er dachte, er würde gleich andocken, und machte den Hebel vorwärts.

»Brmmm.«

Dann dockte er an eine Station an. Der Roboter musste ihm nun mit der roten Flagge ein Signal geben. Ben lehnte sich wieder zur Seite und sah den roten Fleck nicht mehr, sondern stattdessen einen schwarzen. Was war das? Der schwarze Fleck wurde grau, wurde wieder schwarz, dann rot ...

Irgendwas bewegte sich dort. Irgendwas bewegte sich im Flur! Aber nicht Mama oder Papa. Die hätten gerufen. Er hörte schwere Schritte und eine Männerstimme, die irgendwie komisch klang. Das war ein Einbrecher! Vor Schreck löste sich ein weiterer Strahl Pipi aus Bens Blase und traf gurgelnd auf das Wasser.

Oh oh, wenn der Mann das gehört hatte. Ben rutschte vom Klo, putzte sich schnell ab und sah, dass er eine Kackawurst gemacht hatte. Aber er konnte nicht spülen. Das war zu laut. Er zog sich die Hose hoch, klappte leise den Toilettendeckel runter, lief mit pochendem Herzen zur Tür und lauschte.

Der Mann telefonierte wohl. »Ja, ich komme.«

Schritte entfernten sich, wurden leiser. Ben öffnete die Tür einen Spaltbreit, niemand war im Wohnzimmer oder Flurbereich. Sein erster Gedanke war, so schnell wie möglich aus dem Haus zu verschwinden. Aber wo war der Mann hingegangen? Zum Vordereingang? Oder zur Waschküche? Ben streifte die Hausschuhe ab, um beim Laufen keinen Lärm zu machen, schob die Tür vorsichtig weiter auf und rannte so schnell, wie er auf seinen kleinen Beinen noch nie im Leben gerannt war, quer durchs Wohnzimmer zur Terrassentür, stolperte fast über die Ukulele und packte den Türgriff.

Bitte, dachte er, *bitte, bitte!*, während er den Sicherungsknopf drückte und am Griff rüttelte. Da hörte er Stimmen und Schritte, die aus der Garage in die Waschküche kamen. Er raste quer durchs Wohnzimmer zurück und auf das Telefon zu. Die 110 fiel ihm ein, aber jeder Anruf würde viel zu lange dauern. Er rannte die Treppe hoch.

Er verkroch sich hinter der großblättrigen Pflanze, die bei der Treppe stand, und starrte mit weit aufgerissenen Augen nach unten. Zwei Männer und eine Frau standen dort. Sie trugen Arbeitsklamotten mit einem Firmenaufdruck und waren eben dabei, ihre Arbeitshandschuhe gegen Gummihandschuhe zu tauschen. Ein großer, dünner Mann mit grauen Haaren stand mit dem Rücken zu Ben.

Mit tiefer Stimme sagte er: »Warum hat das so lange gedauert, Saul?«

Der Mann, der Saul genannt wurde, war untersetzt und hatte eine Art Handwerkerweste an. Mit seinem kurzen schwarzen Kinnbart und dem mürrischen Blick sah er unheimlich aus.

Ben atmete schnell und flach. In Sekundenschnelle durchdachte er alle Möglichkeiten, aus dem Haus zu kommen, die keine Fantasien waren und kein Spiel.

Wenn er aus einem Fenster kletterte, glaubte er, würden Mama und Papa bestimmt mit ihm schimpfen. Aber das stimmte natürlich nicht. Wie auch immer er es geschafft hätte, aus dem Haus zu entkommen – seine Eltern hätten auf gar keinen Fall mit ihm geschimpft. Denn dieser Tag wurde ohnehin schlimm genug für ihn.

Die Frau trug einen blauen Overall. Sie sah so ähnlich aus wie Gitta, die Erzieherin aus dem Kindergarten, nur dass Gitta eine Brille hatte, und bei dieser hier waren die braunen Haare länger und im Nacken zu einem strengen Dutt gebunden. Ihre schnellen, sichernden Bewegungen erinnerten Ben an Marder, die er in einem Film gesehen hatte.

Bloß weg hier. Ben versuchte, vorsichtig nach hinten aufzustehen, verhakte sich irgendwie in den großen Blättern, und die auf der anderen Seite auf dem Blumentopfrand liegende Waffel fiel auf den Fußboden. Saul hob den Kopf und sah in Bens Richtung.

»Ist hier jemand im Haus?«

Ben machte sich ganz klein und atmete nicht.

»Wieso soll hier jemand im Haus sein?«, fragte die Frau.

»Mir war so, als hätte ich oben was gehört.«

Jetzt sah auch die Frau in Bens Richtung. Sie rollte genervt die Augen. »Okay«, sagte sie und kam auf die Treppe zu, »wenn es dich beruhigt. Ich geh mal nachsehen.«

Für einen Moment hatte Ben das Gefühl, sich nicht bewegen zu können. Er stellte sich vor, er würde einfach hinter der Pflanze gekauert liegen bleiben, sodass die Frau ihn beim Hochkommen sofort sehen würde. Aber irgendwie schaffte er es doch, ganz leise aufzustehen. Sein Blick glitt über die Türen. Die von seinem eigenen Kinderzimmer war angelehnt, doch er wusste, wenn er sie aufschob, würde sie quietschen.

»Eckstein, Eckstein, alles muss versteckt sein«, sang die Frau leise. Ihre Schritte klapperten schon auf der Treppe.

Die Tür des Zimmers von Lukas und Finn aber stand offen. Ben huschte dort hinein, ging in einer einzigen fließenden Bewegung zu Boden und schlüpfte unter Finns Bett. Er schob sich in die Ecke, ganz nach hinten, hielt den Atem an und lauschte angestrengt auf ihre Schritte.

»Eins, zwei, drei – ich komme!«

Mit leisem Quietschen wurde die Tür seines nebenan liegenden Zimmers aufgeschoben.

»Mäuschen, sag mal Piep!«

Ben wurde schlecht, und er kniff die Augen zusammen. Schritte über den Flur kamen näher.

»Mäuschen, sag mal Piep!« Ein Lachen folgte. »Na, hab ich dich erwischt?«

Etwa um diese Zeit saß Bens Mama, von alldem nichts ahnend, im Zug nach Sylt. Sie hatte ihren BMW in Niebüll abgestellt. Auch wenn sie reich waren – sogar ziemlich reich, sie wollten nur ein Auto mit auf die Insel nehmen. Das verlangte ihr Umweltbewusstsein einfach. Sie hatten vor Jahren auch extra ein Haus in Hörnum gekauft und nicht in Kampen. Mit all diesen Leuten, von denen sich viele an Aufgeblasenheit überboten, hatte Bens Papa in seinem Job genug zu tun. Die musste er nicht auch noch im Urlaub um sich haben.

Gerade fuhr Bens Mama über den Hindenburgdamm. Sie sah aus dem Fenster, wie sich der blaue Himmel im Wattenmeer spiegelte, und entspannte sich. Da wusste sie noch nicht, dass sie etwa eine Stunde später völlig durchdrehen würde. Und dass sie und Bens Papa einander anschreien und mit Schuldvorwürfen überhäufen würden.

Sie hätte Ben, dachte sie, doch bei sich mitnehmen sollen. Er war das »Sandwichkind«, und sie hatte das Gefühl, er bekam manchmal nicht genug Aufmerksamkeit ab. Ben lief einfach immer so mit. Es wäre schön gewesen, die ein, zwei Stunden allein mit ihm zu haben. So wie sie es ursprünglich auch geplant hatte.

Aber dann hatte Ben gehört, dass sein Papa mit den drei Geschwistern über Dänemark mit der Fähre nach List auf Sylt fahren würde, und unbedingt da mitfahren wollen. Natürlich hatte er sich kurz darauf umentschieden und wollte doch wieder mit ihr mit dem Zug über den Hindenburgdamm.

Zu guter Letzt hatte Ben auch noch angefangen, dass er unbedingt sein Piratenspiel zu Ende spielen musste. Es hätte so lange gedauert, seine Flammengewehre – oder was auch immer er in seiner Fantasie für Monsterwaffen hatte – vorzubereiten, und Papa sollte ihn nach dem Großeinkauf zu Hause abholen. Oder Mama, wenn sie ihr goldenes Armband vom Juwelier geholt hatte.

Nachdem das mit Ben noch ein paarmal – Fähre, Zug, Fähre, Zug – hin- und hergegangen war, hatte es ihr gereicht. Und sie hatte entschieden, alleine zu fahren, während plötzlich die Zwillinge anfingen, sich zu prügeln.

Während seine Mama aus dem Fenster des Zuges schaute und den Anblick des Wattenmeers genoss, kauerte Ben mit klopfendem Herzen unter dem Bett seines Bruders. Obwohl er zitterte, wagte er es, die Augen ein winziges Stückchen zu öffnen. Er sah die Beine der Frau. Sie stand in der Tür des Bads, ging hinein, bückte sich und kam heraus.

»Chantal, komm wieder runter«, rief der Mann mit der tiefen Stimme. »Wir wollen loslegen.«

Die Frau ging leise lachend die Treppe nach unten.

»Es war tatsächlich jemand oben«, hörte Ben sie rufen. »Ich hab den Übeltäter gefunden. Hier! Buuh!«

»Was?«, fragte Saul, der gedrungene Mann mit dem schwarzen Bart. »Ein … Handtuchhalter?«

»Genau. Das war das Geräusch, das du gehört hast. Bei mir zu Hause fallen die Dinger auch immer ab.«

Bens Herz pochte noch immer wie wild. Sollte er unter Finns Bett bleiben? Er musste an David denken, den großen Bruder von Leon aus dem Kindergarten. David hatte neulich von einem Film erzählt, der hieß »Kevin allein zu Haus«, und darin ging es um einen achtjährigen Jungen, der von seinen Eltern zu Hause vergessen worden war, genauso wie Ben jetzt. Und als dann Einbrecher in sein Haus kamen, besiegte der Junge sie mit allen möglichen Fallen.

Dieser Geschichte hatte Ben mit offenem Mund zugehört. Was für ein toller Kerl das war. Aber Kevin war ja auch schon groß, der war schon acht. Und die Einbrecher waren bestimmt auch nicht so böse wie diese hier. Außerdem war das ein Film und das hier nicht, und überhaupt wollte Ben nicht mehr an diesen blöden Kram denken. Er presste die Lippen aufeinander und versuchte nicht zu weinen.

»Wo ist der Safe?«, hörte er den Bärtigen fragen.

Der Dünne mit der tiefen Stimme sagte: »Wenn man ins Wohnzimmer kommt, auf der Wand gegenüber hinter dem Bild. So steht das hier auf der Liste.«

»Da hängen aber zwei Bilder.«

»Dann guck hinter beiden nach.«

»Solche Handtuchhaken«, sagte die Frau, »die taugen einfach nichts.«

Irgendwas musste Ben tun. Er kam unter dem Bett vor, tappte in den Flur und legte sich bäuchlings auf die Dielen. So was wie mit der Waffel durfte ihm kein zweites Mal passieren. Er biss die Zähne zusammen, kroch wieder vorsichtig bis zu der Pflanze vor und spähte gebannt zwischen den Blättern hindurch nach unten. Die beiden Bilder lehnten an der Wand. Der große, dünne Mann stand, einen Zettel in der Hand, gebückt vor dem Safe und hielt sein Ohr daran.

Der mürrisch aussehende Mann mit dem schwarzen Bart trat ein paar Schritte zurück und sah im Raum umher. Er hob die neben dem Kamin liegende Reiswaffel auf, begann sie zu essen und stellte sich neben die Frau.

»Ich hatte auch mal solche Handtuchhaken«, sagte er. »Aus Plastik in Edelstahloptik. Die hatten, als ich sie gekauft hab, auf der Rückseite eine Klebefläche. Damit hielten die Haken etwa drei Monate.«

Der dünne Mann richtete sich vor dem Safe auf. »Könnt ihr vielleicht mal die Klappe halten? Ich muss mich hier konzentrieren.«

Im Safe war immer viel Geld, damit Bens Papa alle Musiker gleich bezahlen konnte. Ben wusste nicht, wie viel. Aber sein Papa hatte ihm und den Geschwistern eingeschärft, nie davon zu erzählen. Der dünne Mann hatte tiefe Furchen um den Mund. Ben fand ihn kaum weniger unheimlich als den anderen mit dem schwarzen Kinnbart. Nach einer Weile runzelte der dünne Mann die Stirn und fuhr sich mit der Hand durch sein kurzes, graues Haar.

»Die Kombination funktioniert nicht. Die muss falsch sein. Da tut sich überhaupt nichts.«

»Sind wir im falschen Haus?«, fragte der Bärtige.

»Wie kommst du darauf? Hier stehts doch: Düsternbrook, Straße und Nummer.«

»Gib mir mal die Liste«, sagte der Mann mit dem Bart verärgert und nahm sie dem Dünnen aus der Hand. »Da steht ja auch was von einer Giacomettifigur oder wie auch immer das heißt. Siehst du hier irgendeine Figur?«

Wovon redeten diese Männer?, dachte Ben. Was für eine Liste hatten sie da? Der Bärtige sah mit leerem Blick auf den Zettel und dann ins Gesicht des großen, dünnen Mannes.

»Sascha, weißt du eigentlich, wie total angeschissen ich bin, wenn ich hier keine Kohle rauszieh?«

»Jetzt reg dich ab, Saul.« Er nahm dem anderen den Zettel wieder ab und zog sein Handy aus der Tasche. »Ich ruf mal Martens an.«

Diese Leute hier waren so anders als die Einbrecher, die Ben aus Pippi Langstrumpf und deren Filmen kannte. Sie waren kein bisschen tollpatschig und auch überhaupt nicht lustig. Im Gegenteil – sie waren in jeder Hinsicht furchterregend. Sogar wie dieser Saul jetzt in einen Sessel sank und dabei wehleidig das grobe Gesicht in den riesigen Händen barg, machte Ben Angst.

Der dünne Mann schlenderte, das Handy am Ohr, zu einer Vitrine und sah hinein. Die Frau klopfte Saul auf den breiten Rücken.

»Wird schon klappen.«

Der bärtige Mann nahm die Hände vom Gesicht, blies die Backen auf und ließ die Luft laut und stoßweise entweichen. »Hoffen wir's.«

»Hast du es mal mit Powerstrips probiert?«, fragte sie.

»Was?«

»Bei deinen Handtuchhaken.«

»Ja, hab ich.« Der Mann nickte. »Auch Alleskleber, doppelseitiges Klebeband, hat alles nicht gefunzt. Man wird doch überall beschissen.«

»Der blöde Sack geht nicht ran«, sagte der dünne Mann.

Der Bärtige zeigte mit ausgestrecktem Arm auf den Safe und lachte so hysterisch auf, dass Ben in seinem Versteck zusammenzuckte.

»10.000 Euro oder mehr sind da drin. Was glaubt ihr, warum ich extra von Bremen nach Kiel hochgeeiert bin? Gute Seeluft hab ich da auch.«

»Also«, sagte der dünne Mann. Er war ganz offensichtlich der Anführer. »Dann suchen wir uns selbst was zusammen.«

»Was soll das bringen?«, fragte Saul. Er schien immer tiefer im Sessel zu versinken.

»Zum Beispiel die beiden Motorräder. Die sind höchstens zwei Jahre alt. Die bringen mindestens …«

Da klingelte es an der Haustür. Die beiden Männer und die Frau verharrten plötzlich reglos wie zu Eis erstarrte Figuren in einem finsteren Märchen.

»Wer ist das?«, flüsterte der Mann mit dem Bart und zog eine Pistole aus seiner Weste.

Bens Herz begann so heftig zu pochen, dass es sich in seiner Brust ganz groß anfühlte. Eine richtige Pistole. Sein Magen verkrampfte sich. Auch wenn er erst fünf war, war ihm klar, dass dieses schreckliche Ding anders als seine Laserschwerter und Flammenwerfer wirkliche schlimme, tiefe und blutende Wunden anrichten konnte. Er duckte sich, so tief er nur konnte, hinter die großen Blätter und hatte das Gefühl, er müsse gleich anfangen, vor Angst zu wimmern.

»Steck deine Knarre ein, du Idiot«, zischte der dünne Mann. Lautlos und tief gebückt wie ein angreifender Tiger huschte er an ein Fenster, das zur Straße zeigte.

»Vorm Haus steht ein Wagen vom Paketdienst – und jetzt geht ein Bote mit 'nem Paket weg.« Er wandte sich zu den beiden anderen um. »Also behaltet mal die Nerven.«

Der schwarzbärtige Mann schob seine Pistole in eine Tasche seiner schweren Weste zurück, stand auf und breitete die muskulösen Arme aus. »Den nächsten Job hab ich erst wieder in anderthalb Wochen. Ich hab mir Kohle geliehen. Die muss ich in drei Tagen zurückzahlen.«

Der Anführer stemmte die Hände in die Hüften und kommandierte mit einer Stimme, die keinen Widerspruch duldete: »Saul, du gehst nach oben. Chantal ins Arbeitszimmer. Computer, Schmuck und so weiter. Danach das Wohnzimmer. Ich fang in der Garage an. Und zwischendurch versuch ich immer wieder Martens zu erreichen.«

Saul kam auf die Treppe zu und bewegte seinen untersetzten Körper so plötzlich und schnell, wie Ben es nicht erwartet hatte. Ben sprang auf und rannte. Er lief in sein Zimmer, rutschte an der Tür fast aus und schlitterte blitzschnell unter sein Bett. Er lauschte gebannt. Der Mann ging ins Zimmer seiner Brüder und hantierte dort rum.

Vom Fenster der Zwillinge aus konnte man aufs Dach der Garage kommen, dachte Ben. Das hatten die beiden schon ein paarmal gemacht, wie sie ihm als großes Geheimnis verraten hatten. Und neben der Garage wuchs ein Ahorn, auf dem man von da aus runterklettern konnte. Aber Lukas und Finn waren auch schon neun. Die konnten so was natürlich.

Da kam der Mann schon wieder auf Bens Tür zu. »Ein mickriger Computer«, murmelte er. »Das bringt doch alles nichts.«

Der Mann blieb in der Tür stehen und sah offenbar umher. *Nicht reinkommen*, dachte Ben. *Nicht, nicht ...*

Aber der Mann kam rein. Er stellte den Computer auf Friederikes Tisch ab, nahm sich die Waffel, die auf ihrem Bett lag, und setzte sich schwer auf Bens Bett. Es knarrte. Ben sah seine Hosenbeine und Schuhe direkt vor sich. Eine Weile hörte Ben nur schweres Atmen.

»Ich bin so was von im Arsch«, flüsterte der Mann und klang wieder so unangenehm wehleidig. »Wo soll ich in drei Tagen 2.000 Euro herkriegen? Die brechen mir die Finger.«

Gerade versuchte Ben sich vorzustellen, wer einem so kräftigen und unheimlichen Mann wohl die Finger brechen sollte, da – Bamm bamm! – donnerten Faustschläge gegen den Bettkasten, fast genau auf der Höhe von Bens Kopf. Vor Schreck hätte er beinahe aufgeschrien.

Nicht stöhnen, Ben, dachte er, *nicht keuchen. Der Mann wird dich hören.* Eine Weile blieb es still, und das Einzige, was Ben hörte, war, wie Zähne eine Reiswaffel zermahlten.

»Das sind ja Unmengen an Spielzeug«, flüsterte der Mann,

und seine Stimme zischte. »Und ich hab als Kind nur mit kaputtem altem Kram gespielt.« Er schnaubte und stand auf. »Reg dich ab, Saul.« Ein Zittern war in seiner Stimme. Er griff nach dem Computer und ging mit schweren Schritten nach unten.

Gleich darauf plätscherte unten etwas. Es wurde wieder still, und der Mann fluchte nur noch leise vor sich hin. Doch plötzlich schrie er auf.

»Ich reg mich aber nicht ab.«

Ein Knall ertönte und lautes Klirren von Glas. Ben zuckte zusammen. Was war denn nun passiert? Er hörte eilige Schritte.

»Drehst du jetzt vollkommen durch?«, sagte der dünne Mann mit beängstigend ruhiger Stimme.

Ben robbte ein Stück unter dem Bett vor und lauschte noch angestrengter. Weitere Schritte.

Die Stimme der Frau. »Was hast du gemacht, Saul?«

»Der hat den Tisch zerkloppt.«

»Du hast *was*?«, fragte die Frau.

Den Tisch zerkloppt?, dachte Ben. *Den Glastisch? Warum denn das?*

Er vernahm verhaltene Schritte. Scherben rutschten klirrend über den Boden.

»Und soll jetzt einer von uns da reintreten«, fragte die Frau, »und sich verletzen, oder was?«

»Ihr habt doch Schuhe an«, sagte der Bärtige.

Ben sah an seinem Kleiderschrank hoch. Vielleicht war er unter dem Bett nicht sicher genug. Er konnte von einem Stuhl über sein Spielzeugregal da oben auf den Schrank klettern. Das hatte er schon ein paar Mal gemacht. Aber dann stellte er sich vor, er würde beim Hochklettern runterfallen, und die bösen Leute würden es hören und kommen. Er sah hoch. Auf seinem Schrank war eine in einen Plastiküberzug eingepackte Bettdecke verstaut. Wahrscheinlich war es dort oben sowieso zu eng.

Wieder hörte Ben zögernde Schritte. Das Knacken von Glas unter Sohlen.

»Hast du …«, fragte die Frau. »Hast du hier hingestrullt? Da, Sascha, alles feucht.«

Stille.

»Ist das wahr?«, fragte der dünne Mann, und zum ersten Mal hörte Ben wirklichen Ärger in seiner Stimme. »Hast du hier etwa tatsächlich hingepisst? Das kann doch bald alles nicht mehr angehen.«

Was hatte der bärtige Mann gemacht?, dachte Ben. Hingepinkelt ins Wohnzimmer? Er fühlte sich verstört und abgestoßen.

»Was ist bloß los mit dir, Saul?«, fragte die Frau.

»Das ist 'ne alte Tradition«, sagte Saul mit mürrischer, doch kleinlauter Stimme. »Das haben Jo und ich mal angefangen, wenn bei den Leuten zu wenig zu holen war. Sozusagen als Strafe.«

Ben hatte davon gehört, dass Betrunkene manchmal in die Hose pinkelten oder sehr, sehr alte Menschen. Aber ein erwachsener Mann? Und dann auch noch mit Absicht? Diese Leute waren unberechenbar und zerstörerisch.

»Und damit hast du überall deine DNA verteilt«, rief die Frau. »Bist du eigentlich bescheuert? Was hat uns Alban da für einen Idioten zugeteilt?«

Wenig später kam Saul wieder die Treppe nach oben, und Ben glitt unters Bett zurück.

»Der Idiot kennt sich nun mal mit Alarmanlagen aus«, flüsterte der Mann gereizt. Er ging ins Schlafzimmer, rumorte dort rum und kam zurück, an der Tür von Bens Zimmer vorbei. »Ich bin oben fertig«, rief er auf der Treppe. »Ich hab 'ne große Schatulle mit Schmuck.«

Ben kroch unter dem Bett vor und lief leise ins Zimmer seiner Brüder. Er machte das Fenster auf und sah nach unten aufs Dach der Garage. Oh, das war ja viel zu hoch. Er fing an zu weinen. Was sollte er bloß machen? Wenn die Hecke nicht so hoch wäre, könnte er vielleicht zu den Nachbarn rüberwinken. Er setzte sich aufs Bett und fühlte sich so einsam wie nie zuvor in seinem Leben.

Nach einer Weile stand Ben auf und wischte sich mit dem Ärmel die Augen. Gar nichts zu tun konnte er erst recht nicht ertragen. Er musste einfach wissen, was die bösen Leute da unten taten. Er lauschte in den Flur. Unten im Wohnzimmer sprachen die Frau und Saul miteinander. Er tappte ängstlich den Flur entlang und bezog wieder seinen Posten hinter der großen Pflanze.

Das sah ja unten schrecklich aus. Überall auf dem Teppich glitzerten große und kleine Glassplitter. Direkt vor dem Untergestell des Tisches lagen die Scherben der großen Bodenvase, die immer neben der Terrassentür stand. Und in der Ecke konnte Ben auf dem Teppich auch den großen feuchten Fleck sehen.

Ben sah Mamas Schmuckschatulle auf der Couch stehen. Darin war auch ein großer, blauer Anhänger, den Mama so liebte. Den trug sie zwar nur selten, aber Ben wusste, er war von einer schon lange gestorbenen Oma von ihr.

Der Anführer kam aus der Waschküche und sah Saul an. »Bring schon mal Kram in die Garage. Dann fahr den Wagen rückwärts vors Garagentor.«

»Okay, Boss«, sagte der Bärtige und verschwand in der Waschküche.

Selbst sein Eifer und diese seltsame Beflissenheit wirkten verstörend auf Ben.

»Ist das nicht ein bisschen kritisch?«, fragte die Frau. »Jetzt schon mit dem Laster auf die Auffahrt?«

Sauls Schritte wurden leiser.

»Das ist ja hinter der hohen Hecke.« Der dünne Mann senkte die Stimme so sehr, dass Ben sich weiter vorbeugte und mit noch mehr Anstrengung lauschte. »Ich wollte einfach, dass der Kerl mal für 'ne Weile hier raus ist.«

»Hm …«

»Behalt Saul im Auge«, flüsterte er. »Bleib möglichst in seiner Nähe.« Seine Stimme wirkte nicht besorgt, sondern kalt.

»Wenn wir das vorher gewusst hätten …«

»Na ja, Martens hat mich vorgewarnt.«

»Was?«, fragte die Frau, und in ihrer Stimme hörte Ben ehrliche Entrüstung. Sie wischte mit den Händen an ihrem Blaumann entlang, als ob sie sich irgendwie unangenehm fühlte. »Martens hat dich vorgewarnt? Du hast gewusst, was Saul für ein Psycho ist?«

Ein *Psycho*? War das nicht etwas ganz, ganz Schlimmes?

»Ich konnte keinen anderen kriegen. Werner ist krank, und Mike und Kalli haben einen Job in Hannover.«

»Aber sollten wir dem Kerl nicht besser die Knarre abnehmen?«

»Daran hab ich auch schon gedacht …«

Der Mann folgte Saul. Ben starrte wieder auf die Schmuckschatulle, und in seinem Kinderkopf bildete sich plötzlich die Idee, ob er den Schmuck seiner Mama irgendwie in Sicherheit bringen könnte. Die Frau öffnete die Vitrine und fing an, Tassen in Pappkartons zu packen. Sie war noch dabei, als Saul wiederkam. Er kaute.

»Was isst du da eigentlich die ganze Zeit?«, fragte sie.

»Reiswaffeln. Hast du nicht gesehen, dass hier überall Reiswaffeln rumliegen?«

»Klar ist mir das aufgefallen. Aber kommt dir das nicht merkwürdig vor?«

»Nee, wieso?«

Der Mann zuckte die Achseln und trat vor den Kamin, auf dessen Sims Bilder von Bens Familie standen. Ben sah, wie diese sonst so von ihm geliebte Süßigkeit nach und nach im Mund des Mannes verschwand. Aber jetzt war das Ben vollkommen egal. Der Bärtige zeigte auf ein Bild von Bens Mama.

»Das ist die Frau von dem Musiker?«, fragte er mit vollem Mund.

Die Frau blickte auf. Sie nickte.

»Sieht aus wie meine Deutschlehrerin«, sagte er. »In der Berufsschule.«

»Die ist Urologin.«

»Urodings, ist das nicht ...« Er pfiff durch die Zähne. »Von der würd ich mir gern mal die Eier kraulen lassen.«

Die Frau stöhnte auf und verdrehte die Augen. Der Mann sah zu ihr und runzelte die Stirn.

»Mensch, Mädchen, jetzt stell dich doch nicht so eng-fotzig an.«

Sie hob einen Pappkarton hoch und trug ihn zur Couch. Scherben klirrten unter ihren Füßen. Sie stellte den Karton ab und drehte sich um.

»Nur dass das klar ist: Ich bin nicht dein *Mädchen*.«

Sie ging auf den gedrungenen Mann zu, und für einen Augenblick standen sie einander in feindseliger, angespannter Haltung gegenüber.

»Sind wir hier durch?«, fragte er.

Sie nickte.

»Dann nehmen wir uns jetzt den Keller vor.«

Sie gingen die Treppe nach unten.

Ben starrte wie hypnotisiert auf die Schatulle auf der Couch, in der der Anhänger seiner Mama war, und dachte daran, was er sich vorgenommen hatte. Der große, dünne Mann war noch in der Garage. Ben stand langsam auf und schlich drei Stufen nach unten. Er atmete flach und leise, lauschte ins Haus hinein und sah auf die Schatulle und von da zur Haustür. Der Weg von der Couch zur Haustür war ihm noch nie so unfassbar weit vorgekommen. Für einen Moment war ihm, als könnte er seine Füße nicht mehr bewegen. Aber dann dachte er: *Jetzt, jetzt!* Wenn er jetzt nicht runterging, war es zu spät.

Er huschte leise und schnell die Treppe nach unten – *Oh oh oh!* –, lief zur Couch und schnappte sich die Schatulle. Er wollte damit zur Haustür rennen, aber da hörte er schon die schweren Schritte von Saul auf der Kellertreppe. Ben würde ihm direkt in die Arme laufen, und so wirbelte er mit angstgeweiteten Augen herum zur Terrassentür und drückte den Sicherungsknopf, aber der Türgriff klemmte noch immer. *Nein, nein.* Da kamen auch noch Schritte aus der Garage.

Ben rannte zur Couch und warf sich dahinter auf den Boden. Er umklammerte die Schatulle und drückte sie fest an die Brust. Er presste die Lippen aufeinander und war sicher, dass ihn sein laut hämmerndes Herz in jedem Moment verraten würde.

Der Bärtige sagte mit halb vollem Mund: »Mannomann, hast du das im Keller gesehen?«

»Ja, da ist ein Riesentonstudio mit vielen Instrumenten.«

Unter der Couch hindurch sah Ben ihre Füße. Die Männer gingen in den Keller. Ben sprang auf und rannte mit der

Schatulle die Treppe nach oben, so schnell er konnte. Er versteckte die Schatulle in Friederikes Kommode unter ihrer Bettwäsche und strich den Stoff wieder sorgfältig glatt. Dann huschte er zurück zu seinem Beobachtungsposten.

Gerade kam Saul aus dem Keller hoch. Ben schob die Blätter ein Stückchen auseinander, um besser sehen zu können, was er bei sich hatte. Er trug zwei Gitarren und wandte sich zu dem Anführer um, der hinter ihm ging.

»Das ist doch bestimmt alles irre viel wert, oder?«

»Die Gitarren und den kleineren Kram nehmen wir mit«, sagte der dünne Mann. »Vor allem auch die Mikros.«

Er stellte eine Box ab und lief wieder nach unten.

»Das andere nicht?«

»Wir können ja auch das ganze Haus mitnehmen«, sagte die Frau, zwei Keyboards unter dem Arm. »Das ist bestimmt auch viel wert.«

Ben musste plötzlich daran denken, was sie wohl tun würden, wenn sie merkten, dass der Schmuck verschwunden war, und bei diesem Gedanken wurde ihm fürchterlich übel. Aber der Mann mit dem Bart ging an der Couch vorbei, ohne sie zu beachten, und verschwand in der Waschküche. Die Frau legte die Keyboards ab und steuerte auf die Toilette zu. Sie machte die Tür hinter sich zu, und Ben hörte ihre gedämpfte Stimme. Sie war aufgeregt, rief etwas Unverständliches und betätigte die Spülung. Als sie nach ein paar Minuten rauskam, kam auch Saul gerade aus der Waschküche. Sie sah ihn an.

»Du bist doch wirklich ein Schwein. Wie eklig bist du überhaupt?«

»Was hab ich denn jetzt wieder gemacht?«

»Das weißt du ganz genau, du analfixierter Idiot.«

»Ich bin anal... was?«

»Ach, leck mich doch.«

Die Frau wandte sich ab und klemmte sich die abgestellten Keyboards unter den Arm. Der Mann trat ihr in den Weg und fasste sie an der Schulter.

»Mir reicht das, ständig von dir gedisst zu werden«, flüsterte er mit drohender Stimme.

Sie ging zwei Schritte zurück. »Oh, du kannst ja Jugendsprache. Sehr cool.«

»Ich will jetzt wissen, was los ist.«

»Was los ist? Du hast ins Toilettenbecken geschissen und deine Wurst da bräsig und stinkend liegen lassen. Das ist los.«

Seine Kackawurst. An die hatte Ben gar nicht mehr gedacht.

»Was hab ich?«

Ben sah die Überraschung im Gesicht des Mannes. Der machte einen Schritt nach hinten, und sie ging im Bogen um ihn herum.

»Wag das nicht noch mal, mich anzufassen.«

Der bärtige Mann warf einen Blick an ihr vorbei zur Couch und verharrte mitten in der Bewegung.

»Wo ist der Schmuck?«, fragte er, und seine Stimme war ein bösartiges Wispern.

»Was?«, fragte sie.

Oh! Jetzt hatten sie es doch bemerkt. Ben hielt den Atem an.

»Die Schatulle«, sagte er. »Die stand da drüben auf der Couch.«

Sie blieb stehen. »Du hast doch alles schon in die Garage gebracht.«

»Nein, den Schmuck nicht, der war noch da drüben.«

Der dünne Mann kam mit einer zweiten Box die Treppe hoch. »Na, was ist jetzt schon wieder los?«

Ich bin so dumm, dachte Ben, *ich bin so dumm.*

»Saul glaubt, dass einer von uns den Schmuck eingesackt hat.«

»Hab ich nicht gesagt.«

»Darauf läuft es doch hinaus.«

Der Dünne ging mit der Box an ihnen vorbei. »Wie blöd müsste einer von uns wohl sein, die Schatulle an sich zu nehmen. Die kann man schlecht in der Hosentasche verstecken.«

Auch die Frau setzte sich wieder in Bewegung, und Ben wischte sich vor Aufregung mit der Hand durchs Gesicht. Es konnte nicht mehr lange dauern, und ihnen würde klar werden, dass jemand anderes den Schmuck genommen haben musste.

»Wo soll er denn sonst sein?«, rief Saul. »Jetzt bleibt mal stehen.«

»Denk mal nach, wer die Schatulle als Letzter gehabt hat«, sagte die Frau. »Jetzt hör auf damit. Wir müssen sehen, dass wir hier langsam mal wegkommen.«

»Verdammt«, schrie Saul, und vor Wut flogen ihm Spucketropfen aus dem Mund. »Ich bin es leid, von euch wie der letzte Idiot behandelt zu werden. Bleibt stehen, hab ich gesagt.«

Er hatte plötzlich seine Pistole in der Hand. Der Anführer drehte sich um. Den Mund halb offen, starrte er vollkommen entgeistert auf die Pistole und ging auf den Bärtigen zu, ohne die Box abzustellen.

»Lass diese Kinderkacke«, sagte er, und seine Stimme schien vor Kälte zu knacken. »Sofort! Nimm die Waffe runter.«

»Verdammt!«, rief Saul im Zurückweichen. »Bleib stehen!«

Ein Schuss krachte. Ben zuckte zusammen und ein Schrei des Entsetzens entfuhr ihm. Aber die Frau schrie noch lauter, sie taumelte nach hinten. Alles in Ben zog sich zusammen, er wollte flüchten, wollte aufspringen, wollte sich unter seinem Bett verkriechen, aber er war wie gelähmt. Gleich würde er sich übergeben.

In dieses Chaos hinein klingelte das Telefon. Ring!

»Du Arschloch«, schrie die Frau, und Ungläubigkeit flammte in ihren Augen zusammen mit Wut. »Du hast mich getroffen.«

»Was?«

Ring!

»Frag nicht so blöd.« Ihre freie Hand wedelte durch die Luft. »Hier am Arm.«

»Das wollte ich nicht, ich ...«

Ring!

»... wollte nur einen Warnschuss abgeben. Ehrlich.«

Der dünne Mann hatte die Box abgestellt und war mit drei großen Schritten bei der Frau. Auf ihrem Oberarm breitete sich im Stoff ihres Blaumanns ein dunkler Blutfleck aus. Sie war bleich wie die Wand, hielt noch immer die Keyboards umklammert und schrie: »Scheiße! Scheiße!«

Das *Ring!* schien von Mal zu Mal schriller zu werden. Während der Dünne sich den Oberarm ansah, fuchtelte der Bärtige mit der Pistole in Richtung des Telefons.

»Vielleicht ist das ein Kontrollanruf der Polizei.«

Der Blutfleck wurde schnell größer. Ben starrte in fassungslosem Entsetzen auf die blutende Frau, und hätten sie oder einer der Männer in diesem Moment hochgeblickt, hätten sie einen kleinen Jungen mit angstvoll geweiteten Augen gesehen, dem die langen blonden Haare wirr in sein Kindergesicht hingen.

Da sprang der Anrufbeantworter an, und darauf krähte Bens eigene Stimme in seltsam grotesker Fröhlichkeit:

»Hallo! Wir sind gerade nicht zu Hause. Nachrichten bitte nach dem Piiiep!«

»Das ist nur ein Streifschuss«, sagte der Anführer.

Er zog jetzt ebenfalls eine Pistole. Die beiden Männer sahen einander an. Die Stimme von Bens Mama erklang, fahrig und weinerlich.

»Hallo, Schatz, warum gehst du nicht ans Telefon? Der Papa ist schon auf dem Weg nach Hause. Der ist bestimmt in einer Stunde bei dir, Liebling. Du brauchst keine Angst zu haben.«

Im Hintergrund die Stimme von einem der Zwillinge: »Warum geht Benny denn nicht ran?«

Die Aufnahme brach ab.

»Habt ihr das gehört?«, fragte der Anführer.

»Ja.«

»Wisst ihr, was das bedeutet? Irgendwo hier im Haus ist ein kleiner Junge. Der Sohn.« Er zeigte auf Sauls Pistole. »Weg mit der Knarre.«

Sie wussten es! Sie wussten es! Ben musste unters Bett zurück. Sofort!

Saul glotzte den Anführer mit großen Augen an, und beide Männer steckten ihre Pistolen wieder ein.

»Also kleine Planänderung«, sagte der dünne Mann und sah von der Frau zu Saul. »Wir schnappen uns den Jungen, und wenn sein Daddy kommt …«

Die Frau ließ die Keyboards fallen, stürmte auf den Bärtigen zu und verpasste ihm einen Faustschlag in den Magen und mit der anderen Hand einen Hieb ins Gesicht. Er stürzte nach hinten zu Boden. Glasscherben klirrten. Ben schlug die Hände vors Gesicht. Seine Augen verengten sich vor Angst zu Schlitzen, und er lugte zwischen den gespreizten Fingern hindurch.

»Du Wahnsinniger!«, schrie die Frau. »Bist du verrückt, auf mich zu schießen?« Sie beugte sich zu ihm runter, packte mit beiden Händen sein Hemd und riss seinen Oberkörper hoch. »Du hättest mich fast umgelegt.«

Sie sah den dünnen Mann an, und ihre Augen funkelten vor Wut. »Gib mir den Kabelbinder.«

»Aber der kleine Junge …«, sagte der dünne Mann.

»Ich scheiß auf den Jungen. Her mit dem Kabelbinder.«

Sie schiss auf ihn! Unter dem Bett war Ben nicht mehr sicher. Während der dünne Mann in seine Tasche griff und ihr den Kabelbinder hinhielt, nahm die Frau dem Mann mit dem Bart die Pistole ab und ließ sie hinter sich über den Teppich schlittern. Saul starrte auf seine Handflächen.

»Scheiße, ich bin verletzt.« Beide bluteten.

Die Frau packte seine Handgelenke, riss sie brutal nach hinten und fesselte ihm die Hände auf den Rücken.

»Ach ja?« Sie lachte höhnisch. »Wo kommen all die Glasscherben auf dem Teppich wohl her?«

Obwohl sein Herz jetzt rasend schnell klopfte, schaffte Ben es nicht, den Blick abzuwenden.

»Chantal«, rief der Bärtige und wand sich in der Fesselung. »Ich hab das doch nicht mit Absicht …«

»Halt bloß deine Schnauze.« Sie erhob sich und sah auf ihn runter. »Du bleibst hier sitzen und rührst dich nicht vom Fleck, verstanden? Sonst sag ich Christopher, er soll dich kaltmachen.«

Aus dem Fenster! Bens Gedanken rasten. Er *musste* es riskieren.

»Also«, sagte der Dünne. »Wir suchen den Jungen und schnappen ihn uns.«

»Wir sind keine Entführer«, sagte die Frau. »Das ist 'ne ganz andere Liga.«

Oder doch auf den Schrank! Ben kroch auf allen vieren zurück, so schnell er konnte, erhob sich und rannte mit weichen Knien in sein Zimmer. Hinter sich hörte er die Stimme des Anführers.

»Wer redet von entführen? Wir warten hier schön auf seinen Daddy, und wenn er da ist, zeigen wir ihm seinen Sprössling und bitten ihn ganz höflich, den Safe zu öffnen.«

Schnell, schnell! Vom Stuhl aufs Regal und von da auf den Schrank. Am Rand der Bettdecke lag auch ein Fußball. Der verdeckte ihn zusätzlich. Sein alter Fußball, den er von Onkel Uwe geschenkt bekommen hatte. Er zog die Beine an den Körper und kauerte sich ganz klein zusammen.

»Ich denke, der Junge ist oben«, hörte er den Anführer sagen und dann auf der Treppe lauter: »Junge, wenn du uns hörst, wir werden dir nichts tun. Du brauchst keine Angst zu haben.«

Aber Ben hatte Angst. Seine Lippen zitterten, und sein Atem flackerte. Er kniff die Augen zusammen, die jetzt feucht wurden, faltete die Hände und flüsterte: »Ich bin klein, mein Herz ist rein ...«

Der Anführer und die Frau kamen über den Flur.

»Wenn der Bengel jetzt auch noch Stress macht«, sagte die Frau mit dunkler Stimme, »kann er was erleben. Ich bin gerade so richtig in Stimmung.«

»Guck du dort nach.«

Schritte. Die Stimme der Frau war in seinem Zimmer, direkt unter ihm. »Na, komm raus, Kleiner.« Sie bückte sich offenbar. Dann ging die Tür des Schranks mit hohem Quietschen auf.

Kein anderer, dachte Ben und zwang sich, nicht zu schluchzen, *da ... außer Jesus ...* Plötzlich musste er ganz dringend Pipi machen.

»Im Schlafzimmer hab ich nachgesehen, da ist nichts«, rief der Mann. »Aber in dem anderen Kinderzimmer ist ein Fenster auf.«

Die Frau ging zu ihm. Ihre Schritte wurden leiser. Für einen Augenblick wagte Ben es, seinen Tränen freien Lauf zu lassen. Ihre Stimmen waren nicht mehr als ein halblautes Gemurmel. Dann wieder lautere Schritte über den Flur.

»Aber das ist viel zu hoch für einen kleinen Jungen«, sagte der Mann.

»Wo kann er denn sonst sein? Im Arbeitszimmer?«

Jetzt schwammen Bens Augen in Tränen. Er presste gegen das Schluchzen beide Hände auf den Mund. Angst fuhr in seinen kleinen Körper hinein, hielt ihn gepackt und schüttelte ihn.

»Er *muss* im Haus sein.«

Sie entfernten sich zur Treppe und waren etwa die Hälfte der Stufen gegangen, als wieder das Telefon klingelte. Der Mann und die Frau gingen nach unten, und es klingelte weiter, viermal, fünfmal …

Ben ließ alle Luft ausströmen, doch die Angst brachte ihn dazu, weiter zu zappeln, und etwas neben seinem Kopf raschelte. Er schlug die Augen auf und sah mit Schrecken, wie der Ball sich bewegte. Seine rechte Hand schnellte vor, aber der Ball kippte bereits über die Kante und fiel. Eine Schrecksekunde später hörte Ben, wie er auf eine Legokiste traf. Legosteine prasselten heraus. In das laute, unheilvolle Dopsen des Balles, der in den Flur rollte, mischte sich Bens eigene, grotesk fröhliche Stimme von dem Anrufbeantworter.

»Der Junge ist oben!«, rief der dünne Mann und kam mit riesigen, polternden Schritten die Treppe raufgestürmt. »Ich hab's euch gesagt. Der ist oben. Wo kam der Ball her?«

Nein, nein!, schrie es in Bens Kopf.

Die Stimme seiner Mutter schallte durchs Haus.

»Hier ist noch mal die Mama. Geh doch mal ran, Ben. Ich hab Frau Kohlwitz angerufen, unsere Nachbarin mit dem Hund. Die kommt gleich mit ihrem Mann zu dir rüber. Dann bist du nicht mehr allein. Sie muss jeden Augenblick da sein.«

Auch die Frau kam die Treppe hochgerannt. Ben spürte, wie es zwischen seinen Beinen warm wurde. Er pinkelte in die Hose. *Bitte, Frau Kohlwitz*, dachte er flehentlich. *Komm schnell!*

»Sascha, Chantal«, rief der gefesselte Mann von unten, und sein Tonfall klang eindringlich. »Wir müssen verschwinden. Sollen wir jetzt immer mehr Leute als Geiseln nehmen? Das wird 'ne Nummer zu groß für uns.«

Sekundenlang blieben der Mann und die Frau im Flur stehen. Sie atmeten laut.

»Scheiße, Chantal, er hat recht. Nehmen wir das, was wir haben, und hauen wir ab.«

Frau Kohlwitz, die Nachbarin, ging nach dem Anruf von Bens Mutter eilig den Plattenweg des nebenan gelegenen Hauses hoch, schloss die Tür auf und blieb nach wenigen Schritten ins Wohnzimmer schockiert stehen. Der Teppichboden war mit glitzernden Scherben bedeckt. Zwei Keyboards lagen auf dem Teppich, und es roch streng nach Urin.

»Ben«, rief sie erschrocken und sah umher. »Ben.«

Erst da entdeckte sie, dass überall Blut war. Sie hörte das Tappen von Kinderschritten über sich und sah hoch. Der kleine Junge stand oben an der Treppe. Er hielt die Arme so eng an den Körper gepresst, als wolle er sich in sich selbst verkriechen. Seine Augen waren riesig groß und verweint.

»Na komm«, rief sie und streckte eine Hand aus. »Komm ...«

Aber Ben kam nicht.

»Soll ich zu dir kommen?«

Er nickte verschüchtert, und Frau Kohlwitz stieg langsam die Treppe hoch. Sie setzte sich auf die oberste Stufe, zog ihn sacht auf ihren Schoß und streichelte ihm über die Haare. Sie spürte sein Herz klopfen.

»Was ist denn passiert?«

Aus den Augenwinkeln sah sie unten eine Bewegung. Durch ein zur Auffahrt zeigendes Fenster konnte sie gerade noch einen wegfahrenden Wagen sehen.

»Da waren ...« Ben bebte am ganzen Körper und fing an zu schluchzen. »... ich ... beinahe ...«

»Du kannst es mir später erzählen. Alles ist gut ... alles ist gut ...« Sie küsste seine Stirn. »Pscht ... pscht ...«

ES IST BESSER SO

SINA BEERWALD

Sieht so ein Mörder aus, frage ich mich und schaue in der Umkleidekabine des Laboer Meerwasserschwimmbads in den Spiegel. Schweißperlen kleben eine streichholzlange Strähne auf meiner hohen Stirn fest. In diesen beengten vier Holzwänden arbeitet mein Körper auf Hochtouren.

Werde ich die Situation im Griff haben, oder besser gesagt: Werde ich mich im Griff haben?

Allerdings hat sich meine kleine Tochter diesen Ausflug in das Schwimmbad so sehr gewünscht und heute ist unser letzter Urlaubstag, an dem meine Frau ausgerechnet mit Migräne im Bett liegt. Deshalb hat sie mich gebeten, unserer Marie diesen sehnlichen Wunsch zu erfüllen.

Keine Frage, das Schwimmbad ist toll gelegen, direkt am Strand, man badet im wohltemperierten Meerwasser, und es gibt eine Riesenrutsche. Von der Empore aus hat man eine wunderbare Aussicht über die Förde und kann die Schiffe beobachten, wie sie auf die Ostsee hinausfahren.

Doch ganz gleich, wie einzigartig das Bad ist, meine Frau weiß, dass ich keinen Fuß in ein Schwimmbad setze. Erst recht nicht in dieses Schwimmbad.

Das ist besser so. Sie weiß allerdings nicht, warum. Das ist auch besser so.

»Papa, hilfst du mir?« Meine Tochter hält mir ihren rosafarbenen Badeanzug entgegen. Mir zittern die Hände, als ich ihr das Stück Stoff anziehe.

Ich richte mich auf, und erneut fällt mein Blick in diesen verfluchten Spiegel. Wieder sehe ich meinen Vater vor mir. Er lebt nicht mehr, Gott sei Dank, und trotzdem werde ich ihn nicht los. Ich muss mich nur anschauen. Die schmalen Lippen, die Kinngrube, der ausgeprägte Kehlkopf.

Ich war zwölf, als ich zuletzt in einem Schwimmbad war, in diesem Schwimmbad. Meine Schwester war sechs Jahre alt, und wir sind oft mit meinen Eltern in diesem Bad gewesen. Besonders beliebt war der Freitagnachmittag. Gegen halb sechs saßen alle erwartungsvoll auf den Wärmebänken und warteten darauf, dass die schweren weißen Riesenvorhänge an der Fensterfront zum Strand hin zugezogen wurden und das Nacktbaden beginnen konnte. Sogar aus Hamburg reisten die Touristen zu diesem Ereignis an. Wir wohnten damals noch in Laboe, und somit war dieser FKK-Nachmittag für meine Mutter zu einem lieb gewonnenen Ritual geworden. Für mich war es der blanke Horror. Für meinen Vater ein einträglicher Nebenerwerb.

»Papa, warum ziehst du dich nicht um?« Meine rotblonde Tochter schaut fragend zu mir hoch. Sie ist meiner Schwester in diesem Alter wie aus dem Gesicht geschnitten. Die Anordnung der vier großen Sommersprossen neben der Nase – wie eine göttliche Blaupause. Eine verteufelte Blaupause.

Ich löse mich von meinem Spiegelbild und nicke meiner Tochter zu. Meine Arme sind bleischwer und gehorchen mir nicht richtig, als ich mir mein T-Shirt über den Kopf ziehe, so als hätte ich stundenlang tonnenschwere Steine geschleppt. Umgezogen bin ich dennoch schnell, weil ich die Badehose schon zu Hause daruntergezogen habe. Ich atme stoßweise, wie nach einem Sprint. Nur raus aus dieser Umkleide, bevor ich mich nicht mehr im Griff habe.

Mein Vater trug immer eine rote Badehose. Sein Erkennungsmerkmal. In der Szene hatte es sich über die Jahre herumgesprochen, dass der Mann mit der roten Badehose auf die Frage nach der Uhrzeit gerne ein ebenso fragendes »Sechs« zurückgab und auf ein darauffolgendes Nicken gerne die Preise nannte. Anfassen im Schwimmbecken 10 Mark, Blasen in der Umkleide 40 Mark, noch mehr in der Umkleide 100 Mark. Die meisten haben für den vollen Spaß bezahlt. Wenn schon, denn schon. So hat mein Vater kalkuliert, auf meine Kosten.

Videoüberwachung gab es noch nicht, als ich Kind war.

Seit meine Tochter geboren wurde, habe ich mich immer gefragt, ob ich eines Tages so werden könnte wie mein Vater. Man liest ja landläufig davon, dass Männer das, was ihnen widerfahren ist, später selbst bei ihren Kindern tun.

In der Dusche gebe ich Marie ihr Duschgel in die Hand und seife mich selbst ein. Als sie ihren Badeanzug ausziehen will, winke ich schnell ab.

»Aber Mama hat gesagt, das muss ich machen.«

»Lass ihn an. Das gilt nur, wenn du mit Mama unterwegs bist. Das hier ist eine Männerdusche.«

»Aber wir sind allein, es sind gar keine fremden Männer da.«

»Es ist trotzdem besser so.«

»Aua Papa, das Wasser ist zu heiß!«

Für mich fühlt es sich gut an. Ich drehe am Regler.

Marie kreischt. »Jetzt ist es eiskalt!«

Ich werde nur durch Zufall die richtige Einstellung finden, da sich Wasser für mich immer kalt anfühlt. Man könnte mir die Hand in kochendes Wasser halten, ich würde es erst merken, wenn ich mir die Haut längst verbrüht hätte.

Als wir den Schwimmbereich betreten, stehen wir direkt vor dem Becken, dahinter die große Fensterfront zum Strand hin. In diesem Bereich des Bads hat sich in gut 30 Jahren bis auf die üblichen Modernisierungsarbeiten kaum etwas verändert. Nur die Empore und die Riesenrutsche sind neu, und höchstwahrscheinlich auch die Anlage, mit der das Meerwasser aus der Förde angesaugt wird, denn damals musste das Baden immer mal wieder abgesagt werden, weil Quallen die Ansaugköpfe verstopft hatten. Das waren meine glücklichsten Tage, selbst wenn mein Vater dann unerträglich schlecht gelaunt war.

Das zarte Grün der Beckenkacheln, wie damals. Die Pflanzen in großen Kübeln entlang des Beckenrands, wie damals. Die gewaltige Kraft der Sonne, die durch die mächtige Fensterfront scheint, wie damals.

Mir läuft eine Gänsehaut über den Nacken, trotz der nun herrschenden tropischen Temperaturen.

Obwohl die Wärmebänke nicht mehr da sind, sehe ich mich dort drüben mit meiner Schwester sitzen, wo jetzt die weißen Plastikstühle stehen. Sie ist fröhlich und hockt unbeschwert auf Papas Schoß. Ahnungslos. Sie weiß Gott sei Dank nicht, wie grausam so ein Schwimmbadbesuch auch sein kann.

Meine Tochter zieht mich weiter in den neu gebauten Bereich, wo es ein Babybecken gibt. Zwei Mädchen mit Schwimmflügeln spielen mit Wassereimern und Sieben. Marie schaut versonnen zu. Dann beschließt sie wohl, dass sie für das Planschbecken schon viel zu groß sei, und zieht mich Richtung Empore.

»Ich will auf die Riesenrutsche«, sagt sie mit Nachdruck, und schon rennt sie los.

Ich eile ihr nach. Meine Knie sind weich, die nassen Stufen fühlen sich unter meinen Füßen wie dünnes Eis an. Ich hätte der Bitte meiner Frau nicht nachgeben dürfen. Es war fatal. Fatal für mich und meine Familie. Aber meine Frau weiß schließlich nicht, was mir in meiner Kindheit passiert ist.

Ich wollte vergessen.

Was wird sein, wenn ich nicht mehr verdrängen kann? Ein Psychologe würde feststellen, dass es mir in meiner Kindheit an nichts gefehlt hat – ich hatte zu viel von allem.

Wir wohnten in einem großen Einfamilienhaus in Laboe mit einem Vorgarten, in dem Tulpen und Osterglocken in Blumengestelle eingepfercht wuchsen, damit alle schön in Gruppen beieinander standen und keine einen Ausbruchs- versuch wagen konnte. Unsere Kinderzimmer glichen einer Spielzeugfiliale, aber spielen wollten wir darin nicht, weil wir für die kleinste Unordnung eine Ohrfeige kassier- ten. Freunde hätte ich mitbringen dürfen, wann immer ich wollte – aber ich wollte nicht. Warum nicht, habe ich mei- ner Mutter nie erklärt.

Ob das zu meiner Verteidigung reichen würde? Darf sich ein Mensch wie ich überhaupt verteidigen?

Wir stehen oben an der blauen Rutsche, die ihr schwarzes rundes Maul weit aufgerissen hat.

»Warte, Marie. Die Rutsche ist erst ab sechs Jahren. Lass uns beim ersten Mal zusammen rutschen.« Ich halte meine Tochter fest. So fest, dass es ihr unangenehm wird und sie sich losmacht.

»Ich bin sechs Jahre alt!«, ruft sie, und schon ist sie in die Rutsche gesprungen, schneller als ich reagieren kann.

»Marie, nicht!« Ich hechte ihr hinterher. Ich höre meine Tochter schreien. War das ein Freudenschrei oder ein Angstschrei? Gerumpel. Etwas schlägt gegen die Plastikwand. Der Ellenbogen? Ihre Ferse? Ihr Kopf? Für einen Sekundenbruchteil sehe ich sie, sie liegt merkwürdig verdreht da, wird zum Spielball der Rutsche.

Ich stoße mich mehrfach mit den Händen ab, werde schneller, bekomme sie zu fassen, erwische sie am Bein, die nächste Kurve. Meine Hand greift ins Leere.

Es war ein sonniger Frühlingstag, als wir wieder einmal im Schwimmbad waren und ich mit meiner sechsjährigen Schwester von der Umkleidekabine zum Becken ging. Zum ersten Mal lachte sie nicht, und ich fragte sie, was los sei. Da schaute sie mich mit großen Augen an und wollte wissen, ob es richtig wäre, wenn Papa sie da unten anfassen würde, denn ihr gefiele das nicht. Mir wurde schlagartig übel, und ich gab ihr keine Antwort.

Stattdessen machte ich einen Kopfsprung ins Wasser, meine Schwester tat es mir gleich. Doch sie kam mit dem Kopf auf dem Boden auf, wo sich schon so mancher eine Beule geholt oder sogar die Zähne ausgeschlagen hatte. Das passierte schnell, wenn man die Tiefe nicht richtig einschätzen konnte. Und damals gab es weder Helikopter-Eltern noch ständig am Beckenrand präsente Schwimmmeister, die auf die Einhaltung irgendwelcher Regeln achteten.

»Marie, wo bist du? Marie?« Meine Rufe werden vom Jauchzen eines nachfolgenden Jungen übertönt. Da vorne, ich sehe sie! Gleich muss die Rutsche zu Ende sein. Die nächste Kurve. Ich verliere sie wieder aus den Augen.

Ich hatte immer geglaubt, ich wäre das einzige Opfer meines Vaters. Dabei hatte er, wie bei mir, nur bis zum Schulbeginn gewartet. Und nun sollte meine Schwester all das durchleiden, was mir schon in den letzten sechs Jahren widerfahren war. Aber doch nicht meine kleine Schwester! Nicht auch noch sie.

Ich schwamm zu ihr hin, ihre Augen waren geschlossen, und ich begriff, dass sie ohnmächtig war. Sie sah so friedlich aus. Doch wenn sie die Augen wieder aufmachen würde, wäre das Grauen wieder da, vor dem ich sie nicht würde schützen können. Da kam mir dieser Gedanke.

»Marie!« Ich lande unsanft im Auffangbecken, schlucke Wasser, huste. Meine Tochter ist nur eine Körperlänge von mir entfernt und liegt reglos im knietiefen Wasser. Ich zerre sie hoch, aus dem Becken hinaus und lege sie auf die Fliesen. Wo ist der Schwimmmeister? Ich schreie um Hilfe. Jemand muss doch sehen, was los ist. Mund-zu-Mund-Beatmung. Kann ich das?

Ich wurde diesen Gedanken nicht los. Niemand bemerkte die Ohnmacht meiner Schwester. Ich war ihr großer Bruder, habe immer auf sie aufgepasst – aber vor meinem Vater würde ich sie nicht beschützen können, so dachte ich damals. Ich hätte um Hilfe rufen können, ich hätte sogar genug Kraft gehabt, um sie aus dem Wasser zu ziehen.

Meine Eltern unterhielten sich angeregt mit einem anderen Paar auf der Wärmebank, und diejenigen, die zu uns hinsahen, hielten das für ein Spiel, bei dem wir uns gegenseitig untertauchten. An Gefahr dachte niemand. Und ich dachte daran, vor welchen künftigen Qualen ich meine Schwester bewahren wollte, wusste mit einem Mal, wie auch ich diesem Martyrium entkommen könnte. Ich klemmte den Kopf meiner Schwester zwischen meine Beine. Als Zwölfjähriger unterschätzt man die Endgültigkeit des Todes.

Meine Eltern habe ich bis zu ihrem Lebensende im Glauben gelassen, dass es ein Badeunfall war. Mein Vater hat seit diesem Tag wie erhofft kein Schwimmbad mehr betreten, für mich war der Missbrauch beendet, dafür war ich innerlich wie tot.

Ich hätte diesen Ort nicht aufsuchen sollen, hätte umkehren müssen. Dieser Ort, an dem ich zum Mörder wurde. Ich hatte verdrängt, mit den Schuldgefühlen gelebt, ich hätte einfach so weitermachen müssen.

Sieht so ein Mörder aus, frage ich mich und schaue in den Spiegel in der Notaufnahme, wo meine Tochter überwacht wird. Meine Frau ist gerade angekommen, völlig aufgelöst erfährt sie vom Arzt, was im Schwimmbad passiert ist. Es ist noch einmal gut gegangen. Aber damals nicht.

Ich muss mich stellen, ich muss ihr sagen, was ich damals getan habe. Es muss aus mir heraus, auch wenn ich damit die heile Welt meiner Familie zerstöre.

»Ihr Mann ist ein wahrer Held«, sagt die brünette Krankenschwester und schaut dabei auf den Monitor. »Marie muss sich noch ein wenig erholen, aber sie wird alles unbeschadet überstehen.«

Ich muss mich stellen. An mehr kann ich kaum denken. Ich muss meiner Frau die Wahrheit sagen.

Der Arzt rollt mit seinem Stuhl vom Computer weg und nickt mir anerkennend zu.

»Alles richtig gemacht. Sie haben Ihre Tochter nicht nur aus dem Wasser gezogen, sondern auch schnell die Wiederbelebungsmaßnahmen eingeleitet.«

Meine Frau ist unterdessen an Maries Bett gegangen und hält ihre Hand. Ihr Blick zu mir ist voller Dankbarkeit. Ich beiße mir auf die Lippe und kaue darauf herum, bis es schmerzt.

»Ich bin gleich wieder bei euch«, sage ich zu meiner Frau und hole dabei tief Luft. »Ich muss mal eben vor die Tür, um mich zu beruhigen.«

Es ist besser so.

SONDERFAHRT

KURT GEISLER

Der Sommer hatte sich letztes Jahr an der Kieler Förde seinen Namen nicht ehrlich verdient. Sicher, es gab so manchen schönen Sonnentag, der aber spätestens am nächsten Morgen von aufziehenden Wolkenfeldern getrübt wurde. Eine stabile Schönwetterlage an der Ostsee mit einem Azorenhoch wollte sich nicht einstellen.

So nutzte Helge Stuhr den angekündigten einzigen heißen Sommertag, der aber bald dem Unken der Wetterpropheten nach von Gewittern mit folgender Kühle abgelöst werden sollte. Die morgendliche Fahrt auf dem Sonnendeck des Fördedampfers vom Anleger Bellevue zum Ostseebad Laboe genoss er deswegen besonders, um später am feinen Sandstrand jede Stunde den Strandkorb exakt dem Sonnenstand nach neu auszurichten.

Ein laues Lüftchen ließ die vielen Sport- und Segelboote auf der Förde den ganzen Vormittag elegant über sanfte sonnendurchflutete Wellen zur Kieler Bucht hinausgleiten. Das flache Badewasser war zudem angenehm temperiert, bot allerdings nur wenig Kühlung. In der gleißenden Mittagssonne wurde es im Strandkorb bald unerträglich heiß. Immer wieder cremte er seinen Körper ein, aber mit Lichtschutzfaktor 50 war vermutlich außer einer gesunden Bräune nichts zu befürchten. Eine drohende Dehydrierung bekämpfte er zunächst erfolgreich mit Mineralwasser, die anstehende Unterhopfung am Nachmittag mit zwei kleinen Bierchen. Für die Rückfahrt wählte er aber nicht das Fördeschiff, sondern den Linienbus. Sonne hatte er schließlich genug getankt.

Sein Kombiticket ließ ihm glücklicherweise die freie Wahl des Verkehrsmittels, ob zu Lande oder auf dem Wasser. Ein wenig wackelig fühlte er sich schon auf dem kurzen Weg zur Bushaltestelle am malerischen Laboer Hafen. Klar, er war ein wenig in die Jahre gekommen, und so war es absolut richtig, alles ein wenig langsamer anzugehen. Dennoch hätte er sich gefreut, nicht so lange warten zu müssen.

Endlich steuerte ein elfenbeinfarbener Omnibus jetzt forsch die Haltestelle an, der allerdings vermutlich aus dem Fuhrpark des Museumsbahnhofs am Schönberger Strand stammte. Die Frontpartie kam ihm irgendwie vertraut vor. Eine blaue Plakette mit dem goldenen Löwen wies ihn darauf hin, dass es sich um einen Büssing handelte, wie er früher lange Jahre im Kieler Stadtverkehr eingesetzt wurde.

Skeptisch betrat Stuhr die ungewohnt hohen Metallstufen des engen Fronteingangs. Er nestelte sein Kombiticket hervor, aber der vermutlich ebenfalls von der Hitze geplagte ältliche Fahrer winkte ihn lustlos in den hinteren Bereich des leeren Busses. Kaum saß Stuhr auf einem der schmalen Plastiksitze, da schlossen sich hydromechanisch ächzend die Türen. Der Fahrer verlangte nun dem aufbrausenden Motor alles ab, was er noch zu bieten hatte. Dicke Rauchschwaden hinter dem Bus bezeugten das eindrucksvoll.

Andererseits ermüdete Stuhr schnell von den schaukelnden Bewegungen wegen der schlechten Federung. In einer scharfen Kurve kurz vor Brodersdorf rammte sein Kopf zum

Glück nur kurz eine Haltestange. Schnell schüttelte er den Schmerz ab, um sich weiter auf der Fahrt zu entspannen.

Das misslang aber, weil der Bus auf einmal rappelvoll mit lärmenden Schulkindern war. Zudem stoppte der Fahrer jäh an der Kreuzung zur alten Landstraße nach Kiel, weil dort ein Polizist mit weißen Handschuhen gerade dem spärlichen Verkehr aus der anderen Richtung den Vorzug gab.

Stuhr stutzte. War hier nicht vor Jahrzehnten ein Kreisverkehr eingebaut worden? Warum der Bus zudem nicht die Schnellstraße nahm, sondern anschließend von Milchkanne zu Milchkanne alle Dorfstraßen der kleinen Fördeorte bis zur Kieler Stadtgrenze abklapperte, das entzog sich seines Verstandes. War er ungewollt in eine Werbeaktion hineingeraten, die hoffentlich nicht auch noch gefilmt wurde. Vorsicht Kamera?

Auf holperigen mit Blaubasalt gepflasterten Straßen ging es schließlich in Kiel-Dietrichsdorf über die alte historische Schwentinebrücke. Sein Blick auf den Fluss suchte sehnsüchtig die hässliche Betonbrücke aus den 1970er-Jahren, über die sie viel schneller zur Kieler Innenstadt gelangt wären. Aber die Schnellstraßenbrücke gab es nicht.

Stuhr begann langsam an seinem Verstand zu zweifeln. Sicher, auf dem Ostufer war er in den letzten Jahren nur selten gewesen. Ungläubig erhob er sich, um an der nächsten Haltestelle auszusteigen. Einen Halteknopf im Innengestänge des Busses wie gewohnt fand er nicht. Der Busfahrer stoppte jedoch sein Fahrzeug sofort, als er den Wunsch zum Ausstieg im Innenspiegel bemerkte.

Mit immer noch wackeligen Knien bugsierte sich Stuhr mit Hilfe der ungewohnt kleinen Haltegriffe aus Hartplastik in den aufklappenden Türen auf festen Boden. Mit auf-

heulendem Motor und einer dicken schwarzen Dieselruß-
wolke jagte der ehrwürdige Autobus mitsamt den immer
noch johlenden Gören davon.

Als sich der stinkende Ruß ein wenig gelichtet hatte, lag
auch die Schönberger Straße in Kiel-Wellingdorf wie vor
mehr als 30 Jahren vor ihm. Kühler war es geworden, und
die Gleise der längst abgeschafften Straßenbahn führten
plötzlich wieder in einer Wendeschleife um das historische
Backsteingebäude der ehemaligen Kieler Spar- und Darle-
henskasse herum. Links davon glänzte die vertraute gelbe
Fassade des längst abgerissenen historischen Gasthauses
»Stadt Kiel« in der Nachmittagssonne, und die in den letzten
Jahren dort auf dem weitläufigen Gelände an der Schwen-
tine errichteten Neubauten waren wieder wild übergrünten
Brachflächen gewichen.

Von der anderen Seite der Schwentinemündung schwoll
vom Seefischmarkt übler Fischgeruch herüber, der ihm aus
der Erinnerung heute noch in der Nase lag. Alles war wie
früher in seiner Jugend.

Spielte ihm sein Kopf einen Streich? Verwundert drehte
sich Stuhr um. Geblendet von den in der Nachmittagssonne gleißenden Straßenbahnschienen im groben Pflas-
terbett konnte er auf beiden Seiten der Schönberger Straße
viele kleine Stände und Geschäfte ausmachen. »Kauft mehr
Obst!« An dieses Reklameschild konnte er sich noch gut
erinnern, wenngleich er sich in Wellingdorf nicht so gut
auskannte wie in Kiel-Gaarden. Die Chronik über diesen
besonderen Ostuferstadtteil, die er im Strandkorb ver-
schlungen hatte, kam ihm wieder in den Sinn. Gaarden,
das Arbeiterviertel mit den vielen Werften, in dem er auf-
gewachsen war.

Allerdings machten ihn zunehmend die wenigen Fahrzeuge auf der Straße mit kantigen Bauformen stutzig. Gab es in der Nähe ein Veteranentreffen von Besitzern alter Autos? Gedankenverloren schlenderte er zur Haltestelle Seefischmarkt, um auf die nächste Straßenbahn zu warten. Die kam aber nicht, sondern wieder einer dieser Retro-Busse. Dieses Mal war allerdings hinter der Windschutzscheibe ein leicht verbeultes Blechschild eingeklemmt: »Sonderfahrt«.

Der Busfahrer war jedoch derselbe wie vorher, auch wenn er jetzt deutlich jünger wirkte. Wieder zückte Stuhr stolz sein Kombiticket, aber der Fahrer winkte erneut leicht genervt ab.

»Das mit den Fahrscheinen erledigt neuerdings die junge Dame hinten. Ich habe nur die Fahrbefugnis, keine Geldbefugnis.«

Stuhr fühlte sich in seine Schulzeit zurückversetzt. Auch dieses Mal war der Bus voll besetzt mit streitenden und lärmenden Kindern, aber die resolute Schaffnerin in blauer Uniform zog sofort zwei der Rotznasen von einem Doppelsitz, um ihn Stuhr zuzuweisen. Erst dann wurde sie formell.

»55 Pfennig bis zur Endstation in der Wik. Zum Hauptbahnhof 40 Pfennig.«

Pfennig! In welche Posse war Stuhr hineingeraten? Er zauberte sein Kombiticket hervor, was bei der Schaffnerin Stirnrunzeln hervorrief.

»Euro, was soll das denn sein? Haben Sie keinen roten oder grünen Fahrschein?«

Die kräftige Stimme des Fahrers unterbrach die unübersichtliche Situation. »Hannelore, lass den alten Knacker mit der roten Birne heute einfach so mitfahren. Sonderfahrt, Anordnung von oben.«

Durch das Geschrei der Gören versicherte sich die Schaffnerin. »Wirklich von oben?«

Trotz des lautstarken Anfahrens übertönte der Fahrer den Lärm. »Ja, von ganz oben.«

Die Schaffnerin nickte ergeben und widmete sich jetzt freundlicher ihrem Fahrgast. »Alles in Ordnung, der Herr. Gute Fahrt noch.«

Während Stuhr sich noch wunderte, war das halbblaute Meckern der Schaffnerin nicht zu überhören. »Euro. Wer um Himmels willen denkt sich nur so einen bescheuerten Namen für ein Zahlungsmittel aus?«

Darauf konnte auch Stuhr keine Antwort finden, zumal sein Kopf immer noch heftig brummte.

Vorsichtig fragte er bei der Schaffnerin nach. »Sie halten doch auch in Gaarden?«

Sie grinste breit. »Klar. Wo möchten Sie denn aussteigen? Howaldtswerke, Augustenstraße oder Karlstal?«

Stuhr entschied sich für die letztgenannte Haltestelle, auch wenn er dort früher auf der Rückfahrt von seiner Schule auf dem Westufer manchmal von irgendwelchen Deppen verkloppt worden war. Keine zehn Minuten später entstieg er dem Gefährt in der verblassenden Nachmittagssonne. Mehr als eine Generation war das her, seitdem er aus diesem Stadtteil geflohen war, aber nichts hatte sich verändert. Alles war wie in seiner Jugend.

War der Ebertplatz, den er jetzt überquerte, nicht inzwischen einem schmucklosen Supermarkt gewichen? Den dahinterliegenden Vinetaplatz mit den vielen schönen Bauten aus der Gründerzeit erkannte er dagegen sofort wieder. Auch die vielen Geschäfte, die ihn umringten.

Ja, hier war er groß geworden. Gedankenversunken bog

Stuhr in die Wikingerstraße ein und hielt vor der Schlachterei Drews inne, in der wie so oft am Nachmittag großer Andrang herrschte. Er musste sich allerdings auf die Fußspitzen stellen, um zu verfolgen, was sich genau im Ladeninneren abspielte.

Der Schlachter im gestreiften Hemd war ein schicker Mann, und seine kleine dralle Frau sehr freundlich. Als Kind bekam er von ihr immer eine Wurst geschenkt.

Seltsam war eigentlich nur, dass Stuhr jetzt die Ladentür nicht öffnen konnte, aber ständig Kunden die Schlachterei verließen. Vorsichtig drehte er sich um, aber der Retro-Bus verharrte auf dem Vinetaplatz. Warum?

Nachdenklich schlenderte Stuhr weiter in den schmalen kopfsteingepflasterten Straßen seiner Erinnerung. Der Gemüseladen, der Milchmann an der Ecke und dahinter der ehemalige Militärfriseur, der nur scheren konnte, was heute wieder aktuell ist: 4 Millimeter. Er bog in die Johannesstraße ein, und auch dort herrschte in der Bäckerei und im Zigarrenladen geschäftiges Treiben. Natürlich war Stuhr aus den Augenwinkeln das elterliche Geschäft nicht verborgen geblieben. Vorsichtig spähte er durch die Ladenscheibe, aber es war wie immer. Seine hübsche Mutter beriet Kunden bei der Tapetensuche, und sein Vater im besten Alter mischte Farben an. Er war unschlüssig. Sollte er sich als Sohn zu erkennen geben?

Quatsch. Er würde einfach als anonymer Kunde den Laden betreten und sehen, wie seine Eltern agierten, wenn man nicht mehr am Rockzipfel hing. Mutig drückte er den Handlauf der Eingangstür nach vorn, aber sie ließ sich keinen Spalt öffnen.

Seine Eltern schienen nicht einmal mitzubekommen, dass er sie begrüßen oder ihnen danken wollte. Viel zu sehr waren sie mit ihrer Kundschaft beschäftigt. Als er traurig seinen Kopf senkte, stellte er fest, dass seine schlanken unbehaarten jugendlichen Beine in kurzen Lederhosen steckten. Das erinnerte Stuhr an einen Albtraum aus der Kindheit: Er war auf der Flucht vor bösen Menschen, aber die Eltern öffneten nicht die Ladentür. Sie nahmen ihn nicht wahr, genau wie jetzt. Stand er ihnen etwa im Wege?

Während er noch am Sinnieren war, stieß ein herauseilender Kunde mit einem Tapetenbündel unter dem Arm die Tür auf. Stuhr ging zu Boden und sah nur noch Sterne, bis ihn mehrfache Explosionen hochschreckten. Im aufkommenden Sirenengeheul hörte er lautes Geschrei.

»Schnell, in der Johannesstraße 55 liegt ein verletzter Junge vor der Eingangstür, und auch einen Löschwagen zur Hausnummer 42. Dort hat es nach dem Bombenangriff gebrannt, und der Keller scheint eingefallen zu sein. Mal sehen, was wir noch tun können. Scheiß Engländer.«

Das Kopfschütteln fiel Stuhr schwer, zumal er sich anscheinend nun mitten im Krieg befand. Auch die plötzlich aufflackernden Fackelumzüge konnten ihn nicht erwärmen. Beim Aufrappeln bemerkte er Nazischergen, die ihn im Visier hatten.

»Nicht wehrtauglich, der faule Hund. Den Volksschädling ausbluten lassen.«

In diesem Moment tauchte der Retro-Bus auf und drängte aufgrund seiner schieren Masse die Schergen zurück. Der Fahrer war immer noch derselbe, aber jetzt war der gerade mal Mitte 20. Er zerrte ihn gegen das pöbelnde Pack in den inzwischen dunkelgrün lackierten Sonderbus, in dem alle Sitzplätze gegen Feldbetten ausgetauscht waren.

»Leg dich einfach hin. Wir fahren dich auf schnellstem Wege ins Krankenhaus.«

Automatisch zückte Stuhr sein Kombiticket, aber eine weibliche jugendliche Stimme sprach beruhigend auf ihn ein.

»Lass mal sein, Lütter. Von wegen Euro, wir werden in wenigen Wochen hier keine Reichsmark mehr haben, sondern Dollar, Rubel oder Pfund.«

Erstaunt hob Stuhr seinen Kopf. Die Schaffnerin, die jetzt als Krankenschwester agierte, musste wie der Busfahrer in einen Jungbrunnen gefallen sein. Allerdings versuchten jetzt die Nazischergen, pöbelnd den Bus zu entern. Die resolute Schaffnerin in Krankenuniform wehrte sie mit einer gefüllten Spritze ab.

»Wer das Buslazarett als Erster betritt, der wird abgestochen. Befehl von ganz oben!«

Der Busfahrer setzte lautstark nach: »Befehl von ganz, ganz oben!«

Eine erste Stimme aus der braunen Meute wurde unruhig. »Von ganz, ganz oben?«

Die junge Frau erhob die gefüllte Spritze. »Ja, sogar von ganz, ganz, ganz oben.«

Während die Nazischergen mit Führergruß plötzlich stramm standen, jagte sie dem fröstelnden Stuhr ihre dicke Nadel durch das Hemd in den Oberarm. Seine aufkeimende Angst wurde jedoch schnell von dem Schwarz vor seinen Augen erstickt.

Eine ihm nicht unbekannte weibliche Stimme schreckte ihn hoch. »Herr Stuhr. Kommen Sie bitte zu sich. Es ist vorbei.«

Warum sollte Stuhr die Augen öffnen? Er stellte sich tot. Die freundliche Stimme gab aber nicht nach.

»Herr Stuhr, bitte aufrichten. Das wird schon wieder.«

Jetzt erst verspürte Stuhr, dass seine Hand die ganze Zeit gehalten wurde. Von einer Frau. Vorsichtig blinzelnd ergab sich Stuhr der Realität. Er lag in einem Krankenhaus. Es war die Schaffnerin, die ihn geweckt hatte und nun seine Hand hielt, allerdings deutlich gealtert und wieder in einem weißen Kittel.

»Ich bin nicht tot?«

Die ältliche Krankenschwester, die der jungen Schaffnerin so sehr ähnelte, lachte laut auf. »Bei Gott, nein. Sie haben gestern vielleicht nur ein wenig zu viel Sonne am Strand gezogen und sind dann mehrfach mit dem Kopf hart aufgeschlagen. Das hält nicht einmal der dickste Kürbis aus. Sie hatten zum Glück viel Hilfe von oben.«

Der alte Arzt schmunzelte, der sich jetzt über ihn beugte und dem Busfahrer wie aus dem Gesicht geschnitten war. »Nein, mehr Hilfe von ganz oben. Sonst lägen Sie jetzt nicht hier, sondern unter der Erde.«

Stuhr wagte den Blick nach ganz oben. Dort standen viele medizinische Apparaturen um sein Bett herum, die ihn offenbar vor größerem Schaden bewahrt hatten.

»Die Geräte da oben?«

»Nein. Ehrlich gesagt, wir hatten nur wenig Hoffnung für Sie nach dem Sonnenstich und den vielen Kopfstößen, die Sie eingefangen haben. Sie mögen daran glauben oder nicht. Die Hilfe kam von ganz, ganz oben. Manchmal verschicken die sogar Sonderbusse mit Schutzengeln, wenn alle anderen Maßnahmen nicht mehr greifen.«

Stuhr verstand nichts mehr. »Welche anderen Maßnahmen denn?«

Der freundliche Arzt legte nach. »Glaube, Liebe und Hoffnung. Das hat aber mit Schulmedizin wenig zu tun.«

Einen Reim konnte sich Stuhr darauf nicht machen, zumal ihm die Krankenschwester schon wieder eine Nadel in den Arm jagte. Nur keine neuerliche Sonderfahrt, hoffte er. Dann überdeckte der schwarze Schleier der Dunkelheit sein Denken abermals und ließ ihn erneut in einen Tiefschlaf sinken.

Im Traum rollte der Bus unweigerlich schon wieder heran, dieses Mal als Elektromodell mit Hybridantrieb. Sollte es nun in seine Zukunft gehen? Glücklicherweise musste er dazu im Krankenbett nicht einmal aufstehen, um die nächste Sonderfahrt anzutreten.

Kaum befand er sich im Bus, da gab der unendlich gealterte greise Fahrer wie immer kräftig Gas, jetzt aber ohne Rauchwolke. Eine Schaffnerin gab es nicht mehr, warum auch immer. Dieses Mal wollte Stuhr das Fahrziel allerdings genauer wissen.

»Wo geht es denn heute hin?«

Der drehte sich für die Antwort nicht einmal um. »Zum Ostfriedhof.«

Nein, da wollte Stuhr nicht enden. Er schreckte hoch aus dem Traum und wollte flüchten, aber er lag immer noch in einem weichen Krankenhausbett. Die warme Hand der ältlichen Krankenschwester senkte seinen malträtieren Kopf sanft zurück ins Kopfkissen.

»Herr Stuhr, Sie benötigen noch sehr viel Ruhe.«

UTOPIA SH

BJÖRN HÖGSDAL

Wir schreiben das Jahr 2030, die letzten Jahre sind für den echten Norden echt gut gelaufen. Nachdem die Schleswig-Holsteiner noch glücklicher wurden und die Wirtschaft, die Bildung und die Kultur des Landes von der UNESCO als weltweit beispielhaft eingestuft wurden, waren Hamburg, Dänemark und Jamaika Schleswig-Holstein beigetreten. Bei Jamaika hat zwar niemand so richtig verstanden, warum, aber man versuchte sich dort als neufriesische Insel gut zu integrieren und produzierte nur noch Reggaemusik mit friesischen und plattdeutschen Texten. Seit man in Dithmarschen herausgefunden hatte, wie man neben der Windenergie auch aus trockenem Humor und Aalen Energie gewinnt, konnte die gesamte Welt mit umweltfreundlichem Strom aus Schleswig-Holstein versorgt werden, was den Klimawandel abrupt stoppte.

Der Zuzug hochqualifizierter Menschen aus der ganzen Welt, die sich hier ein gutes Leben in heiler Natur erhofften, füllte die Gemeinden und Dörfer des Landes mit neuem Leben. Einen weiteren wichtigen Aspekt des Zuzuges stellten Menschen dar, die für die Ferien hergekommen waren und sich nach Ablauf ihres Urlaubes schlicht und ergreifend weigerten, nach Hause zu fahren. Immer wieder ketteten sich verzweifelte Menschen aus dem Ruhrpott und Bayern an örtliche Tourismusbüros, um ein Bleiberecht zu erzwingen. Jeder Mensch konnte hier nach seiner Fasson glücklich werden, egal, woran er glaubte, wen er liebte oder woher seine Vorfahren kamen.

Nachdem die gesamte Bildung des Landes, egal ob Universitäten, Kindergärten oder Hunde- und Baumschulen, auf Exzellenzstatus angehoben wurde, waren sämtliche wissenschaftlichen Nobelpreise seit dem Jahr 2020 kategorisch und vollständig einmal im Jahr in eine Kiste gesteckt und nach Schleswig-Holstein verschickt worden. Man gewöhnte sich schnell daran und so sehr, dass das irgendwann als völlig normal empfunden wurde. Von den Literaturnobelpreisen hatte man mittlerweile so viele erhalten, dass man begann, damit die Deiche zu stopfen.

Schleswig-Holstein war zum Nabel der Welt geworden, ein absoluter Gewinner der Globalisierung, die Wirtschaft hatte sich auf ihre Stärken besonnen und florierte. Im Jahr 2025 konnte man es sich sogar leisten, der Stadt Berlin den zu diesem Zeitpunkt halb fertigen BER-Hauptstadtflughafen abzukaufen. Nachdem Schleswig-Holsteiner sich der Sache annahmen, wurde der Kasten innerhalb von drei Tagen abgebaut und in Wacken komplett fertig aufgebaut, damit die Anreise zum Open-Air-Festival künftig noch entspannter wird. 2026 verlagerte man zudem die Landeshauptstadt von Kiel nach Wacken, und selbst die Uno verlegte ihren Sitz von New York dorthin, da hier schon seit Jahren bewiesen wurde, dass große Menschenmengen aus der ganzen Welt mit den unterschiedlichsten Kulturen friedlich zusammenleben und feiern können.

Tradition und Moderne gingen Hand in Hand, und Plattdeutsch wurde wieder so stark, dass es Englisch als Weltsprache praktisch verdrängte. Auch in Wissenschaft und Raumfahrt wurde es die vorrangig genutzte Sprache. Moinmoin wurde zu einer weltweit verständlichen Grußformel, die auch für Frieden, Wohlstand, Gerechtigkeit und Freiheit stand. Durch die alternativen Energien erholte sich die Natur so weit, dass selbst ausgestorbene Arten wie das Mammut wieder heimisch wurden, bis das zum Problem wurde, weil gewaltige Mammutherden die norddeutschen Innenstädte unsicher machten.

2030 baute man Schleswig-Holstein in China maßstabsgetreu nach, um die Nachfrage nach Urlaub im schönsten Bundesland der Welt befriedigen zu können, in Dubai zog man mit einem künstlich aufgeschütteten Schleswig-Holstein nach. Den Charme des Originals konnte man dort natürlich nicht erreichen, und so blieb Schleswig-Holstein das schönste Bundesland der Welt.

Kommissar Hansen ermittelt:

1. Fall: Bädersterben
ISBN 978-3-8392-1094-9

2. Fall: Friesenschnee
ISBN 978-3-8392-1180-9

3. Fall: Küstengold
ISBN 978-3-8392-1309-4

4. Fall: Endstation Öresund
ISBN 978-3-8392-2570-7

5. Fall: Endstation Ostsee
ISBN 978-3-8392-2710-7

weitere Veröffentlichungen: Mörderische Kieler Förde (Hrsg. Kurt Geisler)
ISBN 978-3-8392-0178-7

GMEINER SPANNUNG

WWW.GMEINER-VERLAG.DE
Wir machen's spannend